프라이데이
블랙

프라이데이
블랙

FRIDAY BLACK

나나 콰메 아제-브렌야흐 소설 | 민은영 옮김

NANA KWAME ADJEI-BRENYAH

엘리

"네가 어떻게 지루할 수가 있니?
책은 몇 권이나 썼는데?"라고 말한
엄마를 위해.

네가 상상하는 건 다 네 거야.

– 켄드릭 라마*

＊ 2018년 퓰리처상을 수상한 최초의 흑인 래퍼.

일러두기
1. 주석은 모두 옮긴이주이다.
2. 본문 중 고딕체는 원서에서 이탤릭체로 표기된 부분이다.

차례

핀컬스틴의 5인

The Finkelstein 5

머리 없는 소녀 펠라가 이매뉴얼을 향해 걸어왔다. 피투성이 참사로 너덜너덜해진 아이의 목. 아이는 말이 없지만 그가 무슨 행동이든 해주기만 기다리고 있음을 이매뉴얼은 느낄 수 있었다.

그때 전화가 울렸고, 그는 잠에서 깼다.

그는 숨을 크게 들이쉬고 목소리의 흑색도를 전체 10 기준 1.5로 낮췄다. "여보세요, 안녕하십니까? 네, 네, 제가 얼마 전 채용 상황에 대해 문의드린 지원자입니다. 아, 그래요, 좋습니다. 잘됐네요. 가겠습니다. 멋진 하루 보내세요." 이매뉴얼은 침대에서 굴러 내려와 이를 닦았다. 집 안은 조용했다. 부모님은 이미 일터로 가고 없었다.

매일 아침 그렇듯이, 그날 아침 역시 맨 처음 내리는 결정은 자신의 흑색도에 관한 것이었다. 그의 피부는 진하고 균일한 갈색이었다. 사람들 사이에 섞여 있을 때, 그들이 그를 실제로 볼 수 있을 때는 흑색도를 1.5 내외로 낮추기는 불가능했다. 넥타이를 매고, 윙팁 구두를 신고, 시종일관 미소를 지으며 실내용 목소리로 말하고, 양손을 몸통 옆에 딱 붙인 채 가만히 두면 흑색도를 4.0까지는 낮출 수 있었다.

이매뉴얼은 면접 기회를 따내 행복했지만 무엇에 대해서든 행복을 느낀다는 사실이 죄스러웠다. 그의 지인들은 대부분 아직도 핀컬스틴 재판의 평결을 애통해하고 있었다. 동료 시민으로 구성된 배심원단은 28분간의 숙의를 거친 후 조지 윌슨 던이 그 어떤 범법행위도 하지 않았다는 평결을 내렸다. 앞서 그는 사우스캐롤라이나주의 밸리지에 있는 핀컬스틴 도서관 밖에서 체인톱으로 흑인 아이 다섯의 머리를 잘랐다는 혐의로 기소되었다. 법원은 그 아이들이 사회의 성실한 구성원에게 기대되는 대로 도서관 안에서 책을 읽지 않고 사실상 밖에서 배회하고 있었기 때문에, 조지 윌슨 던이 이들 흑인 청소년 다섯 명에게서 느낀 위협은 합리적인 반응이었고, 그래서 그가 자신의 포드 F-150 뒤편에서 호테크 프로 18인치 48시시 체인톱을 꺼내 본인과 도서관에서 빌린 DVD와 자녀를 보호한 행위는 그의 권리 범위를 벗어나지 않는다고 판결했다.

그 사건은 전 국민의 귀와 심장을 붙들었고 아직도 사람들은 주로 그 얘기만 했다. 핀컬스틴은 끊임없이 보도되는 뉴스거리가 되었다. 방송계의 한편에서는 그 아이들을 성인聖人과 다름없이 여기는 앵커들이 공개적으로 울며 애도했다. 반대편에는 〈뭐가 그리 대수인가〉의 거칠고 독선적인 진행자 브렌트 코건 같은 인사들이 있었는데 그는 온라인 패널 토론에서 이렇게 말했다. "그래요, 맞아요. 어린애들이었죠. 하지만 염병할 검둥이였잖아요." 대개의 언론 매체는 그 둘 사이 어딘가에 자리했다.

평결이 있던 날에 이매뉴얼의 가족은 인종과 배경이 다양한 친구들과 모여서, '핀컬스틴의 5인'이라고 알려진 그 아이들에게 동정적인 방송국에 채널을 맞추고 함께 텔레비전을 보았다. 피자와 음료가 곁들여졌다. 판결이 발표되었을 때 이매뉴얼은 가슴속이 딸각거리고 바드득바드득 갈리는 느낌이 들었다. 속이 화끈거렸다. 동네에서 가장 활달하고 유쾌한 사람으로 알려진 그의 어머니는 콜라가 담긴 플라스틱 컵을 방 저편으로 내던졌다. 컵이 바닥에 떨어져 콜라가 사방으로 튀었을 때 사람들은 어머니를 빤히 쳐다보았다. 미시즈 지언이 그런 모습을 보인다는 건 이게 진짜라는, 그들이 졌다는 의미였다. 이매뉴얼의 아버지는 눈가를 닦으며 무리에서 떨어져 나갔고, 이매뉴얼은 바득거리던 가슴이 점점 차갑게 텅 비는 것을 느꼈다. 차를 타고 집에 오는 길에 아버지가 욕을 내뱉었다. 어머니는 운전대 위의 경적을 주먹으로 내리쳤다. 이매뉴얼은 한숨을 들이쉬었고 차가 가로등을 지나가는 동안 그의 손이 나타났다가 사라지고, 또 나타났다가 사라지는 모습을 바라보았다. 가슴속 허무가 차가운 물결이 되어 잇따라 덮쳐도 그대로 가만히 있었다.

하지만 이제, 빈티지 스웨터를 주로 취급하며 "클래식 감성의 선두 주자"라고 자평하는 의류업체인 스틱스에서 면접을 보자는 연락을 받고 나니, 이매뉴얼은 꿀럭꿀럭 찐득하게 뿜어 나오는 피에 젖어드는 아이들의 목이 잘린 몸 말고도 다른 생각을 할 수 있게 되었다. 그래서 그는 어떤 옷을 입을까 생각했다.

막연한 연대의 표현으로 그는 언젠가 캠핑 여행 때 입었던 헐렁한 카고바지 속으로 다리를 넣었다. 그러고는 검은 발등 위로 아직 깨끗한 끈이 팽팽하게 엮여 있는, 에나멜가죽을 덧댄 스페이스잼 운동화에 발을 끼웠다. 다음으로 오래도록 입지 않던 검은 후드티를 꺼내 그 동굴 속으로 기어들었다. 연대 표현의 마무리로서, 이매뉴얼은 회색 스냅백 모자를 썼다. 핀컬스틴의 5인이 살해되던 날 그중 두 명이 그런 모자를 쓰고 있었다. 조지 윌슨 던은 재판이 진행되는 내내 그 사실을 강조했다.

이매뉴얼은 바깥세상으로 나섰고, 그때 그의 흑색도는 빈틈없는 7.6이었다. 경사로 꼭대기에 다다른 이블 크니블* 같은 기분이 됐다. 쇼핑몰에 가서 면접 때 입을 옷을 살 생각이었다. 흑색도를

---

* 1960~70년대에 활약한 오토바이 곡예사.

최소한 4.2까지는 낮춰줄 옷으로. 그는 모자챙을 앞으로 당겨 눈에 그늘이 지도록 눌러썼다. 그러고 버스정류장이 있는 캔필드 로드를 향해 언덕을 걸어 올라갔다. 그는 운동화 밑에서 자갈이 버 걱거리는 소리에 귀를 기울였다. 아주 오랫동안 흑색도를 7.0 가까이라도 올려본 적이 없었다. "난 네가 안전하기를 바란다. 처신을 잘하는 법을 배워야 해." 아버지는 그가 아주 어렸을 때 그렇게 말했다. 이매뉴얼은 긴 나눗셈을 배우기도 전에 자신의 흑색도를 조절하는 기본적인 방법을 익히기 시작했다. 그래서 화가 날 때 웃었고, 소리 지르고 싶을 때 소곤거렸다. 중학교 때 동물원으로 소풍을 간 날 기념품 상점의 판다 인형을 훔쳤다는 누명을 쓴 뒤로는, 집 앞 진입로에서 마지막 하나 남은 배기 진을 태웠다. 그는 앞에 놓인 청바지가 끝이 말리면서 재로 변해가는 모습을 눈을 부릅뜨고 바라보았다. 아버지가 밖으로 나오자 꾸지람을 단단히 들을 거라고 예상했지만 그는 아들 옆에 말없이 서 있었다. "이건 네게 중요한 교훈이야." 아버지는 말했다. 두 사람은 불이 자신을 집어삼켜 스러질 때까지 그 모습을 계속 바라보고 있었다.

버스정류장에 사람이 붐볐다. 그는 자신에게 시선이 몰리고 핸드백이 치워지는 것을 느꼈다. 이매뉴얼은 조지 윌슨 던을 생각했다. 윙윙거리는 체인톱을 손에 든 그 중년 남자가 눈앞에 서서 웃는 모습을 상상했다. 그는 위험한 짓을 해보자고 마음먹었다. 그러곤 모자를 뒤로 돌려 챙이 목덜미 위로 드리우게 고쳐 썼다. 흑색도가 8.0까지 벌떡벌떡 치솟는 느낌이 들었다. 사람들이 조용해졌다. 그들은 엄청나게 친절하면서도 무심한 모습을 꾸며내려 애썼다. 마치 거대한 텐트 안에 함께 있는 호랑이나 코끼리를 지켜보듯이. 이매뉴얼이 지나가자 군중 사이로 길이 열렸다.

얼마 지나지 않아 그는 벤치 근처에 서 있었다. 긴 갈색 머리의 젊은 여자 한 명과 선글라스를 모자챙 위에 걸친 남자 한 명이 즉시 다른 곳으로 이동해야 할 이유를 동시에 기억해낸 듯했다. 나이가 지긋한 여자 한 명은 벤치에 그대로 앉아 있었고 이매뉴얼은 그녀 옆에 새로 생긴 자리에 앉았다. 앉고 있는 그를 여자가 흘깃 쳐다보았다. 그러고는 희미하게 미소를 지었다. 대체로 무관심한 여자의 반응에 그는 마음이 가벼워졌다. 모자를 다시 앞으로 돌렸고, 그러자 흑색도가 차차 낮아지는 느낌이 들었지만 수치는 여전히 심각한 7.6이었다. 잠시 후, 갈색 머리 여자가 돌아와 옆에 앉았다. 그녀는 웃고 있었다. 그런 정신없는 눈빛으로 미친 듯이 웃지 않으면 이매뉴얼이 머리통을 깨부술지도 모른다고, 누군가 귀띔이라도 해준 것처럼.

"사실, 조지 윌슨 던은 미국인입니다. 미국인은 자신을 보호할 권리가 있죠." 피고 측 변호인이 노래하듯 매력적인 목소리로 말한다. "여러분에겐 자식이 있습니까? 사랑하는 사람이 있습니까?

검사는 '법'이니 '살인'이니 '소시오패스' 같은 무서운 말로 여러분의 머리를 내리치려 합니다." 피고 측 변호인이 검지와 중지를 허공에 대고 까딱거리며 따옴표 모양을 흉내 낸다. "저는 이 사건이 그런 말들과 전혀 무관하다는 말씀을 드리기 위해 여기 와 있습니다. 이것은 한 미국인이 자신의 생명을, 그리고 아름다운 딸아이와 잘생긴 어린 아들의 생명을 보호할 권리에 관한 사건입니다. 그래서 여러분께 묻고 싶습니다. 소위 '법'이라는 것과 친자식 중에 여러분은 어느 쪽을 더 사랑하십니까?"

"이의 있습니다." 검사가 말한다.

"변론을 허용하겠습니다. 이의는 기각합니다." 여판사가 젖은 눈가를 닦으며 대답한다. "변호인은 계속하세요."

"감사합니다, 재판장님. 여러분은 어떠실지 모르지만 저는 '법'보다 제 아이들을 더 사랑합니다. 그리고 제 아이들보다 미국을 더 사랑합니다. 이 사건의 본질은 그것입니다. 더 큰 사랑, 그리고 미국. 오늘 저는 바로 그것을 변호하고 있습니다. 제 의뢰인인 미스터 조지 던은 자신이 위험에 처했다고 믿었습니다. 그런데 말입니다, 우리는 무엇이든 어떤 것을 믿으면 그걸 가장 중요시합니다. 믿음. 우리 미국인에게는 믿음의 자유가 있습니다. 미국, 우리의 아름다운 주권국, 부디 오늘 그것을 죽이지 말아주십시오."

버스가 들어오고 있었다. 이매뉴얼은 정류장을 향해 달려오는 형체를 보았다. 초등학교 때 절친했던 친구 부기였다. 미즈 폴드의 4학년 교실에서, 이매뉴얼은 역사 시험 시간에 부기의 시험지를 훔쳐봤고 수학 시간에는 시험지를 비스듬히 놓아 부기가 자신의 답을 볼 수 있게 했다. 둘이 알고 지낸 시절 내내 부기는 항상 너무 큰 티셔츠와 헐렁한 운동복 바지만 입었다. 고등학교에 다닐 무렵 이매뉴얼은 흑색도를 조절하는 법을 배웠다. 부기는 아니었다. 이매뉴얼은 다른 학생이나 선생과 싸우는 아이로 알려진 부기와 조용히 거리를 두었다. 지금은 거의 잊다시피 한 친구였다. 하지만 어쩌다 부기가 떠오를 때면 그렇게 고정된 본성대로 살아가는 그가 불쌍하다고 생각했다. 부기는 언제나 그 모습 그대로였다. 그랬던 부기가 오늘은 검은 바지에 반짝이는 검은 정장 구두를 신고 흰색 버튼업 셔츠에 가늘고 붉은 넥타이를 매고 있었다. 연한 갈색 피부와 어우러진 그런 차림새가 그의 흑색도를 2.9까지 내리눌렀다.

"매니!" 버스가 멈춰 설 때 부기가 그를 불렀다.

"잘 있었나, 형제?" 이매뉴얼이 대답했다. 과거에 그는 부기 옆에 있을 때마다 흑색도를 끌어올렸다. 오늘은 그럴 필요가 없었다. 사람들이 그들 옆을 느릿느릿 지나 버스에 탔다. 이매뉴얼과 부기는 손바닥을 마주치고 손을 맞잡은 채 가슴을 서로 부딪친 후, 상대의 손바닥에 손가락을 튕기고 나서 손을 거두었다.

"요즘 어떻게 지내? 별일 없어?" 이매뉴얼이 말했다.

"많지, 친구. 아주 많아. 난 지금 깨어나고 있어."

이매뉴얼은 버스에 올라 요금 2달러 50센트를 낸 후 뒤쪽에 자리를 잡았다. 부기는 그의 옆 빈자리에 앉았다.

"그래?"

"그래, 친구. 요즘 일하고 있어. 우리 사람들을 여럿 모으고 있어, 친구. 우린 단결해야 해."

"동감." 이매뉴얼이 무심히 대답했다.

"난 진지해, 형제. 우리는 함께 움직여야 해. 이젠 그래야 한다고. 봤잖아. 저들은 이제 우리를 좆도 신경 안 써. 그걸 보여준 거야." 이매뉴얼은 고개를 끄덕였다. "우리 모두 단결해야 해. 씨팔, 어서 깨어나야 한다고. 난 '호명'에 가담했어. 팀을 짜고 있지. 올라탈래, 어쩔래?"

이매뉴얼은 누가 듣지는 않았는지 확인하려고 주변을 획 둘러보았다. 들은 사람은 없어 보였지만 그래도 괜히 부기와 가까이 앉았다는 후회가 들었다. "그 '호명'이라는 걸 정말로 하는 건 아니지?" 이매뉴얼은 부기의 얼굴에서 미소가 사라지는 것을 보았다. 자기 표정에는 아무 변화가 없도록 주의했다.

"무슨 소리야, 당연히 하고 있지." 부기는 셔츠의 왼쪽 손목 단추를 풀고 소매를 걷었다. 부기의 아래팔 안쪽에 각기 다른 표식이 세 개 있었다. 세 개 모두 피부에 상처를 내 또렷이 새긴 숫자 5였다. 이매뉴얼이 그것을 봤다는 사실을 확인한 후 부기는 소매를 다시 내렸지만 손목 단추를 다시 채우지는 않았다. 그는 낮은 목소리로 말을 이었다. "며칠 전에 우리 삼촌이 뭐랬는지 알아?"

이매뉴얼은 기다렸다.

"버스에 탔는데 피로에 지친 남자가 옆에서 자꾸 기대면서 네 어깨를 베개 삼으려 할 때 사람들은 그 남자를 깨우라고 말한다는 거야. 네가 빌어먹을 매트리스도 아닌데, 깨워서 다른 쉴 곳을 찾게 해야 하지 않느냐고 널 설득할 거라고."

이매뉴얼은 잘 듣고 있다는 뜻으로 짧게 소리를 냈다.

"하지만 그 사람이 널 귀찮게 하지 않고 혼자서 자고 있다면 상황은 달라진다는 거야. 그리고 만약 그 사람이 잠들었다는 이유로, 피로에 지쳤다는 이유로 누군가 그를 등쳐먹으려고 하는데, 그 사람은 주머니가 다 털리거나 더한 일들을 당하려고 하는데, 모두가 우리에게 '내 문제가 아니야, 나와는 아무 상관이 없어'라는 식으로 반응하라고 한다면, 버스에서 잠든 그 사람은 네 형제라는 거야. 그게 우리 삼촌이 해준 말이야. 우리는 그를 보호해야 한다고. 그래, 그 사람을 깨울 필요는 있겠지. 하지만 그가 잠들어 있는 동안은 네 책임이야. 평생 한 번도 본 적 없는 사람이라도 네 형제의 일은 네 일인 거야. 알아들어?"

이매뉴얼은 또 한 번 긍정을 뜻하는 소리를 냈다.

판결이 끝나고 이틀 후, 첫 번째 사건 보고가 나왔다. 둘 다 육십

대인 나이 든 백인 부부가 벽돌과 녹슨 쇠파이프로 무장한 무리의 공격을 받고 머리가 터졌다. 목격자들은 살인범들이 옷을 화려하게 차려입었다고 말했다. 나비넥타이와 여름 모자, 커프스링크와 하이힐. 두 사람을 살해하는 동안 그 무리인지 갱단인지는 "음보야! 음보야! 타일러 케네스 음보야"라고 외쳤는데 그것은 핀컬스틴 도서관에서 살해된 아이들 가운데 가장 나이가 많은 소년의 이름이었다. 다음 날, 비슷한 이야기가 돌았다. 백인 여학생 세 명이 얼음 깨는 송곳으로 살해됐다. 흑인 남자와 여자가 마치 다이아몬드라도 채굴하는 것처럼 소녀들의 두개골 곳곳에 구멍을 뚫었다. 사건 보고에 따르면 그들은 살인을 저지르는 내내 "아쿠아 해리스, 아쿠아 해리스, 아쿠아 해리스" 하고 외쳤다고 한다. 이번에도 살인자들은 "상황에 어울리지 않게 상당히 멋을 낸 옷차림"을 했다고 알려졌다. 두 사건 모두 범인들은 살인을 저지른 직후 잡혔다. 여학생들을 죽인 남녀는 범행 직전 자기들 피부에 숫자 5를 직접 새겼다.

처음 두 사건 이후로 몇 건의 폭행과 살인이 뒤따랐다. 매번 범인들은 '핀컬스틴의 5인' 중 한 명의 이름을 크게 외쳤다. 언론은 호명자들을 최신 테러리스트로 다루었다. 가해자 대부분이 경찰관들에게 살해되어 체포와 심문은 할 수 없었다. 구금된 이들은 자신이 폭력의 구호로 사용한 아이 이름만을 외칠 뿐 아무 말도 하지 않았다. 아무도 변호에는 관심이 없는 듯했다.

단연코 가장 유명한 호명자는 메리 '미스트리스' 레딩이었다. 전해진 이야기에 따르면, 미스트리스 레딩은 구금 당시 왼손에 피투성이가 된 흰 실크 장갑을 끼고 있었고, 한때는 반짝이는 흰색이었을 10센티미터 굽 높이의 구두를 신었으며, 에이라인 원피스는 워낙 강렬한 적갈색으로 물들어 원래는 완벽한 흰색이었다는 사실을 경찰관들은 믿을 수 없었다고 한다. 몇 시간 내내 레딩은 모든 질문에 단 하나의 이름으로 대답했다. 왜 그런 짓을 했지? "J. D. 헤로이." 그냥 어린애였잖아! 어떻게 그럴 수 있어? "J. D. 헤로이." 누구와 함께 일을 꾸몄어? 우두머리가 누구야? "J. D. 헤로이." 그런 일을 저지르고도 후회하지 않아? "J. D. 헤로이." 당신들이 원하는 게 뭐야? "J. D. 헤로이." 레딩은 십 대 소년 한 명을 살해한 무리와 함께 잡혔는데, 등에서부터 왼쪽 허벅지까지 숫자 5가 열 개나 줄줄이 새겨져 있었고 그중 하나는 체포된 당시에 새긴 지 얼마 되지 않아 피가 뚝뚝 흘렀다. 사건 보고에 따르면 상급 심문이 몇 시간이나 진행되도록 미스트리스 레딩의 입에서 나온 말은 딱 한 문장이었다고 한다. "내 안에 말이라는 게 남아 있다면, 지금 난 이곳에 있지 않을 것이다."

이매뉴얼은 유혈이 낭자한 이 현상을 언론이 어떻게 보도했는지 기억했다. "오늘 저녁 속보입니다." 어느 뉴스 진행자가 말했다. "또 한 명의 무고한 아이가 폭력 집단의 손에 무자비하게 구타를 당했습니다. 이번에도 범인은 모두 아프리카 이주민의 후손인 듯

합니다. 이 문제에 대해 어떻게 생각하세요, 홀리?"

"네, 일반 대중이 하고 있는 말을 인용하겠습니다. '그들은 올바로 처신하는 법을 모른다고 내가 말했잖아! 우리가 말했잖아.' 그외에 제가 할 수 있는 말이라면, 이런 폭력은 끔찍하다는 것뿐입니다." 공동 진행자가 역겹다는 듯 고개를 저었다.

'핀컬스틴의 5인'의 이름은 모두 욕이 되었다. 이매뉴얼은 주위에 아무도 없을 때 그 이름들을 혼자 되뇌면 좋았다. 타일러 음보야, 펠라 세인트존, 아쿠아 해리스, 마커스 해리스, J. D. 헤로이.

"이건 시작일 뿐이야." 부기가 말했다. 그러고는 주머니에서 조그만 박스 커터를 꺼냈다. 이매뉴얼은 소리를 낼 뻔했지만 부기가 말했다. "걱정하지 마. 이걸 쓰진 않을 거야. 여기선 아니야. 끝까지 가보진 않았어, 아직은." 이매뉴얼은 부기가 두 번째로 소매를 걷고 숙련된 정확도로 재빨리 다섯 획을 그어 조그만 5를 왼팔에 새기는 모습을 바라보았다. 가느다란 선을 따라 피부가 벌어지며 빨간 피가 고이더니 팔을 따라 방울방울 흘러내렸다.

부기는 이매뉴얼 너머로 손을 뻗어 노란 줄을 잡아당겼다. 띵 소리와 함께 '정차 요청' 표시에 불이 들어왔다. 버스는 마켓 플라자 앞에서 속도를 늦췄다.

"나중에 연락할게, 매니. 네가 우리 팀에 필요한 일이 있을 거야."

"알았어. 내 번호는 아직도 그대로야." 버스가 멈출 때 이매뉴얼이 말했다.

부기는 버스 뒷문을 향해 걸어갔다. 그가 고개를 돌리고 이매뉴얼에게 미소를 짓더니, 곧이어 목청이 터지도록 외쳤다. "J. D. 헤로이!" 창문에 반사된 메아리가 아직 사라지지도 않았는데 부기가 주먹을 쥐더니 어느 백인 여자의 턱을 후려쳤다. 여자는 아무 소리도 내지 못하고 앉은 자리에서 푹 꼬꾸라졌다. 부기는 팔을 당겼다가 여자의 얼굴에 두 번째로 주먹을 날렸다. 다시 세 번째. 무른 나무에 망치로 못을 박을 때와 같은 소리가 났다.

"도와주세요!" 여자 근처에 앉은 누군가가 소리쳤다. "이런, 시팔 미친놈아!" 다른 누군가가 이렇게 고함을 지를 때, 부기는 버스 뒷문에서 뛰어내려 내달렸다. 아무도 그를 따라가지 않았다. 이매뉴얼은 주머니에서 휴대전화를 꺼내 911에 전화했다. 전화를 걸면서 여자 주위에 모인 사람들에게 다가갔다. 여자의 코가 부러져서 피가 흘렀다. 계속해서 새어 나오는 피가 방울지며 흘러내렸다. 다시 한 번 이매뉴얼은 가슴속이 딸깍거리고 바드득거리는 느낌이 들었다. 그는 이를 악물고 눈을 감았다. 하늘색을 상상했다.

"여보세요. 지금 버스 안에 있는데 어떤 여자분이 다치셨어요. 네, 우리 버스는 마켓 플라자 근처 머틀 스트리트에 있어요. 네, 상당히 많이 다치셨어요." 그는 자신을 향해 부풀어오는 두려움을 감지했다. 그는 방금까지 부기 옆에 앉아 있었고 흑색도가 7.6이었다. 버스가 길가에 정차하자 승객 일부가 여자를 에워쌌다. 다른 승객들은 돌아가며 이매뉴얼을 노려보았다. 그는 버스 문을 부수고 들어오는 경찰관들과 그 즉시 자신을 가리키는 손가락들을 상상했다. 일 초도 안 되어 그의 뇌를 명중하는 총알을 상상했다. 그는 평생 그 무엇도 훔친 적이 없었다. 판다를 특별히 좋아하지도 않았다. 그는 사람들의 웅성거림을 무시하고 얼굴이 망가진 여자를 보지 않으려 안간힘을 쓰며 버스에서 내렸다. 그리고 몇 블록 떨어진 근처 버스정류장으로 걸어갔다.

쇼핑몰은 평소와 똑같았다. 부모들이 이 가게에서 저 가게로 달려가고 아이들은 힘겹게 따라다녔다. 쇼핑몰 안으로 들어선 순간부터 이매뉴얼의 뒤로 경비원 세 명이 따라붙었다. 그가 걸음을 늦추거나 멈출 때마다 경비원들은 갑자기 대화를 시작하거나 양방향 무전기로 중요한 정보를 듣는 척했다. 평소 쇼핑몰에 갈 때 이매뉴얼은 너무 헐렁하거나 너무 조이지 않는 청바지를 입고 칼라가 달린 좋은 셔츠를 입었다. 입이 찢어지게 미소를 지었고 아주 천천히 걸었으며 어떤 상점에서든 한 가지 물건을 12초 이상 쳐다보지 않았다. 쇼핑몰에서 일반적인 이매뉴얼의 흑색도는 부드러운 5.0이었다. 대개는 경비원이 한 명만 따라붙었다.

그는 '로저스'라는 상호의 가게로 들어갔다. 연하늘색 버튼업 셔츠를 골라 계산원에게 내밀었다. 계산원은 카드를 받아 계산기에 그었다. 그런 다음 셔츠를 접어 비닐 가방에 넣었다.

"영수증이 필요해요." 이매뉴얼은 말했다. 얄팍한 하얀 종이를 건네받으며 고맙다고 인사하고 가방에 셔츠와 함께 넣었다. 매장 출입구로 다가가는데 누군가 그의 손목을 당겼다. 돌아보니 셔츠에 직원용 이름표가 달린 키 큰 남자가 있었다.

"손님, 그 셔츠는 구매하신 겁니까?" 남자의 목소리는 가혹한 선생이나 아동용 TV 프로그램 속 악당처럼 신랄하면서 상대를 깔보는 느낌을 주었다. 그 말을 듣자마자 이매뉴얼은 신중한 상냥함을 보이라고, 웃으라고, 어떤 일이 있어도 소리치지 말라고 타이르는 습관의 힘을 느꼈다. 그는 습관을 물리치고 남자에게 잡힌 손을 거칠게 빼냈다.

"그래요, 정말로 구매했어요." 이매뉴얼은 다른 쇼핑객들이 고개를 돌리고 빤히 바라볼 정도로 목소리를 높여 말했다.

"정말로 구매하신 그 상품의 영수증은 가지고 계십니까?"

"그래요, 있어요."

"정말로 구매해서 정말로 갖고 계시다는 그 영수증을 제가 좀 볼 수 있을까요?"

"네, 보여줄 수 있죠." 이매뉴얼이 대답했다. "아니면 이 초 전에 내게 영수증을 발행한 저 계산원에게 물어보시든가요." 그는 계산대 쪽으로 손가락을 찔렀다. 흑색도가 8.1을 향해 스멀스멀 올라가는 느낌이 들었다. 그는 분노했고 혈기왕성했고 자유로웠다. 고개를 들어 상황을 파악한 계산원이 손을 들어 손가락을 까딱거렸다.

"흠, 그래서 영수증이 있어요, 없어요?"

이매뉴얼은 남자를 빤히 쳐다보았다. 그러다 영수증을 넘겨주었다. 전에도 이런 대화를 여러 번 경험했다. 흑색도를 6.0 아래로 고정하는 법을 제대로 익힌 후에는 빈도가 줄었지만.

"조심해서 나쁠 건 없죠." 남자가 영수증을 돌려주며 말했다. 이매뉴얼은 사과를 기다릴 만큼 멍청하지 않았다. 그는 돌아서서 가게를 나왔고 주변 쇼핑객들의 눈에서 자신의 흑색도가 다시 7.6으로 내려온 것을 느꼈다.

버스정류장으로 돌아가는 길에는 다른 경비 한 쌍이 뒤에서 바짝 따라왔다. 우연히 같은 방향으로 걸어가는 것처럼 보일 만큼의 거리를 유지하면서. 이매뉴얼이 걸음을 멈추고 운동화 끈을 묶자 경비 한 사람은 장식용 화분 뒤로 펄쩍 뛰어들었고 다른 경비는 하늘로 시선을 돌리며 휘파람을 불었다. 그들은 남쪽 출구의 버스정류장까지 따라왔다가 그가 정류장 처마 아래에 앉자 쇼핑몰 안으로 돌아갔다.

이매뉴얼은 창가 자리를 찾아 앉았다. 옆자리에는 아무도 앉지 않았다. 버스가 막 움직이기 시작했을 때 전화가 부르르 진동했다. 아침에 걸려온 전화와 같은 번호였다. 화면의 녹색 동그라미를 옆으로 밀며 즉시 목소리를 1.5로 조절했다.

"여보세요. 이매뉴얼입니다."

"여보세요. 아침에 전화한 사람이에요. 면접에서 청년을 만나볼 생각으로." 남자의 목소리는 깊고 탁했다.

"네, 저도 고대하고 있습니다. 내일 열한시 맞죠?"

"아, 그런데 말이죠, 이런 얘기 하긴 정말 싫지만, 시간 낭비하지 않게 해줘야겠다는 생각이 들어서. 이매뉴얼 지언, 맞죠?"

"네, 맞습니다."

"아, 이매뉴얼, 그게 말이죠, 젠장, 내가 사정을 꼼꼼히 따져보지 못해서 이런 일이 생겼는데, 그 자리는 이미 채워진 것 같아요."

"네?"

"아, 그게, 우리 매장엔 이미 자말이라는 친구가 있고, 반은 이집트인인 타이라는 친구도 있어요. 그래서 이게 좀, 과잉이라는 거지. 우리가 도시적인 브랜드도 아니고. 내 말 알아들어요? 그래서 내 생각엔……" 전화를 끊은 이매뉴얼은 숨을 쉬려고 무진 애를 썼다. 다시 전화가 진동했다. 그는 화면을 노려보았다. 부기에게서 온 문자였다. 공원에서 열시 사십오분.

"미스터 던." 피고 측 변호인이 판사석으로 거들먹거리며 걸어간다. "문제의 그날 밤에, 피고를 공격했다는 다섯 사람과 마주치기 전에는 뭘 했습니까?"

"음." 조지 월슨 던은 변호사를 쳐다보고 나서 배심원단으로 시선을 돌린다. "도서관에서 제 아이들과 함께 있었습니다. 티퍼니와 로드먼, 둘 다 데리고 있었죠. 저는 싱글 파더입니다."

"싱글 파더가 아이들과 함께 도서관에 갔다. 그럼 밖으로 나가기 전에는 무슨 일이 있었습니까?" 피고 측 변호인은 그게 다 처음 듣는 얘기인 양 호기심 어린 표정이다.

"그게요, 제게는 아버지 노릇이 세상에서 제일 중요한 일입니다. 그리고 티퍼니와 로드먼 같은 아이들의 아버지 노릇을 하다 보면 어떤 일이 생길지 좀처럼 알 수가 없어요.

그날 저녁에 주말에 볼 영화를 고르려고 열람실을 둘러보고 있는데, 티퍼니가 난데없이 자기는 너무 뚱뚱하고 못생겨서 학교에 그만 다니겠다는 거예요. 갑자기 제 앞에 위기가 닥친 거죠. 그애는 누나인데 보통은 말썽을 덜 부려요. 하지만 부모 노릇이 그런 거잖아요. 연습이란 없다. 전에는 한 번도 그런 얘기를 안 하다가 별안간 그러니까, 당장 해결하지 않으면 애가 날라리나 마약쟁이 창녀가 될 거 아닙니까."

"무관한 얘기입니다, 재판장님." 검사가 자리에서 말한다.

"답변을 허용하겠습니다. 하지만 본론을 말씀하세요, 미스터 던."

"이게 본론입니다." 던이 말한다. "그래서 난데없이 저는 하나뿐인 딸을 다시 정상으로 돌려놓을 말을 생각해야 해요. 그 와중에 하나뿐인 아들은 내내 한마디 말도 없이 조용한데, 저는 무엇보다도 그게 걱정이 되죠. 제가 사랑은 합니다만 좀 정신 나간 놈이거든요. 암튼 그래서 도서관에서 나갈 준비를 하면서 저는 티퍼니에게 네가 얼마나 예쁜지 아느냐, 아빠는 널 사랑한다, 그건 절대로 변하지 않을 거다, 그런 얘기를 하죠. 그랬더니 그애가 뭐라는지 아세요? 그냥 모든 게 다 해결된 것처럼 '알겠어요' 그러는 거예요. 그냥 제 입에서 그런 말을 듣고 싶었던 것처럼요. 그래서 전 마침내 숨을 쉴 수가 있게 되죠. 그런데 그때 로드먼이 수레를 밀어 책장에 쾅 박는 바람에 DVD 백 개쯤이 바닥에 와르르 쏟아집니다. 하지만 부모 노릇이 그런 거잖아요? 어쨌거나 밖으로 나오기 전에 그런 일이 있었습니다."

"좋습니다. 그리고 밖으로 나와서는요?" 피고 측 변호인이 온화한 미소를 띤 채 묻는다.

"밖에 나온 뒤에 전 공격을 당했어요. 그리고 저 자신과 아이들을 모두 보호했죠."

"그러면 문제의 그날 저녁에 피고의 행동 동기는 아이들을 위한 사랑, 자신과 아이들을 보호하라고 하느님이 주신 권리였습니까?"

"그렇습니다."

"이상으로 질문을 마칩니다."

이매뉴얼은 집에 돌아온 부모님에게 미소로 인사했다. 그들 가족은 함께 저녁을 먹었지만 이매뉴얼은 거의 말을 하지 않았다.

식사를 마친 후 아버지는 면접 결과와 상관없이 아들이 자랑스럽다고, 넥타이를 매야 하고 말은 천천히 해야 한다고 일렀다. "넌 잘할 거야." 아버지가 말했다.

부모님이 잠든 후 이매뉴얼은 욕실에 들어가 샤워를 했다. 나와서는 머리를 빗고 새 속옷을 입고 새 양말을 신었다. 다림질한 황갈색 바지를 입고 지퍼를 채웠다. 허리에는 갈색 가죽 벨트를 맸다. 그런 다음 흰 러닝셔츠 위에 연하늘색 버튼업 셔츠를 입었다. 윙팁 정장 구두도 끈을 단단히 묶었다.

이매뉴얼은 천천히 방 밖으로, 그다음에는 집 밖으로 나갔다. 차고로 이어지는 옆문을 최대한 조용히 닫았다. 알루미늄 야구 방망이 하나가 페인트칠이 벗겨진 벽에 기대 세워져 있었다. 그는 야구 방망이를 한참 바라보았다. 버스에서 내린 뒤로 줄곧 바드득거리고 딸깍대는 열기가 가슴속을 휘저어대고 있었다. 그래서인지 야구 방망이를 집어 공원으로 가져갈 수 있다면 모든 게 치유될 것만 같았다. 이매뉴얼은 방망이 쪽으로 다가갔다. 그러다 마음을 고쳐먹고 빈손으로 집을 나와 마셜 공원으로 향했다.

"미스터 던, 7월 13일 저녁에 대해 얘기해주십시오."

피고석에 앉은 조지 던은 진땀을 흘리며 민망해하는 모습이다. '당연한 내 권리를 행사했을 뿐인데 이런 젠장맞을 난리를 겪다니 참 유감이네'라고 풀이될 만한 민망함.

"아, 저는 제 두 아이, 티퍼니와 로드먼이랑 함께 있었는데, 도서관 밖에서 크게 웃으며 뭔지 모를 짓거리를 하고 있는 불량배들을 봤어요."

"어느 시점에든 위협을 느꼈습니까, 미스터 던?"

"아, 처음엔 안 그랬는데 다시 보니까 다섯 명 모두 검은색 옷을 입고 있는 거예요. 강도질이라도 할 것처럼요."

"그 말은 이 젊은이들이 피고와 가족에게 위협적인 존재가 된 것이 옷차림 때문이라는 뜻인가요?" 검사는 몇 주 내내 이 순간을 기다려왔다.

"아니, 아니요. 물론 아니죠. 그들 중에 키가 큰 한 명이 제게 뭐라고 소리를 지르기 시작해서 그런 거예요. 저는 제 아이들, 티퍼니와 로드먼 때문에 두려웠어요. 그 생각밖에 안 났어요. 티퍼니와 로드먼. 애들을 보호해야 했어요." 배심원단 가운데 몇 명이 생각에 잠겨 고개를 끄덕인다.

"그러면 미스터 헤로이는 뭐라고 소리를 질렀나요?"

"돈을 원했던 것 같아요. 아니면 제 차를 원했거나. '내놔' 그러더니 뭔가 다른 말도 했어요."

"그러면 어느 시점에 목숨이 위태롭다는 느낌을 받았습니까?"

"저는 눈앞에 제 일생이, 아니면 티퍼니나 로드먼의 일생이 주마등처럼 스쳐 지나가는 순간이 올 때까지 기다릴 생각이 없었죠. 행동해야 했어요. 아이들을 위해 그런 겁니다."

"어떤 행동을 했죠?"

"톱을 가지러 갔어요." 던의 눈이 번들거린다. "해야 할 일을 했습니다. 전 말이죠, 아이들을 보호할 수 있다는 게 너무 좋았어요."

배심원들이 온 신경을 모아 숨을 죽이고 바라본다. 몰입하고 흥분한 채로.

밤은 서늘했다. 그다지 인상적일 것 없는 하늘 아래에서 이매뉴얼은 '핀컬스틴의 5인'에 관한 이야기를 손가락으로, 가슴으로, 매번의 숨결로 느꼈다. 그는 자유의 몸이 된 조지 윌슨 던이 번쩍이는 카메라 플래시를 받으며 법원 계단을 걸어 내려오는 모습을 상상했다. 이매뉴얼은 뒤돌아 야구 방망이가 그를 기다리는 차고로 다시 갔다. 어린이 야구단 시절에 산 방망이였다. 그는 이루수로 뛰었다. 그때는 방망이가 너무 크고 무거웠는데 지금은 딱 적당했다. 그는 방망이를 들고 공원으로 걸어갔다. 난 이제 깨어 있어. 버스 안에 함께 있을 때 부기가 대충 그런 말을 했었다.

"젊은 행크 애런처럼 보이는군, 형제." 이매뉴얼이 다가가자 부기가 말했다. 부기와 함께 있는 사람은 이매뉴얼이 미스터 코더라고 기억하는 중학교 때 생물 선생과 부기의 여자친구인 티샤라는 아이, 그리고 안경을 쓴 자그마한 남자였다. 미스터 코더와 키 작은 남자는 각각 남색과 검은색 스리피스 양복을 입었다. 둘 다 차갑고 생기 없는 눈빛이었다. 티샤는 부드럽게 흘러내리는 노란 원피스를 입고 앞에 베일 같은 것이 달린 화려한 모자를 썼다. 왼손에는 우아한 흰 장갑을 꼈다. 부기는 그날 아침과 같은 흰 셔츠와 가늘고 붉은 넥타이 차림이었다. 갱단. 그게 사람들이 쓰는 표현이었다.

"내 형제 매니가 적절한 생각을 떠올렸네요." 부기가 사람들의 이름을 잠깐 소개한 뒤 말했다. "오늘 우리는 끝까지 갈 겁니다. 넌 그 물건을 제대로 휘두를 수 있길 바란다." 부기는 구부정하게 자세를 취한 후 상상 속의 방망이를 켄 그리피 주니어처럼 앞뒤로 흔들었다. 그러더니 한 발짝을 크게 내디디며 보이지 않는 속구를 후려쳐 관중석 가장자리로 날려 보냈다. 이매뉴얼의 몸이 긴장했다. 부기가 웃음을 터트리더니 조그만 마름모꼴을 그리며 뛰었다. "끝까지 간다." 그가 베이스를 차례로 돌며 말했다.

"그래서 체인톱을 집었고요. 그다음엔 무슨 일이 있었죠?"

"키가 큰 쪽 말이에요, 키가 어찌나 크던지 농구선수든 뭐든 했을 것 같던데, 그 자식이 자긴 그런 울타리 절단기는 전혀 무섭지 않다면서 제게 달려들었어요."

"그래서 무기가 없는 J. D. 헤로이가 체인톱을 든 피고에게 달려들었다는 거죠? 도발이 전혀 없었는데도요."

"전혀요."

"그다음엔 무슨 일이 있었습니까?"

"부릉, 내 어린 자식들, 티퍼니와 로드먼을 제 뒤편으로 보냈죠. 그애들을 부릉, 부릉, 보호하려고요."

"정확히 무슨 뜻입니까?"

"톱을 작동시켜 절단을 시작했다는 뜻이죠."

"'절단을 시작'하다니요? 부탁합니다, 미스터 던. 구체적으로 말씀해주세요."

"부릉, 그 농구선수의 머리를 깨끗이, 부릉, 잘라버렸어요."

"그런 다음에는요?"

"그러자 세 명이 더 달려들더라고요. 날 덮치려 했어요."

"그래서 그 아이들이 달려들 때 피고는 뭘 했습니까? 도망칠 생각은 안 했나요? 트럭에 올라타 그곳을 떠야겠다는 생각은요?"

"아, 저는 티퍼니와 로드먼이 무사한지 확인한 다음 계속 무사할 수 있게 조치하러 갔죠. 아이들이 너무 걱정스러워서 도망칠 생각이 안 들었습니다."

"그러면 아이들이 '계속 무사할 수 있게 조치'를 어떻게 했습니까, 미스터 던?"

"절단을 시작했어요." 조지 던이 체인톱의 전원 줄을 몇 번 잡아당기는 시늉을 한다.

"피고는 다섯 명의 아이들을 난도질했습니다."

"난 내 아이들을 보호했습니다."

이매뉴얼은 그 무리에서 무기를 가진 사람이 자기 하나뿐이라는 사실에 깜짝 놀랐다. 기묘한 자부심이 들었다.

"그래서 그들을 어디서 잡지?" 미스터 코더가 물었다.

"바로 여기요. 티샤의 차에서, 자기들 자동차를 안방 삼아 뒹굴려고 오는 커플을 기다릴 거예요. 여기가 그러기에 좋은 장소거든요." 부기가 말했다. 그러고는 티샤의 옆구리를 꼬집었다.

"누굴 호명할 건지 알고 싶어." 티샤가 부기의 손을 장난스럽게 찰싹 때리며 말했다. 그리고 목소리를 진지하게 낮춰 말을 끝냈다. "그게 중요하잖아."

"그럼 펠라 세인트존은 어떻게 된 겁니까?" 검사가 마침내 묻는다.

"그게 누군데요?" 조지 던이 재빨리 대답한다.

검사가 미소를 짓는다. 그녀의 초롱초롱한 눈빛은 거침이 없다. "일곱 살짜리 여자애 말입니다. 아쿠아와 마커스 해리스의 사촌이죠. 피고가 체인톱으로 목을 자른 일곱 살짜리 그 아이는 어떻게 된 겁니까?"

"제 눈엔 일곱 살보다 훨씬 더 들어 보이던데요." 던이 대답한다.

"그랬겠죠. 아이의 목에 톱날을 밀어 넣으면서 피고는 그애가 몇 살이라고 생각했습니까?"

"아마도 열셋 아니면 열넷."

"아마도 열셋 아니면 열넷이라고요? 피고는 아이에게 다가갔습니다. 뒤쫓아 달려가서 살해했습니다. 사건 보고를 보면, 피고가 마지막으로 죽인 그 아이는 다른 아이들과 몇 미터나 떨어진 곳에서 발견되었습니다. 아이를 뒤쫓아가야 했나요? 아이는 얼마나 빨랐습니까?"

"그애는 도망가지 않았어요. 날 공격하려 했죠. 다른 애들과 마찬가지로요."

"일곱 살짜리 소녀 펠라 세인트존이 성인인 피고를 공격하려 했다, 직전에 피고가 자기 친구와 가족을 살해하는 모습을 보고도 말이죠. 그런데 어찌 된 일인지 그 아이의 시신은 외따로 떨어진 곳에서 발견되었고요. 그게 말이 된다고 생각하세요? 그게 일곱 살 아이가 할 만한 행동 같습니까?"

"아무리 못해도 열세 살은 되어 보였어요."

"그게 일곱 살 아이가 할 만한 행동 같습니까, 미스터 던?"

"요즘에는," 던이 말한다. "딱 봐선 알 수 없죠."

"펠라." 이매뉴얼이 말했다. "펠라 세인트존." 뉴스에서 본 나들이옷 차림의 그애 사진들이 눈앞에 떠올랐다. 반짝이는 노란 원피스를 입고 머리에는 밝은색 머리핀을 꽂은 모습. 다음으로, 인터넷에 유포된 사진들이 떠올랐다. 피로 범벅이 된 조그만 몸, 머리 없는 몸.

"좋아. 이제 기다리기만 하면 돼요." 부기가 말하고 티샤의 차로 걸어가기 시작했다. 무리가 그의 뒤를 따랐다. "그들이 슬슬 시작하면 우리가 확 덮쳐서 창문을 깨고 끌어낼 거예요. 어영부영하기 없어요. 제대로 해내는 거야."

오래 기다릴 필요도 없었다. 젊어 보이는 커플이었다. 이매뉴얼은 급커브를 돌아 주차장으로 들어가는 차의 내부를 얼핏 보았다. 그들은 차를 세웠고, 이내 은색 세단이 부드럽게 출렁거렸다. 한 사람은 갈색 머리이고 다른 사람은 금발이라는 게 그가 아는 전부였다.

"좋아, 잽싸게 피로 새길 거야." 부기가 조수석 수납칸에서 조그만 박스 커터를 꺼내며 말했다. 부기는 티샤에게 칼을 건넸고 그것을 받은 티샤가 그의 오른쪽 아래팔을 잡았다. 티샤는 그의 피부에 칼을 대고 놀랄 만큼 수월하게 커다란 5를 새겼다. "기분 좋다, 정말이야." 부기가 입술을 깨물고 백미러를 쳐다보며 말했다. 티샤가 일을 마치고 칼을 건네자, 그는 티샤의 어깨에 5를 새겨 넣기 위해 바짝 당겨 앉아 콘솔박스 너머로 팔을 뻗었다. "괜찮을 거야. 떨지 마." 부기가 말했다. 티샤는 몇 번쯤 날카로운 들숨을 쉬더니 칼질이 끝나자 긴 파도와 같은 숨을 토해냈다. 이매뉴얼은 붉게 피어나는 5를 보았다. 부기가 미스터 코더에게 칼을 넘기려고 몸을 뒤로 틀었다. "젠장, 저것들 곧 가겠다. 얼른 움직이자." 그는 칼을 다시 거둬들이고 이매뉴얼을 보았다. "저 차창을 때려." 부기가 연상의 두 남자 사이에 낀 이매뉴얼에게 말했다. "그럼 우리가 끝어낼게."

부기가 문의 잠금을 해제한 뒤 자기 쪽 문을 먼저 열었고 티샤가 반대편 문을 열었다. 차 안으로 밀려드는 공기에 긴장이 감돌았다. 이매뉴얼은 양옆에 앉은 두 남자가 문을 열기를 기다렸다. 그들 무리는 주차장을 가로질러 천천히 걸어갔다. 차의 출렁임이 멈췄다. 그들이 알아챈 것이다. 펠라 세인트존. 이매뉴얼은 머리를 맑게 하려고 그 이름을 불렀다. 펠라 세인트존. 펠라 세인트존. 그는 차 안의 커플이 느끼고 있을 두려움을 상상했다. '핀컬스틴의 5인'을 차례로 떠올렸다. 앞으로 달려나간 이매뉴얼은 무엇이라도 박살 낼 듯한 힘으로 차의 오른쪽 뒤 차창에 야구 방망이를 휘둘렀다. 방망이가 유리에 닿자 쨍그랑 소리가 났다. 몸에 찌릿하게 활기가 돌았고, 바드득대는 느낌과 열기가 있던 곳에서는 폭발이 일어났다. "펠라 세인트존!" 그는 고함을 지르며 두 번째로 차창을 내리쳤다. 유리가 와장창 깨지면서 갑자기 밤공기가 비명으로 타올랐다.

"아, 망할!" 차 안의 목소리가 소리쳤다. 다른 목소리는 두려움의 언어로 비명을 질렀다. 말이 아니었다.

"펠라 세인트존!" 이매뉴얼은 내면 깊은 어딘가에서 나오는 고함을 질렀다. 그는 반대편으로 달려가 방망이를 세 번 휘둘러 그쪽 창도 산산조각 냈다. 안 그래도 엄청나게 요란했던 비명이 두 배로 커졌다. 모든 것이 자기 아닌 다른 소리를 내는 듯했다. 반대쪽 문이 부기와 차 안의 남자가 줄다리기를 벌이는 동안 열렸다가 닫히고, 또 열렸다가 닫혔다.

"펠라 세인트존!" 부기가 남자의 상체와 머리를 차 밖으로 끌어내며 고함을 질렀다. 남자의 팔은 아직도 문을 붙잡고 있었다. 부기가 발을 들어 그의 정수리를 세게 걷어찼다. 티샤도 똑같이 했다. 그녀가 신은 웨지힐이 남자의 머리에 벽돌처럼 떨어졌다. 콘크리트에 빨간 피가 뚝뚝 떨어졌다. 몇 번 더 발길질을 당한 후 남자는 거의 힘이 빠진 듯 자신을 끌어내는 사람들의 손에 몸을 내맡겼다. 안경을 낀 남자와 미스터 코더가 다른 쪽 문을 열고 여자를 끌어냈다. 아마도 대학생인 듯한 젊은 여자가 다리를 버둥거리며 이매뉴얼이 호러 영화에서나 들었던 비명을 질렀다.

"여러분께 부탁드립니다. 오직 사실만을 고려해주시기를 간청드립니다." 검사가 최후 변론을 시작하며 말한다. "지난 며칠간 우리는 간단한 사실 한 가지에서 빠져나가려 애쓰는 피고인의 말을 들었습니다. 상대의 도발이 전혀 없었는데도 아이들을 다섯 명이나 살해했다는 사실 말입니다. 피고는 자신의 체인톱이 성스러운 무기라거나 하느님이 내려주신 제왕의 홀이라도 된다고 생각할지 모르지만, 그가 계속 그렇게 믿게 놔두지 마십시오. 이 세상에 살며 온갖 잠재력을 발휘할 수 있었을 다섯 아이의 피를 헛되게 하지 말아주십시오. 그들이 중요한 존재였음을 알려주십시오. 세상을 알고, 사랑하고, 미워하고, 웃고, 울고, 우리가 본 모든 것을 보고, 마침내 어떤 사람이 되고 싶은지 결심할 기회도 얻지 못한 채 죽임을 당한 이 아이들. 그들은 중요한 존재였습니다. 그들의 죽음이 아무런 처벌 없이 덮여버리지 않게 해주십시오.

우리에겐 고통을 줄여주지는 못하더라도 잘못을 바로잡으려 애쓰는 제도가 있습니다. 우리에겐 조지 윌슨 던 같은 사람들이 세상의 한가운데에 뚫어놓은 이 소모적인 공동을 채우려고, 비록 성공하지는 못하더라도 용맹하게 시도하는 제도가 있습니다. 저를 비롯해 세상에는 선과 악은 다르다고 믿을 만큼 바보스러운 사람들이 있습니다. 어떻게든 다르다고, 아직은 다르다고 믿습니다. 부디 제가 바보가 아니라고 말해주십시오. 정의를 요구하는 희생자의 부모들, 정의라는 개념이 그들을 위해, 바로 이 순간을 위해 생겨났음을 아는 그들이 바보가 아니라고 말해주십시오. 미스터 조지 윌슨 던은 무언가를, 아마도 유일하게 성스러운 무언가를 파괴했습니다. 그것이 중요하다고 그에게 알려주십시오. 이 아이들, 타일러 음보야, 펠라 세인트존, 아쿠아 해리스, 마커스 해리스, 그리고 J. D. 헤로이가, 여러분 모두와 마찬가지로 마음을 지닌 인간임을 안다고 그에게 알려주십시오."

이매뉴얼과 그 패거리에게 둘러싸인 두 백인이 서로를 붙들고 잔뜩 웅크렸다. 남자는 울고 있었다. 얼굴에 멍이 들었다. 붉은 것이 코에서 입술로 흘렀다. 그는 최후의 흥정을 벌이는 중이었다.

"제발, 제발! 무얼 드릴까요?" 그의 몸이 떨렸다. "제발, 다 가지세요. 제발!" 그의 옆에서 땅에 웅크린 여자가 거칠게 숨넘어가는 소리를 냈다.

"펠라, 펠라, 펠라." 무아지경이었다. 이매뉴얼은 젊은 커플의 눈을 마주 보려 했다. 이름을 외치면서 방망이를 콘크리트 바닥에 여러 번 내리쳤다. 방망이가 땅에서 튀어오르며 노래하듯 금속성 비명을 내지르고 그의 혈관을 따라 찌릿한 충격을 전했다.

"내게 말해." 이매뉴얼이 갑자기 말했다. 미치광이 같은 날카로운 목소리가 그가 이제 막 알아차린 내면 어딘가에서 흘러나왔고, 그 부분이 아주 오랫동안 점점 커져왔다는 사실도 깨달았다. "그 이름을 말해." 이매뉴얼은 명령하며 커플에게 방망이를 겨누었다. "내게 그 이름을 말하란 말이야. 난 들어야겠어." 그가 방망이를 들었고, 두 백인의 몸이 그에 반응해 움찔했다. 그는 방망이를 내리쳤다. 방망이의 외피가 콘크리트에 부딪히는 것을 느꼈다. 이렇게 늑대가 되는 것이다, 방망이가 외쳤다. 넌 여태 양이었지만 이제 늑대가 된 거야. "내게 말하란 말이야! 제발 말하라고!" 이매뉴얼이 고함을 질렀다. 이 사태가 끝까지 가고야 말 것을 그는 알았다. 그의 분노가 무리를 더욱 흥분시키고 있다는 느낌이 들었다. "펠라 세인트존, 펠라 세인트존, 펠라 세인트존." 그들은 칭송의 구호를 외쳤다. "펠라를 사랑한다고 말해." 이매뉴얼은 말했다. "내가 미쳤다고 말해. 제발 부탁이야. 그 이름을 말하라고." 그는 눈물과 그 붉은 것 말고는 아무것도 남지 않은 듯한 커플을 내려다보았다. 그들은 사람조차 아니었다. 그저 쾅쾅 뛰는 심장, 호르몬일 뿐. 그는 이제 분노가 사라질지 궁금해하며 그것이 몸 밖으로 새어 나가는 모습을 상상했다.

그는 터널의 반대편에 다다르면—호명이 끝나고 나면—행복해질지도 모른다고 생각했다. 하지만 이렇게 몸부림치고 고함을 지르고 모든 걸 보는 동안 그 무엇도 사라지는 느낌은 들지 않았다. 그저 온몸이 팔딱팔딱 진동할 뿐이었다. 그는 고함치고 소리 지르고 방망이를 땅에 내리치면서, 이번만은 진정한 본모습으로 돌아간 게 아닐까 생각했다. 사람들이 자신을 보며 예상하는 행동을 그대로 실현하면서. 앞에 있는 커플의 비명, 그 두려움의 정직함이 그에게 날개를 달아주고 있다고 느꼈다.

옆에 서 있던 부기가 그들이 함께 시작한 일을 자신이 끝내기 위해 방망이를 넘기라고 손짓했다. 이매뉴얼은 울고 있는 남자 쪽을 바라보았다. 셔츠를 앞뒤로 바꿔 입은 모습이었다. 여자는 점점 조용해지고 있었다. 내쉴 숨이 별로 남지 않은 듯했다. 하지만 그 모든 분노의 소음 한가운데서, 소심하지만 확실하게, 여자의 입에서 무언가 흘러나오는 소리가 들렸다.

"펠라 세인트존." 여자가 말했다. 그러는 동안 이매뉴얼은 여자의 눈을 들여다보았고 그녀도 그를 마주 바라보았다.

"그거 나한테 줘." 부기가 방망이를 받으려고 손바닥을 벌리며 소리 질렀다. "내가 실행자가 되고 싶어. 느끼고 싶다고. 내가 하게 해줘. 제발." 이매뉴얼이 방망이를 넘기지 않자 부기의 불길은 더욱 활활 타올랐다. "시간이 없어. 지금 그게 필요해." 그는 박스 커터를 꺼내면서 말했다. "내가 시작할게." 부기가 이매뉴얼을 보며 말했다.

이매뉴얼은 방망이를 꽉 쥐었다. 커플을 향해 돌아서는 부기의 눈이 부리부리하고 깊었다. 그의 엄지손가락이 손아귀의 칼을 누르자 칼날이 길어졌다. 그는 앞으로 걸어 나갔다.

"어떡해야 할지 모르겠어!" 이매뉴얼이 고함을 내지르며 방망이를 힘껏 휘둘렀고, 공기를 반으로 가른 방망이가 부기의 옆구리로 파고들어 갈비뼈를 강타했다. 칼이 바닥으로 떨어졌다.

"신사와 숙녀 여러분. 숙녀와 신사 여러분." 피고 측 변호인이 일어서서 배심원단 쪽으로 성큼성큼 걸어가 넥타이를 고쳐 맨 뒤 말을 잇는다. "검사는 조지 던이 사랑할 줄 모르는 괴물임을 증명하려 했습니다. 무력한 어린아이 다섯 명을 난도질한 괴물 말입니다. 하지만 검사는 그가 다섯 명의 괴물로부터 자신의 아이들을 지킨 영웅이 아님을 증명하지 못했습니다. 가혹하게 들릴 수도 있겠지만 우리 솔직해집시다. 전에도 이런 이야기는 많았습니다. 성실한 중산층 백인 남성이 자신을 보호해야 하는 상황에 처합니다. 그런데 그는 별안간 '인종주의자'가 되어버립니다. 별안간 '살인자'가됩니다. 동기도 없고 범죄 전력도 없는데, 소위 '어린 시절 친구들' 혹은 '일가친척'이라는 자들이 지어낸 터무니없는 이야기 몇 가지만 나돌죠. 전부 아주 편리하다는 생각이 들어요. 갑자기 이 모든사실과 증언이 완벽하게 맞춰지면서, 자녀들과 저녁 시간을 보내던 한 남자를 범인으로 옭아맨다니 말입니다. 여러분은 결정을 내리기 전에 이 한 단어를 기억하시기 바랍니다. 자유. 교도소나 죽음이나 두려움보다 듣기 좋은 말 아닌가요? 자유라는 말에는 어떤 울림이 있지 않습니까? 자유를 안겨주세요. 부탁드립니다. 자유를요."

부기가 땅에 풀썩 쓰러졌다. "에이, 씨팔." 그가 소리쳤다. 숨쉬기가 곤란한 듯했다. 티샤가 소리를 지르며 쓰러진 부기 옆으로다가갔다. 노란 원피스가 그녀 주위로 펼쳐졌다. 티샤의 팔에 안긴부기가 그 조그만 태양 한가운데에서 몸을 뒤틀며 험한 말을 중얼거렸다. 미스터 코더와 안경 낀 남자는 움직임 없이 그대로 서 있었다. 백인 커플은 이제 완전히 조용해졌다.

이매뉴얼은 방망이를 바닥에 끌며 두 걸음 나아갔다. 그는 커플앞에 섰다. "펠라 세인트존, 펠라 세인트존!" 커플이 외쳤다. 이매뉴얼은 그들을 내려다보며 그들의 눈에 비친 자신을 보았다. 그는 늑대였다. 손에 쥔 방망이를 느꼈다. 거기에 그렇게 영원히 서 있고 싶었다. 소리를 지르고 그들의 두려움 전부를 배 속에 담아 배가 터질 때까지 느끼고 싶었다.

이매뉴얼은 주위를 돌아보았다. 경찰차의 날카로운 소음이 이제 더 또렷이 들렸다. 미스터 코더와 다른 남자가 도망치고 있었다. 이매뉴얼은 사이렌을 들었고 평생 처음으로 그 소리가 두렵지 않았다.

"양손을 위로 들어." 거대한 목소리, 완전히 다른 세상에서 온 목소리가 말했다. 이매뉴얼은 미소를 지었다. 아주 천천히 양손을 올렸다. 여전히 정신을 놓고 중얼거리는 부기 옆에서 티샤는 조용히 울고 있었다.

"무기를 버려." 목소리가 외쳤다. 빨간 불과 파란 불이 주변의 모든 것을 홀치기염색처럼 물들였다.

"펠라 세인트—" 이매뉴얼은 양손을 머리 위에 올린 채 방망이를 떨어뜨리며 외치기 시작했다. 그 이름들을 생각했다. 바로 그때 느낌이 왔다. 흑색도가 전지전능한 10.0까지 치솟는 느낌. 작은 천둥 같은 쾅 소리가 들렸다. 눈앞에서 터지는 자신의 뇌수가 보였다. 단단하고 빨간 색종이 조각들. 그의 피가 백인 커플과 보도 위로 마구 튀었다. 그는 주위에서 춤을 추는 '핀켈스틴의 5인'을 보았다. 타일러 음보야, 아쿠아 해리스, J. D. 헤로이, 마커스 해리스, 펠라 세인트존. 그들이 사랑한다고, 아직도, 영원히 사랑한다고 그에게 말했다. 그 순간, 마지막 생각과 함께, 세상의 일원으로서 느끼는 마지막 감정들과 함께, 이매뉴얼은 자신의 흑색도가 서서히 내려가다 완전한 무無로, 0.0으로 곤두박질치는 것을 느꼈다.

어머니가 해준 말들

Things My Mother Said

어머니가 내게 가장 잘하던 말은 "난 네 친구가 아니야"였다. 어머니는 또 "넌 내 첫아들, 유일한 아들이야"라고 늘 말하며 내게 죽으면 안 된다고 일깨웠다. 내가 겸손하게 살기를 바라는 마음에서, "내겐 어머니가 없었어. 넌 운이 좋아. 어머니가 있잖아"라고 말하기도 좋아했다.

텔레비전이 먹통이 되었을 때 어머니가 말했다. "좋아. 이젠 책을 더 읽을 수 있겠네." 그러다가 언덕 밑자락에 있는 우리 집은 모든 생기를 잃었다. 가스, 수도, 전기.

어느 날 집에 돌아오니 따뜻한 치킨 앤드 라이스 냄새가 났다. 학교 구내식당에서 두 번째 버거를 훔치는 데 실패한 날이었다. 배 속이 칭얼거렸다. 우리 집 냉장고는 아무것도 담지 않은 관으로 변해 있었다. 레인지와 오븐은 죽어가는 상자를 집처럼 보이게 하려는 장식물이 되었다. 배고픔이 그 시간들을 채색했다.

"이건 어디서 났어요?" 나는 닳아빠진 회색 냄비에서 음식을 크게 떠내며 물었다.

어머니는 내 말을 못 들은 척했다. 식탁에 앉아 육중한 흰색 성경책만 들여다보고 있었다. 창문을 통해 햇빛이 이불처럼 펼쳐져 그녀 위로 드리웠다. 어머니는 종일 그 커다란 성경책을 읽었다. 손가락을 파닥이며 「시편」을 뒤적이는 손길에 책장들이 얇은 막처럼 닳았다. 황혼이 흩뿌려지기 시작하면 어머니는 잠자리에 들었다. 나는 그러나, 그 뒤로도 오래 깨어 있었다. 휴대전화의 푸른 빛에 의지해 숙제를 하려고 애쓰며, 방전이 될 때까지 그 빛에 매달렸다. 밤이 되면 나와 배고픔은 서로 부둥켜안았다. 언젠가는 모든 것을 바꾸리라 생각하며 잠들었다.

그날 오후 나는 치킨 앤드 라이스를 먹었다. 후추와 연기 맛이 났다. "이걸 어떻게 만들었어요, 엄마?" 나는 다시 물었다. 어머니가 성경책에서 고개를 들었다. "아우라데.* 식전 기도는 드렸니? 오늘 「시편」 읊었니?" 나는 음식을 먹었다, 허겁지겁, 누가 뺏을 듯이. 뼈가 입 안에서 바스러질 때까지 그것들을 씹었다.

어머니가 자주 하던 다른 말은 이것이다. "내게 일어난 최고의

---

* '오, 주님!'을 의미하는 가나의 트위족 언어.

사건은 너야."

　나중에, 해가 지는데 죽어가는 상자 안으로 되돌아가기가 꺼려져 뒷마당에 있을 때, 불에 탄 풀밭 한 조각 위로 오밀조밀 동그랗게 늘어선 그을린 돌덩이와 자갈을 발견했다. 푸른 잡초의 바다에 낙인처럼 찍힌 잿더미 달. 나는 귀퉁이가 불에 그을린 회색 돌 하나에 손을 대고 아직도 뜨거운지 만져보았다. 자랑스러우면서도 부끄러웠다.

　공식적으로 말할게요, 어릴 때 내가 운이 좋았다는 걸 알아요, 지금도 운이 좋다는 걸 알아요, 엄마가 멍청하다고 생각하지 않아요, 내가 엄마의 친구가 아니란 걸 알아요, 엄마가 나를 자랑스러워할 수 있으면 좋겠어요.

그 시대

The Era

"대가리 박고 죽어요." 스코티가 말한다. 키가 크고 대체로 진실된 아이다. "선생님이 개뿔도 모른다고 생각하기 때문에 공격적으로 말하는 거예요."

지금은 〈그때는 어땠나〉 수업 시간이다.

"음." 미스터 하퍼가 추한 몸을 우리에게 틀며 말한다. "넌 그 입을 닥쳐야 해. 왜냐면 넌 어떤 개뿔에 대해서나 개뿔도 모르는 십대-소년이고 나는 이 내용을 창피할 정도로 오래 가르쳐온 완전-중년이니까."

"이해했습니다." 스코티가 말한다.

그러자 미스터 하퍼는 다시 '전환' 이전 시대에 대한 얘기로 돌아간다. '전환' 이전에는 '단기 대전'이 있었고 그 전에는 '장기 대전'

이 있었다. 나는 점심 전 '유쾌'를 얻으러 보건실에 가야겠다고 생각하고 있었다. 공부해야 할 시간에 생각에 빠질 때가 많아서 나는 학교 성적이 나쁘다.

"그래서 '단기 대전'이 끝나자," 미스터 하퍼가 지루한 목소리로 설명을 이어간다. "과학자와 철학자 들은 그동안 내내 사람들이 잘못 살아왔음을 깨달았지. 자기 자신과 자기의 능률, 그리고 자기가 원하는 것들을 희생하며 살다 보니 세상에 불신과 불행이 팽배해져 두 번의 큰 전쟁이 일어난 거야.

당시에는 모두가 거짓말쟁이였다. 얼마나 심했는지, 서맨사 같은 애를 보고"—미스터 하퍼가 내 옆에 앉은 서맨사를 손가락으로 가리킨다—"아름답다고 말하는 일도 흔했지. 누가 봐도 저렇게 흉측하게 생긴 애를 두고 말이야." 서맨사는 이해했다는 뜻으로 추한 머리를 끄덕인다. 그애 얼굴은 심하게 찌그러져서 두 눈이 항상 다른 방향을 본다. 출산 전 최적선택술을 받은 아이들이 완전히 망가져서 나올 때가 가끔 있다. 서맨사는 '비최적 장애자'다. 이는 그애처럼 최적화 시술이 잘못되어 몸이 끔찍하게 망가진 사람을 일컫는 공식 명칭이다. 나는 유전자 교정을 받지 않았다. 최적화가 전혀 안 된 것이다. 나는 최적이거나 이상적인 사람은 아니다. 하지만 비최적 장애자도 아니라서 외모가 서맨사처럼 망가질 일은 없었으니 다행이다. 하지만 완전히 다행이지만은 않은데, 최적선택술을 받지 않았다는 건 완벽해질 가망이 없다는 뜻이기 때문이다. 상관없다. 나는 진실되다. 당당하다, 아직은. 간혹 남의 일에 끼어드는 습성대로 옆자리를 넘겨다보니 서맨사가 학습용 패드에 접속해서 쓴 글이 보인다. 나도 예쁠/아름다울 수 있었어.

"또는,"—이번에 미스터 하퍼는 나를 본다, 날 예시로 삼으려 한다는 느낌이 든다—"당시의 선생은 우리 모두 알다시피 멍청한 벤을 보고도 영리하다거나 조금만 노력하면 잘할 수 있을 거라고 말했을지도 몰라." 반 아이들이 웃음을 터트린다. 나 같은 아이가 영리하다고 인정되는 세상은 엉터리라고 생각하기 때문이다. 나는 머릿속에서 생각한다. 미스터 하퍼, 그때는 학생들이 선생님을 뚱뚱하고 못생긴 살가죽 주머니 말고 딴거라고 생각했을 거 같아요? 그리고 말한다. "미스터 하퍼, 그때는 학생들이 선생님을 뚱뚱하고 못생긴 살가죽 주머니 말고 딴거라고 생각했을 거 같아요?"

"걔들이 나에 대해 뭐라고 말했을지는 모르겠다." 미스터 하퍼가 말한다. "아마도 내가 선생이고 내 인생이 쓰레기가 아니라서 매우 다행이라고 말했겠지. 다른 할 말은 없냐, 벤?" 나는 걔들은 미스터 하퍼가 좋은 선생이라고 거짓말하기를 정말로, 정말로 좋아했을 거라고 덧붙여 말하려다가 그만두기로 한다. 나는 진실되게 반응하는데도 다른 사람들은 내가 감정적으로 군다고, 그런 태도가 나의 진실을 가리는 거라고 말할 테니까.

"이해했습니다." 나는 말한다.

감정적인 태도는 당당하지 않으며, 최고의 자질은 진실됨과 당당함과 총명함이다. 나는 내 한계 내에서 최대한 진실되고 당당하다. 감정적으로 행해진 진실-흐리기는 두 차례의 큰 전쟁을 초래한 주요인이었다.

그 전쟁들은 '물 전쟁'이라고도 불리는데, '구연방'이 자기 국민에게 '동맹 결합체'가 저수지들에 독을 풀었다고 거짓말을 했기 때문이다. 그로 인해 파국적인/무시무시한 결과가 나타났다. 그런데 '구연방' 사람들은 내부의 진실-흐리기 때문에 화가 나서 오래오래 전쟁을 계속했고 결국 '구연방'은 '신연방'으로 바뀌어 오늘날까지 당당하게 이어졌다. 훗날 '동맹 결합체'는 핵심 저수지 하나가 독에 오염되었다는 의심이 들자 '신연방'에 그들이 한 짓이냐고 물었다. 우리의 '신연방' 조상들은 눈부신 품위와 정직성을 발휘하여 "맞다, 우리가 그 저수지에 독을 풀었다"고 진실을 말했고 덕분에 아주, 아주 많은 사람이 생명을 구했지만 결국에는 핵무기로 인해 더 폼 나게 죽었다. 오늘날 진행 중인 '정당한 폭풍 알파'와 '진실한 자유 작전'은 정당한/진실한 전쟁이다. 우리가 감정적으로 싸우고 있지 않음을 알기 때문이다.

"학생들, 화면을 41장으로 스크롤해서 내용을 익혀라." 미스터 하퍼가 말한다. 학생들이 손으로 노트-스크린을 조작한다. 41장은 다 합치면 서른여덟 페이지다. 나는 읽으려는 시도조차 하지 않는다. 글에 딸린 동영상을 보면서 사람들이 예전에 하던 일을 하는 모습을 본다. 한 남자가 공 세 개를 공중에 던지고, 원피스를 입은 여자는 다리 하나를 들고 빙글 돈다. 삼 분이 지나고 학생들은 읽기를 마친다. 그들은 스피드리드™ 칩을 장착해서 쉬운/빠른 읽기가 가능하다. 최적화된 사람들은 스피드리드™ 덕분에 나는 눈으로 훑기에도 벅찬 시간에 글을 다 읽고 이해할 수 있다. 자연 출생자인 나는 그들이 글을 읽을 때 그림만 본다. 글은 나중에 혼자서 읽을 것이다. 하지만 동영상이나 사진을 볼 수만 있어도 어떤 이들보다는 처지가 낫다. 서맨사는 스크린도 제대로 보지 못한다. 그런데 또 닉과 라피 같은 학급의 땅바라기들도 있다. 종일 울고 낑낑거릴 뿐, 아무것도 못 한다. 둘 다 최적화 시술을 받았는데도 땅바라기가 되었다. 늘 감정적인 상태이며 그래서 아무짝에도 쓸모가 없다. 나는 우리 반에 서맨사와 닉과 라피가 있어서 좋다. 그들 덕분에 공부에서 바닥/꼴찌가 되지 않아서인데, 나는 무엇에서든 바닥/꼴찌가 되기 싫다.

다른 아이들이 41장을 다 읽고 나자 미스터 하퍼는 다시 예전 사람들의 삶이 얼마나 진실되지 못했는지 이야기한다. '전환' 이전 시대에 대해서는 우리 모두 여러 번 들었지만, 교사이면서 바라건대 완전한 바보/멍청이는 아닌 미스터 하퍼가 예전 사람들이 당연시했던 그 모든 거짓에 대해 하는 말을 듣자니 나는 그때가 아니라 지금 이 시대에 살고 있다는 사실이 자랑스럽다. 그래도 난 생각이 많아서 설명을 반쯤은 흘려듣는다.

벨이 울리고 학급 순환 시간이 되자 나는 미스터 하퍼에게 진실을 말하려고 뒤에 남는다.

"미스터 하퍼." 나는 말한다.

"뭐냐, 벤?"

"오늘 수업 중에요, 선생님을 돌로 쳐서 죽이는 생각을 많이 했어요."

"흐음, 왜?"

"모르겠어요. 난 두뇌-치유자가 아니에요."

"네가 모른다면 내가 어떻게 알겠냐? 원한다면 간호사 선생님에게 가봐라."

나는 보건실을 향해 걸어간다. 가는 길에 보니 땅바라기 세 명이 교내 전쟁 기념비 앞에 모여 있다. 기념비는 우리 적들의 형체가 핵 그림자*로 남은 벽을 유리 케이스 안에 보존한 구조물이다. 땅바라기 둘은 울고 나머지 하나는 손톱을 물어뜯으며 둘 사이를 서성거리고 있다. 그들 근처에 말린이 있다. 나와 남매 사이인 말린은 나보다 다섯 사이클 먼저 태어났고 '숫자 및 세금' 교사가 되기 위해 학교에서 실습 중이다.

내가 출산 전 최적선택술을 받지 않은 것도 말린 때문이다. 말린이 최적선택술을 받을 때 여러 인성 요소들이 모조리 하나의 인성 체계로 몰려 결합하는 바람에 말린은 외곬-인성자, 즉 한 가지

---

* 핵폭탄이 폭발할 때 사람이나 사물이 형체 그대로 벽이나 바닥에 남긴 흔적.

성향만 지닌 사람이 되었다. 인성 체계는 지능, 양심, 외향성 등을 비롯해 여러 종류가 있다. 최적화된 삶™은 각기 다른 인성 패키지를 출시해 고객에게 팔았다. 내 부모님은 사회에서 성공한 사람들이라서 인성 요소 일곱 개를 서너 가지 체계에 고루 분배한 표준형 패키지를 살 수 있었다. 그들은 말린이 균형 잡히고 성공적인 사람이 되기를 바랐다. 하지만 말린이 다양한 성격을 고루 지닌 사람이 되게 해줄 수도 있었을 인성 요소 일곱 개가 모조리 하나의 체계, 즉 야망 체계로 몰려버렸다. 뭐든 그렇게 한 가지만 많이 가진 사람은 괴짜/최악이 된다. 하지만 러닝Learning 주식회사 같은 일부 기업들은 말린 같은 사람들을 선호한다. 말린은 능력 있는 일꾼이다. 원하는 것을 손에 넣는 능력이 좋다. 하는 일이 오로지 그것뿐이다. 뭔가를 손에 넣기.

말린이 여섯 사이클이고 나는 여전히 질질 짜는 똥 주머니였을 때, 부모님은 말린에게 남동생이 있으면 정보 전달을 연습할 수 있으니 좋은 교사가 되는 데 실제로 도움이 될 거라고 설득해야 했다. 게다가, 말린이 나를 베개로 질식시키려다 들켰을 때는 내가 자연출생자라서 인생에서나 자신들의 사랑에 대해서나 말린과 경쟁이 될 수 없다고도 말했다. 그들은 지금도 그런 얘기를 하며 웃는다.

말린이 그렇게 된 뒤로 부모님은 나를 가질 때, 최적화 시술이 위험을 감수할 만한 가치가 없다고 판단했다. 말린은 어린 나를 붙들어놓고 몇 시간이고 책을 읽게 했다. 내게 이것저것 외우게 했고, 그러다 안 되면 뺨을 때리기도 하고 머리카락을 잡아당기거나 손가락을 비틀기도 했다. 내가 속임수로 정답을 맞혔을 때, 그 사실을 알아차리지 못하면 나를 숨이 막히도록 꽉 껴안았다. 이마에 입을 맞추기도 했다. 내가 나이가 차서 진짜 학교에 다니게 되고 거기에서도 공부를 못하자 말린은 나를 포기했다. "그 누구도 똥을 다이아몬드로 바꿀 수는 없어." 말린이 말했다.

"알겠어, 말린." 나는 대답했다.

"다이아몬드가 어떻게 만들어지냐면……"

"관심 없어, 말린."

나는 말린이 완벽한 교사가 아니라는 증거이고, 때문에 말린은 나를 미워한다.

내가 말린에게 느끼는 감정은 이거다. 픽 쓰러짐 더하기 죽음이 말린에게 일어난다면 나는 행복 더하기 열광을 느낄 것이다.

말린은 물 두 잔을 손에 들고 있다. 나를 슬쩍 쳐다보더니 울고 있는 땅바라기들의 머리에 한 잔씩 붓는다. 사람들은 이따금 땅바라기들에게 '물에는 물'이라는 게임을 한다. 대들지 않기 때문에 재미로 발을 걸거나 우는 사람 머리에 물을 붓는다. 땅바라기 두 명이 더욱 심하게 울면서도 움직이지는 않는다. 머리와 옷에서 물이 뚝뚝 떨어진다.

"벤." 말린이 부른다. "지금 점심시간 아니니?"

"맞아." 나는 대답한다.

"여긴 음식 구역이 아니야."

"이해했어."

"내가 이 질문을 하는 이유는 학습 공간에서 효율적으로 이동하는 너의 능력이 바로 나에게 반영되기 때문이야." 말린이 말한다. 나는 그 손에 들린 빈 물잔을 바라본다.

"나는 나고 누나는 누나야. 누나에게 뭐가 반영되든 난 관심 없어." 나는 말한다.

"앞으로 이 학교가 내 학교가 된다는 거 너도 알잖아." 말린이 말한다. "너 같은 애라도 그 정도는 이해하겠지." 말린은 항상 이 학교를 인수하겠다고, 자기는 아주 훌륭한 교사라서 전부 자기 소유가 될 거라고 말한다.

"알았어. 내게 말 걸지 마." 나는 큰 소리로 말한다. "외곬-인성자." 뒷말은 말린이 무서워서 훨씬 더 조용히 덧붙인다. 말린이 내게 바짝 다가온다. 땅바라기들이 물을 뚝뚝 흘린다. 젖지 않은 아이는 오락가락 서성거린다.

"뭐라고 했어?" 말린이 따진다. 나는 아무 말도 하지 않고 말린의 눈을 바라본다. 늘 밀어뜨려 짓밟을 게 없나 찾아 헤매는, 늘 똑같은 눈. 말린이 뒤로 물러나 나를 놓아주고 멀어져 간다. 물에 젖은 땅바라기들을, 그리고 아마도 나를 비웃으며.

사실 땅바라기들은 누구에게 아무 짓도 하지 않으며, 단지 사람들에게 자기는 쓸모없는 땅바라기가 아니라는 당당함을 안겨줄 뿐이다. 거짓말을 많이 하면 결국 그들처럼 침울해져서 질질 짜게 된다고 사람들은 말한다. 그들은 오로지 슬픔만 느낀다. 슬픔이 너무 심해서 무슨 일을 해도 슬픔이 드러난다. 항상 고개를 숙이고 땅만 바라본다.

나는 큰 걸음으로 보건실을 향해 걸어간다. 학교에서는 모두가 아침 식사와 함께 아침용 필수분 '유쾌'를 접종받지만 보건실에 가면 추가분이 있다. 내가 보건실에 가는 이유는 '유쾌'를 맞으면 기분이 좋아지기 때문이다. 그걸 맞으면 당당하고 진실되게 행동하기가 쉽고, 내 진실을 가리는 것들, 예를 들어 말린, 수업에서 예시가 된 일, 나는 앞으로 절대로 완벽해질 수 없다는 사실 등을 무시하기도 쉬워진다.

간호사 선생님인 미즈 히긴스는 생긴 게 꼭 시든 배 같다. 그런 신체 유형은 매력적이지 않다. 선생님은 노조에 가입하지 않았으며, 못생긴 데다 학교 간호사인 탓에 자식도 없다. 오늘 선생님의 얼굴에는 피곤함 더하기 더욱 피곤함이 역력하다. 나는 미즈 히긴스를 비교적 좋아한다. 선생님이 나를 보더니 책상에서 주입기를 꺼낸다. 선생님 등 뒤의 선반에는 신선한 '유쾌'가 담긴 유리병이 여러 개 있다.

너무 조용해서 내가 말을 시작한다. "여기가 그렇게 싫다면 왜 그만두지 않으세요?" 주입기에 '유쾌' 병을 돌려 꽂고 있는 선생님에게 나는 묻는다.

"크레디트가 필요하니까." 선생님이 대답하며 내게 다가오고 나는 목을 쭉 뺀 채 눈을 감는다. 선생님이 내 목 한쪽에 손을 얹는다. 손에서 따뜻함 더하기 강함이 느껴진다. 주입기 바늘이 목에 꽂힌다. 머리에 오렌지 맛 같은 느낌이 퍼진다. 나는 눈을 뜨고 선생님을 바라본다. 선생님은 기다린다. 나는 더 오래 바라본다. 선생님이 얼굴을 찡그리더니 주사를 한 번 더 놓아준다. 그러자 '유쾌'가 느껴진다.

"안녕히 계세요." 나는 인사한다. 손가락을 허공으로 휙 내젓는 미즈 히긴스의 손짓이 어서 꺼져, 하는 것 같다.

급식 시간에 항상 앉는 식탁으로 가면서, 땅바라기들이 자기들끼리 소곤거리고 있는 자리를 지나간다. 몇 명은 울고 있다. 땅바라기들, 그들이 딱 하나 잘하는 건 울기뿐이다. 나는 깔깔 웃는다. '유쾌'가 강력한 효과를 내고 있고, 가망 없는 땅바라기들을 보니 너무 웃겨서다. 그들은 너무 가라앉아 있어서 '유쾌'를 맞아도 별소용이 없다.

내 자리로 가니 스코티와 존과 다른 몇몇 아이들이 크게 웃고 있는데 나는 그 이유를 알 수가 없고, 그래서 살짝 짜증이 난다.

"아, 이봐, 벤. 우리 모두 널 걱정했어. 얼른 앉아." 존이 말한다. 나는 그 옆에 앉는다. "오늘은 기분이 어때?" 스코티가 묻자, 나는 더 짜증이 난다. 아침용 필수분 외에 '유쾌' 추가분이 필요했다는 이유로 애들이 날 웃음거리로 삼는 것 같아서다. "우린 널 걱정하 잖니." 스코티가 새 같은 목소리로 말한다. 식탁에 앉은 아이들이 크게 웃는다. 주위를 돌아본 나는 사정을 이해하고 긴장을 푼다. 아이들이 놀리는 건 내가 아니라 예전 사람들의 관습이다.

"아유, 관심 가져줘서 고마워." 나는 말한다. "기분이 끝내줘." 그 들은 더 크게 웃고, 나는 기분이 그만이다. 식탁에 앉아 이렇게 웃 고 떠드는 시간이 아주 좋다.

"내 음료를 받아줘. 너 지금 목말라 보이거든. 게다가 넌 정말로 영리한 친구니까." 스코티가 그렇게 말하자 모두 더 크게 웃는다. "받아, 벤." 스코티가 네모 팩에 든 음료를 던지며 말한다. 나는 음 료를 받을 수 있도록 재빨리 움직이지 못한다. 생각에 잠겨 있기 때문이다. 방금 간호사 선생님이 '유쾌'를 놔줬는데 벌써 좋지 않은 기분 이 들다니, 원래는 이렇지 않잖아.

음료 팩이 내 머리 위로 넘어가 레슬리 맥스토의 머리를 정통으 로 맞힌다.

레슬리가 쟁반과 음식을 바닥에 떨어뜨린다. 그리고 얼굴을 찌 푸린다. 나는 다른 아이들과 함께 웃음을 터트린다. 레슬리는 원래 쌍둥이로 태어났는데 남자 형제 지미가 죽었다. 땅바라기였던 지 미는 음식물 해충박멸장치 안에 머리를 넣고 구웠다. 레슬리는 항 상 모든 게 훌륭하다고, 사람들 모두 예뻐 보인다고, 모두가 특별 하다고 거짓말을 해댄다. 레슬리 맥스토는 내 주위에서 가장 거짓된 사람에 속하는데, 그게 짜증이 나는 게, 그런 레슬리와 내가 유전자 적합도 검사에서 높은 점수가 나왔기 때문이다. 아마도 우리 둘 다 자연출생자라서 그럴 것이다. 레슬리의 부모님은 최적화된 삶™에 반대하는 시위를 해왔다. 그들은 완벽함을 믿지 않는다. 나는 완벽함을 믿는다, 단지 싫을 뿐이지.

레슬리가 어리둥절하고 멍청한 표정으로 서 있다. 웃음거리를 더 만들고 싶은 나는 자리에서 일어나 함박웃음을 지어내며 말한다. "미안하다, 레슬리. 내 크레디트로 점심을 새로 사줄게." 식탁의 아이들이 열광한다. 내 어머니와 아버지는 성공한 사람들이고 나는 그 덕을 보기 때문에 크레디트가 아주 많다. 표정으로 악! 하고 외치는 것 같던 레슬리가 나를 보며 환하게 미소를 짓는다. 그러더니 "너 정말 착하구나" 한다. 누구에게서도 그런 말을 들어보지 못한 나는 깜짝 놀란다. 식탁에 모인 아이들이 흥분/열광하고 그래서 나는 기세가 당당하다. 나는 계속 밀어붙인다. "어서, 네 점심 사러 가자" 하고, 오래전 사람들이 일반적으로 썼을 거라고 상상되는 목소리로 말한다.

레슬리 맥스토는 카페테리아의 배식 구역으로 내 뒤를 따라온다. "그 사람들은 멍청이야." 언젠가 내 어머니가 말했다. 딱히 맥스토 가족에 대한 얘기는 아니었고, 뉴스에서 모르는 사람들에게 사탕과 꽃을 나눠주는 무리를 보며 한 말이었다. 맥스토 가족과 더불어 어머니가 멍청이라고 불렀던 그 사람들은 '반대파'의 일원이다. 그들은 '유쾌'를 반대하고 출산 전 시술에 반대하며 진보에 반대한다. 우리 학교에는 '반대파' 가족의 수가 손으로 꼽을 정도에 지나지 않지만 '신연방'의 열악한 지역에는 그런 이들이 많다.

"먹고 싶은 거 아무거나 골라." 식탁에 있는 아이들은 내가 여기서 하는 말을 듣지 못하는데도 나는 그렇게 말한다.

"정말로 고마워!" 레슬리가 말한다. 웃을 때 레슬리의 얼굴은 보조개 때문에 볼에 구멍을 뚫어놓은 것 같다. 레슬리가 집은 음식은 주스 하나와 채소가 담긴 그릇 하나가 전부다. 나는 그녀를 위해 계산기에 내 크레디트 코드를 입력하고 레슬리는 점심 배식하는 남자에게 미소를 짓지만 그는 아무 말도 하지 않는다. "좋은 하루 보내세요." 나는 시작한 장난을 계속하는 중이라 남자에게 그렇게 말한다. 그가 빤히 쳐다본다. 카페테리아 중심부로 돌아왔을 때 나는 또 웃음이 터지기를 기대한다. 식탁의 아이들은 알아차리지도 못한다. 이제 그들은 식사 중이다. 짜증이 난다.

"고마워, 베니. 넌 정말 다정해." 레슬리가 말한다. 나는 전부 웃으려고 한 짓이라고 말하고 싶지만, 말하지 않는다. 생각에 잠기고 있기 때문이다. 나는 내 자리에 앉고 레슬리는 땅바라기도 아니면서 그들에게 다가가 함께 앉는다. 나는 생각한다. 진실되게 행동해야 했는데. 그래서 레슬리에게 눈 코 입이 멋지게 배열된 얼굴이라고 말했다면, 우리의 적합성 검사 점수가 높다는 사실을 그애가 기억하고 언젠가는 함께 효과적이고 기능적인 가족 단위를 이룰 수도 있다고 생각했을 텐데.

우리의 주거지에는 각자 방이 하나씩 있다. 내겐 어머니와 아버지가 한 명씩, 그리고 말린이 있다. 내 방에서 팔 굽혀 펴기나 다리 굽히기 등 신체 관리 활동을 한 다음 학교 수업에서 다룬 장을 읽다 보니 음식 냄새가 난다. 아래층으로 내려가니 어머니와 아버지와 누나가 모두 식탁에 앉아 음식을 씹고 있다.

"왜 다들 날 쳐다봐요?" 나는 묻는다.

"네가 '유쾌'를 추가로 접종받는다는 연락을 받았다." 아버지가 말한다.

세척기에서 그릇을 하나 꺼낸 뒤 조리기 전면을 여는 버튼을 누른다. 숟가락을 안에 넣는다. 조리기 상자 안에서 열기가 느껴진다. 조리기에서 고기와 곡물을 꺼내 그릇에 담는다. "가끔 필요할 때가 있어요. 그리고 왜 진실되게 말하지 않는 거죠?" 나는 말한다. "말린이 이른 거잖아요." 말린은 우리 학교에서 실습하고 있어서 나에 대해서나 내 학교생활에 대해 잘 안다.

"아무한테나 진실되지 않다고 비난하지 마." 어머니가 말한다.

"진실을 부분적으로 숨긴 건 네가 고개를 처박고 감정적으로 반응하는 경향이 있어서야." 아버지가 말한다. 나는 선 채로 그들을 빤히 바라보며 그릇에 수저를 넣는다. 한 입 먹고 씹는다. 곡물과 고기에서 곡물과 고기 맛이 난다.

"내가 예의 주시하는 이유는 아직도 사람들이 나를 너와 관련지어 생각하기 때문이야." 말린이 말한다. "자격증만 받으면 관심 끌거야. 하지만 그 전까지 넌 계속 내 반영이라고. 내 주변부 반영."

가끔 나는 맑은 물이 든 수조에서 익사하는 말린을 상상한다.

"알았어. 말씀 잘 들었고, 듣고 나니 짜증이 나네." 나는 말한다.

"우리도 짜증이 나는구나. 우리는 각자 성공적인 개인인데 남들은 아직도 우리를 너와 관련지어 생각하니까." 어머니가 말한다.

"너의 자연출생이 실수였다는 사실, 그리고 네 어머니의 모성이 초래한 무분별 때문에 네가 아직 살아 있다는 사실은 말할 것도 없고." 아버지가 말한다. 어머니는 나를 한 번 보고 다시 아버지를 보더니 고개를 끄덕인다. "맞아. 맞는 말이야." 어머니가 말한다.

나는 음식을 바닥에 내던지고 걸어 나간다. 그릇은 깨지지 않는다. 음식이 바닥에 철퍼덕 튄다.

"좀 당당해져라, 벤." 아버지가 말한다.

"항상 똑같은 말만 하시네요. 짜증 나요." 나는 그들이 보지 못하도록 현관으로 나가서 대꾸한다. 눈물이 나오지 못하게 두 눈을 꽉 감는다. 당당해지려고 노력한다. "내가 실수로 태어난 건 이미 잘 아는데 아버지는 왜 그렇게 그 말을 자주 하는지 모르겠어요."

"너를 가졌을 때 출산 전 유전자 선택을 하지 않았다는 사실이 우둔하고 실망스러운 네 성향과 거의 확실한 관련이 있기 때문이지." 아버지가 외친다. "그리고 우리는 너 때문에 짜증이 나고, 그

결과로 너와 접점이 있는 우리 자신 때문에 짜증이 난다."

"다 안다고요." 나는 말한다. 욕실로 간다. 거울 뒤에 있는 가정용 주입기를 꺼낸다. '유쾌' 병을 꺼내려 한다. 하나도 없다. 나는 그게 허공 어딘가에 있을 것처럼 빙글 돈다. 그러고는 숨을 쉬고 눈을 감은 뒤 거울을 닫는다. 이번에는 다르기를 바라며 다시 거울 문을 천천히 연다. 다르지 않다. 주입기는 있는데 '유쾌'가 없다. 비명을 지르고 싶지만 그만둔다. 그냥 방으로 간다. 침대 위에 앉는다.

자려고 노력한다. 그런데 땀이 나고 온몸과 머릿속이 아플 뿐이다. 어두워진다. 이제 나는 죽을 것 같은/쓰레기 같은 기분이 든다. 한밤중에 어머니가 방으로 들어온다.

"계속 비명을 지르고 있구나." 어머니가 말한다.

"나 때문에 어머니가 귀찮든 말든 상관없어요. 집에 있던 '유쾌'를 다 숨겼잖아요. 짜증이 나요." 나는 이불 속에서 말한다. 어머니가 다가오는 소리가 들리고, 이불이 확 젖혀진다. 어둠 속에서 어머니가 찡그리고 있다. 어머니가 내 얼굴에 손을 대고 옆으로 돌린다. 그러더니 들고 있던 주입기를 내 목에 찌른다. '유쾌'를 연달아 세 번 맞고 나자 이가 덜덜 떨린다. 어머니는 내 머리 위에 손을 대고 한참 서 있다가 돌아서서 방을 나간다. 이내 모든 게 괜찮고 좋다는 기분이 들면서 나는 웃으며 잠이 든다.

학교에서 보통 때처럼 아침 '유쾌'를 맞는다. 그리고 〈그때는 어땠나〉 수업에서 또다시 이전 시대에 대해 토론한다.

"그래서 사람들은 그렇게 번드르르하게 말하고 타인을 중시하는 척 행동했지만 그래도 전쟁과 아픔이 있었어. 거짓말의 시대였다는 증거지." 미스터 하퍼가 말한다.

"하지만 어제 선생님은 그때가 더 낫고 수월한 점도 있었다며 개구리 똥 같은 헛소리를 했잖아요." 스코티가 말한다.

"그래서 넌 잘해봐야 중위권 학습자밖에 되지 못하는 거다." 미스터 하퍼가 말한다. "나는 아직도 예전 방식이 더 좋았다고 믿는 사람이 있다고 말했어. 어떤 사람들은 예전 방식을 더 좋아해서 여전히 그렇게 산다고 말이야."

"그런 사람들은 미련퉁이라고 생각해요." 스코티가 말한다.

"네가 어떻게 생각하는지는 아무도 관심 없어." 미스터 하퍼가 말한다. "나도 네 의견에 동의는 한다만."

"어-어떠케 아라?" 서맨사가 갈라진 저음의 목소리로 말한다. 대개는 말이 없는 아이다. "갠찮을 수도 이-이써."

"닥쳐, 쭈그렁-얼굴." 스코티가 말한다. 그는 신발을 한 짝 벗어 서맨사에게 던진다. 목표에 명중한 신발이 탁 소리를 내며 머리에서 튕겨 나가 내 책상으로 떨어진다. 반 아이들이 웃는다. 미스터 하퍼도 웃는다. 서맨사는 웃으려 애쓴다. 나는 그 신발을 빤히 바라본다.

"봐라. 바로 이 순간 우리가 얻을 수 있는 교훈이 있다." 미스터 하퍼가 말한다. "'전환' 이전 시대였다면 스코티는 솔직하게 의견을 표현하지 않았을 테고, 그러면 서맨사는 자기가 똑똑한 말을 했다고 스코티가 생각한다는 착각에 빠졌겠지."

나는 수업이 끝나고 곧바로 미즈 히긴스에게 간다. 보건실에 도착하자 선생님은 나를 망가진 사람 보듯 한다.

"네 법정 후견인들이 '유쾌' 접종을 제한했어." 선생님이 말한다. 뒤편에 놓인 병들이 보인다. 그 느낌이 거의 생생하다. 거의, 하지만 거의일 뿐.

"두 병만 놔주시면 돼요." 나는 말한다. "하나라도 괜찮아요, 제발."

"공식적 제한이……"

"알아요." 나는 소리 지른다. 돌아서서 보건실을 나온다.

학교 안의 바닥은 황갈색과 흰색이다. 점심을 먹으러 걸어간다. 당당하거나 좋은 기분이 전혀 들지 않아서 고개를 바로 세우기가 힘들다.

카페테리아에 가자 누군가가 하는 말이 들린다. "생일 축하해." 고개를 드니 레슬리 맥스토가 나를 보고 있다. 레슬리는 처량한 땅바라기들 여럿과 함께 앉아 있다가 일어서서 팔로 나를 감싼다. "생일 축하해." 레슬리가 다시 한 번 말한다. 예전에 나는 말린이 내게 시험을 낸 후에 지금처럼 안아주는 게 좋아서 내 방에 틀어박혀 숙제로 내준 글을 죄다 외우려고 애쓰곤 했다. 하지만 이건 몇 사이클 만에 처음으로 경험하는 포옹이다. 나는 거기 그렇게 서서 레슬리 맥스토의 강함 더하기 부드러움에 대해 생각한다. 목 덜미에 레슬리의 숨결이 살짝 느껴진다.

"오늘 네 생일이야." 레슬리가 말한다. 나를 보고 웃고 있다. 흥분한/전기를 띤 듯한 눈빛이다.

"아." 나는 말한다. 이제 나는 열다섯 사이클을 지났다.

"우린 적합성이 높게 나왔잖아. 네 검사표에 쓰여 있어." 레슬리 가 내 머릿속 질문에 답하며 재빨리 말한다.

"아."

"네가 원한다면 우리 부모님은 널 초대해 축하해주고 싶대." 레슬리가 바닥을 내려다본다. 땅바라기들처럼 그러는 게 아니라 왠지 창피한 것처럼. "우리 부모님은 축하하기를 좋아하셔."

"나는 그런 식으로 뭘 축하하거나 너랑 어울려 다니는 짓은 안 해. 게다가 다들 네 부모님이 이상하다고 생각해." 나는 말한다.

"알아. 하지만 그런 걸 하면 모두가 정말로 행복해져." 레슬리가 말한다. 미스터 하퍼가 얘기한 게 바로 이거구나, 나는 깨닫는다. 레슬리 맥스토는 내가 아무 이유도 없이 자기를 행복하게 해주기 를 바란다. 나는 레슬리를 바라보며 당당함이나 총명함이나 진실 됨과는 다른 어떤 느낌에 빠진다. "부탁이야." 레슬리가 그렇게 말하며 종이를 건네는데 이따가 오라는 초대장이다. 나는 종이를 받아 든 뒤 평상시 앉는 자리로 가서 늘 어울리는 아이들과 함께 앉는다.

집에 가니 내 가족 단위의 사람들이 내게 말을 건다.

"안녕." 아버지가 말한다.

"불안해 보이는구나." 어머니가 말한다.

"넌 이제 '유쾌' 제한 명단에 들어 있어." 말린이 말한다.

나는 누구에게든 아무 말도 하지 않는다. '유쾌'를 맞지 않으니 모든 것이 다른 식으로 나빠 보인다. 모든 사람과 모든 사물에 대해 최악의 상상만 떠오른다. 그리고 배가 아픈 건지, 바로 지금 정말로 심한 복통을 겪는다면 얼마나 괴로울까 상상하고 있는 건지 구분이 안 된다. 어느 쪽이든, 배가 아프다. 무서운 생각들이 머릿속을 들쑤신다. 욕실로 간다. 거울을 당겨 연다. 주입기는 있지만 '유쾌'는 여전히 없다. 하나도 없다. 면도기와 불소 치약과 조그만 구급상자만 있다. 혹시 몰라 구급상자 안을 본다. '유쾌'는 없다. 빈 주입기를 들고 목에 갖다 댄다. 방아쇠를 당겨 바늘을 찌르며 뭐라도 나오기를 기대한다. 다시 방아쇠를 당긴다. 다시. 거울을 닫자 유리 귀퉁이에 실금이 생긴다. 밖으로 나간다. 기분이 너무 나빠서 두렵다. 어디 가느냐고 아무도 묻지 않는다.

맥스토 가족은 지구地區 외곽에 있는 단지에 산다. 우리 지구에서는 가난한 사람들이 전부 외곽에 살고 있어서 중심부에 사는 우리는 그들과 전혀 마주치지 않아도 된다. 그들은 더 싸고, 그래서 결과적으로 외관이나 주택 역량—실내를 따뜻하게/보송보송하게 유지하거나 동물의 유입을 막는 등등—이 더 열악한 공간에서 복작복작 모여 산다.

아침 식사 이후로 '유쾌' 주입을 받지 못했다. '유쾌' 결핍이 나를 짓누르는 느낌이 든다. 무너뜨리는 느낌이 든다. 밖이 어두워지고 있다. 지구 변두리로 나오니 보행로-도로를 따라 천천히 움직이는 땅바라기들이 너무나 많다. 그들은 원래 가족이었던 사람들에게 버림을 받았다. 대부분의 땅바라기들에게 일어나는 일이다. 반송장-노인들이 많고 어린이-소년들도 몇 명 있을 뿐만 아니라 다른 모든 연령대의 사람들이 있다. 이따금 땅바라기 중 하나가 중요한 뭔가를 막 기억해낸 것처럼 격한 눈빛으로 머리를 확 쳐든다. 몇 초간의 격한 응시와 머리 돌리기가 끝나면, 다시 고개를 아래로 떨군다.

한없이 짜증이 난다. 이 모든 고개 숙인 사람들 주위에 있으니 영원히 눈을 감아버리고 싶어진다. 나는 맥스토 가족의 집을 향해 격자 보행로를 따라 걸어간다. 시선을 땅에 고정한다. 그렇게 하면 사라져버리고 싶은 마음이 덜해지니까. 가는 길의 바닥은 회색, 회색, 또 회색이다. 내 신발은 검은색과 회색이다. 유리병에 든 '유쾌'는 깨끗/투명하다.

긴 손톱들이 내 어깨를 파고든다. 고개를 드니 어머니 또래의 땅바라기 한 명이 있다. 내 목 가까이에 양손을 올리고 있다. 여자가 "우린 어디로 가는 거야?" 하고 소리를 지르며 나를 잠에서 깨우려는 것처럼 흔들어댄다. 오랫동안 고함을 질러왔는지 찢어지는 목소리다. 나는 엄청나게 불안해져서 여자를 밀치고 내달린다.

달리면서 고개를 똑바로 들려고 주의한다. 레슬리가 사는 주거단지에 도착했을 때는 온몸이 땀에 젖어 있다. 내부는 멋지지 않다. 로비에서 고양이 떼와 너구리 한 마리가 몰려다니며 싸운다. 벽은 더럽고 페인트가 벗겨졌다. 화장실 비슷한 냄새가 나는 계단을 올라간다. 맥스토네 주거지의 문이 나오자 노크한다. 안에서 사람들이 바스락대는 소리가 들린다. 나는 바늘이 가득 든 항아리 속으로 여러 번 반복적으로 떨어지는 상상을 한다. '유쾌' 주입을 받지 못했다. 문이 열린다. 안이 밝다.

"생일 축하해" 하고 몇 명이 입을 모은다. 여럿이 합쳐진 목소리를 듣자 심장이 더욱 빨리 뛴다.

"안녕하세요?" 나는 말한다.

"들어와, 들어와." 레슬리가 말한다. 키가 크고 목이 가늘며 흰머리가 난 남자가 있다. 그는 밝은색 꽃무늬가 그려진 볼품없는 셔츠를 입었다.

"널 만나서 기쁘구나. 널 만나서 정말 기뻐." 아버지 맥스토가 말한다. 맥스토네 집에서는 다들 같은 말을 두 번씩 하는 것인지 궁금하다.

왼쪽의 좁은 공간이 음식 구역이다. 뭔가 좋은 냄새가 난다. 중심 구역에는 레슬리 맥스토와 그애의 어머니, 아버지, 그리고 안절부절못하는 내 또래 땅바라기 세 명이 있다. 그들은 늘 그렇듯 침울한/불만스러운 표정이다. 우리 학교 애들일 수도 있다. 모르겠다. 난 땅바라기들을 잘 쳐다보지 않으니까.

"들어오렴." 이미 안에 들어와 있는 내게 어머니 맥스토가 말한다. 머리가 짧고 깡마른 여자다. 목 밑의 늘어진 살이 주름져 있다. 나는 안으로 더 들어간다. 모두가 나를 보고 있다.

"걸어오는 길은 어땠어?" 레슬리가 묻는다. 웃는 얼굴이다.

"안 좋았어." 나는 말한다. "이 부근은 내 가족 단위가 사는 곳보다 안 좋네."

"음, 그렇다니 유감이구나." 아버지 맥스토가 말한다. "주인공이 이렇게 무사히 왔으니 이제 케이크를 먹자!" 주인공. 그는 내 얘기를 하고 있다.

중심 구역에는 침대가 두 개 있다. 침대 하나는 식탁으로 쓰기 위해 시트를 씌워 접시를 올려놓았다. 다른 침대 위에는 베개를 여러 개 놓아 앉을 자리로 꾸몄다.

"케이크를 먹어본 적이 없어요." 나는 말한다. 사실이다. 케이크는 당당한 사람이 먹는 음식이 아니다. 거리에서 '반대파'들이 나눠주는 사탕과 마찬가지로 케이크를 먹으면 뚱뚱해진다고 어머니는 말한다.

"아, 정말 애석한 일이구나." 어머니 맥스토가 말은 그렇게 하면서도 얼굴은 웃고 있다. 딸처럼 볼에 보조개가 있다. "이 집에서는 기회만 있으면 케이크를 먹지, 아마도." 어머니가 웃는다. 그러자 아버지 맥스토도 웃는다. 레슬리도 웃는다. 심지어 땅바라기 하나도 살짝 웃는다. 여전히 바닥만 보고 있지만 어깨가 들썩이는 걸 보니 알겠다.

"날 불쌍히 여길 필요 없어요." 나는 말한다. "우리 주거지는 여기보다 훨씬 좋단 말이에요." 잠시 정적이 흐르더니 사람들이 또 웃기 시작한다. 그들이 왜 웃는지는 정확히 모르겠지만 짜증이 심하게 나진 않는다.

"이 녀석!" 아버지 맥스토가 말한다. "진짜 코미디언이네."

"진짜 코미디언이 뭐죠?" 내가 묻는다.

"농담-전달자, 유머-창조자." 아버지 맥스토가 말한다. "구세계에서는 웃음 유발을 평생 직업으로 삼기도 했어. 구세계 삶의 여러 가지 흥미로운 점 가운데 하나지."

"믿을 수 없어요." 나는 믿지 않으므로 그렇게 말한다.

"괜찮아." 어머니 맥스토가 여전히 키득키득 웃으며 말한다. "케이크나 먹자."

"달콤한 제안이로군." 아버지 맥스토가 말한다. 그가 웃자 나머지 가족도 웃는다.

우리는 식탁/침대로 옮겨 간다. 이 주거지의 중심 구역에는 색깔이 너무 요란한 벽지가 붙어 있다.

"케이크는," 어머니 맥스토가 음식 구역으로 걸어가며 말한다. "구세계에서 생일은 물론이고 노조 결성이나 음력으로 사이클이 시작되는 첫날, 전투 승리 같은 행사를 축하하기 위해 사용된 별미란다." 어머니 맥스토는 음식 구역에서 식기를 찾고 있다. 나는 아버지 맥스토를 보며 묻는다. "아저씨 아들이 자살한 곳이 저 음식 구역인가요?" 어머니 맥스토가 뭔가를 바닥에 떨어뜨리면서 쨍그랑/덜커덕 소리가 난다.

아버지 맥스토가 나를 본다. 내 어깨에 손을 댄다. 그의 손은 크다/묵직하다. "이 집에선 말이다,"—그는 나만 들을 수 있는 아주 낮은 소리로 말한다—"우리가 좋아하는 행동 방식이 여럿 있는데 그중 하나는 말을 가려 하는 거야. 방금 그 말은 꼭 할 필요가 없었어. 그리고 네 말이 내 아내의 마음을 아프게 했어. 아내는 괜찮을 거야, 하지만……"

"타인을 위해 하는 거짓말 때문에 '단기 대전'과 '장기 대전'이 일어났어요." 나는 말한다.

"아마도. 아니면 다른 이유가 있었을 수도 있고. 내 말은 다른 사람을 배려하라는 거야, 알겠니?" 아버지 맥스토가 내게 속삭인다. "이 점에 대해서는 분명 네게도 여러 생각이 있겠지만, 이 집에서는 그렇게 하려고 노력한단다." 그가 미소를 지으며 다시 한 번 내 어깨에 손을 댄다. "케이크를 먹자." 그가 큰 소리로, 모든 사람을 위한 목소리로 말한다.

아침 식사 이후로 '유쾌' 주입을 받지 못했다. 그리고 여기에 있다. 레슬리 맥스토의 집에. 레슬리가 나를 초대했기 때문에, 내가 말린이나 최적화 시술이나 앞으로 영원히 멍청할/우둔할 거라는 생각 말고 다른 생각을 하게 해주었기 때문에.

어머니 맥스토가 돌아온다. 내게 미소를 지으며 웬만한 건 다 자를 만큼 커다란 칼을 내게 건넨다. "예전에는 전통적인 생일 찬송을 부르고 나서 생일을 맞은 소년들이 직접 케이크를 자르는 전통이 있었어." 어머니 맥스토가 말한다. 그러더니 눈을 크게 뜨고 주변을 휙 둘러본 뒤 노래를 부르기 시작한다. 나머지 가족들이 동참한다. 땅바라기들이 고개를 숙였다가 들고, 또 숙였다가 들면서 어떡할지 망설이더니 그들까지도 맥스토 가족을 따라 뭔가 중얼거린다.

생일 축하합니다, 생일 축하합니다.
당신의 생일을 축하합니다.
생일 축하합니다, 오늘은 당신의 날, 예!
생일 축하합니다, 생일 축하합니다, 예!

노래가 끝나자 어머니 맥스토가 내게 케이크를 자르라고 눈짓으로 말한다. 칼이 부드럽게 들어간다. "깜빡했는데, 전통대로라면 케이크를 자르기 전에 소원을 빌어야 해." 어머니 맥스토가 말한다. "하지만 자르고 나서 해도 괜찮을 거야. 아무 소원이나 빌어도 돼."

당연히 나는 '유쾌'를 달라고 빈다. 케이크에 칼질을 한 번 더 하고 나서, 내게서 칼을 가져간 어머니 맥스토가 나처럼 옆구리가 아니라 한가운데를 따라 케이크를 자르는 모습을 본다. 모두에게 한 조각씩 배분된다. 아버지 맥스토와 레슬리와 나는 앉을 자리로 마련된 침대 위에 앉는다. 나머지는 서서 우물거린다. 케이크는 내가 여태 먹어본 음식 중에 가장 달콤하다.

"맛있니?" 어머니 맥스토가 묻는다.

"아주 달아서 맛있어요." 나는 말한다. 혀와 이에 생기가 도는 느낌이다.

"이건 옛날식 정통 요리법으로 만들어서 다른 데서는 절대로 맛볼 수 없는 케이크야." 어머니 맥스토가 말한다.

나는 케이크를 반 정도 먹고 나서 아버지 맥스토에게 고개를 돌린다. "혹시 '유쾌' 남은 거 있어요?" 그것의 과다 사용은 당당한 일이 아니므로 나는 약간 조심스럽게 묻는다. 아버지 맥스토는 볼이 불룩해지도록 케이크를 입에 넣은 채 나를 바라본다.

"우린 이 집이 상업용 '유쾌' 이전의 시대를 재현한 곳이라고 여기고 싶단다." 그가 말한다. 그는 케이크를 삼킨 후 내 어깨에 손을 올렸다가 내린다.

"'유쾌'가 필요해요."

"이제 이렇게 생각해. '지금은 그때다.'" 아버지 맥스토가 손으로 무언가를 한다. "우리 집을 상업용 '유쾌'가 필요 없는 곳이라고 생각하렴."

"이 집이 가난해서 그게 하나도 없는 건가요?" 나는 묻는다. 아버지 맥스토가 너무 심하게 웃어대는 바람에 입 밖으로 뱉어진 젖은 케이크가 바닥으로 떨어진다. 어머니 맥스토가 재빨리 닦아낸다. 그는 딸을 보며 말한다. "이 녀석 정말 웃긴다. 진짜 코미디언이야."

"농담이 아니에요." 나는 말한다.

"그래서 이렇게 웃기는 거지." 아버지 맥스토가 말한다. "사람들을 웃기고 싶을 때 난 보통 옛날 농담을 해. 가령 이런 거." 그가 목청을 가다듬는다. "귀먹은 남자 얘기 들어봤어?"

"뭐라고요?"

"그 사람이 딱 그렇게 말했지!" 아버지 맥스토가 말한다. "네가 아니요, 라고 말했다면 난 그 사람도 못 들었대, 라고 말했을 거야. 이해했어?" 그는 내 어깨에 손을 올리고 킬킬 웃는다. 레슬리와 땅바라기들도 함께 키득키득 웃는다. "정말로, 네가 이미 봤듯이 우리는 '단기 대전' 이전, 아니 심지어는 '장기 대전' 이전으로 돌아간 공간을 창조했다고 생각하고 싶어. 내 가족과 나는 원하거나 필요한 사람들을 위해 그 품위 있는 시대를 되살리고 있어."

"여기엔 '유쾌'가 하나도 없으니 짜증이 나네요. 전 갈게요." 나는 말한다.

"우린 여기서—저기, 린다, 우리 자료 좀 가져올래요?—'유쾌'가 없이도 감정을 느끼고 행복해지는 방법을 제공하고 있단다. 우리는 함께 있기만 해도 좋은 기분을 느낄 수 있어. 너도 네게 맞는 패키지를 선택하고 거기 맞춰서 일주일에 몇 번씩 우리와 함께 지내면 돼." 레슬리는 미소를 짓고 있고, 땅바라기들은 케이크를 먹으며 흐릿한 미소와 멍하게 찡그린 표정 사이를 왔다갔다한다.

"집에 갈래요." 내가 말한다.

"자료를 좀 가지고 가렴." 그가 말한다. 어머니 맥스토가 웃음 띤 얼굴로 내게 안내서를 내민다. 거기에는 웃는 얼굴과 설명문과 가격이 나열되어 있다. 각 줄에는 상세한 정보와 함께 소요 시간 및 그에 해당하는 크레디트 액수가 적혀 있다.

"다양한 선택이 가능해." 레슬리가 말한다.

"잘 생각해봐라. 네게 맞겠다 싶은 패키지가 있으면 레슬리에게 알려줘. 처음에는 일주일에 적어도 사흘 정도 이곳 '그 시대'에서 우리와 함께 지내는 방식을 추천할게. 완전히 새로운 기분이 들 거야. 이 손님들을 보렴." 어머니 맥스토가 아직도 케이크를 오물오물 먹고 있는 땅바라기들을 가리킨다. 그들이 나를 보며 웃으려 애쓴다.

나는 일어선다. "짜증이 나요. 좀 다를 거라고 생각했단 말이에요." 나는 소리를 지른다. '유쾌' 주입을 받지 못했다. 안내서가 주먹 안에서 우그러지는 느낌이 든다. 앞장에 구불구불한 서체로 "그 시대의 삶"이라고 쓰여 있다. "그리고, 레슬리는 나를 짜증 나게 하지 않으니까, 그래서 여기 온 거라고요."

"자료를 잘 살펴보거라." 문까지 왔을 때 아버지 맥스토가 말한다.

"아침부터 내내 '유쾌' 주입을 받지 못했어요. 그래서 이렇게 감정적인 거라고요." 나는 고함을 지르고 문을 쾅 닫은 다음 내 주거지로 돌아가기 위해 달린다. 곧 피곤해져서 그냥 걸을 수밖에 없다. 게다가, 내 주거지에 가도 어차피 '유쾌'는 없다. 밤은 검다. 격자 보행로는 회색, 회색, 또 회색이다. 치아에 달콤한 맛이 약간 남아 있고, 달콤함이 사라진 뒤에도 그 맛을 생각하니 계속 걷는 데도움이 된다.

다음 날 아침 식사 시간에 '유쾌'를 맞으니 몇 분간은 기분이 좋아지지만 우유 한 잔을 다 마시기도 전에 좋은 기분은 사라진다. 목덜미가 아프다. 머리가 욱신거린다. 학교 바닥은 대부분 황갈색이고 그 황갈색 바탕에 그려진 무늬들에는 최소한 쉽게 정신을 쏟을 수 있다. 미스터 하퍼의 수업 시간에 우리는 언제나처럼 '장기 대전'과 그것이 '단기 대전'으로 이어진 과정에 대해 토론한다. 수업 중에 나는 케이크를 생각한다.

점심 시간에 늘 어울리던 아이들과 함께 앉으려고 다가간다. 식탁에서 스코티가 말한다. "저리 가. 우린 너 같은 땅바라기와는 어울리기 싫어." 다른 누군가가 말한다. "저리 가서 침울이들과 함께 앉으라고." 나는 땅바라기가 아니므로 거기 그대로 서서 바닥만 바라본다. 하지만 머리엔 감정이 가득하고 눈에는 눈물이 그렁그렁한 채로 고개를 숙인 나는 아마도 땅바라기처럼 보일 것이다.

당당하게 고개를 들려고 노력한다. 퍽 소리와 함께 눈 아래에 통증이 느껴진다. 나는 쓰러진다. 식탁에 모인 아이들이 웃는다. 나를 공식적으로 거부한다는 뜻으로 존이 나를 때렸다는 사실을 깨닫는다. 얼굴이 아프다. 그대로 누워 있고 싶지만 몸이 위로 당겨져 일어난다. 날 당긴 사람은 레슬리 맥스토다. 찡그린 표정이다. 일어선 나는 머리를 꼿꼿이 세우고, 레슬리는 나와 함께 보건실로 걸어간다. "괜찮아." 레슬리가 말한다. 예전 사람들이 그랬듯이, 레슬리가 늘 그렇듯이. 그리고 나는 레슬리의 거짓말을 들으니 행복하다.

보건실에 들어가자 미즈 히긴스가 우리 둘을 빤히 쳐다본다. 서맨사가 의자에 앉아 있다. 서맨사는 늘 건강이 좋지 않다. 하지만 어서 와, 하는 느낌으로 나를 바라보며 기분이 괜찮을 때 내는 신음을 낸다. 미즈 히긴스는 보냉 상자에서 차가운 팩을 꺼낸다. 나는 눈 위에 팩을 댄다. 좀 덜 아프다. 나는 서맨사 옆 의자에 앉는다. 레슬리는 내 옆 의자에 앉는다.

"얘가 맞았어요." 레슬리가 말한다.

"너 괜찮아?" 서맨사가 묻는다.

"맞았구나." 미즈 히긴스가 말한다.

"네." 나는 말한다. 미즈 히긴스는 아무 말도 하지 않는다. 그러더니 일어서서 주입기가 있는 서랍을 연다. 서랍이 열리는 소리만 들어도 피부가 찌릿하다. 등을 돌리고 선 미즈 히긴스가 신선한 새 '유쾌'를 주입기에 넣는다.

그때 보건실 문가에 서 있는 누나가 보인다. "듣자니," 말린이 말한다. "너 진짜 땅바라기가 되었다며." 레슬리가 차갑지 않은 내 손을 만진다. 내 손에 닿은 그애의 손가락이 따뜻하다. "벤은 '유쾌' 제한 대상이에요, 히긴스." 말린이 말한다. 나는 한쪽 눈으로 레슬리 맥스토를, 다음에 서맨사를, 다음엔 말린을, 그다음엔 미즈 히긴스를 본다. 미즈 히긴스가 '유쾌' 병을 주입기에 돌려 끼운다. "신고할 거예요." 말린이 말한다.

미즈 히긴스는 병을 주입기에 대고 계속 돌리며 말린을 외면한다. 말린은 보건실 문가에 서 있다. 물 한 잔을 들고 있다. 내가 원하는 건 '유쾌'뿐이다. 미즈 히긴스가 병을 끼운 주입기를 들고 나를 본다. 레슬리가 내 손을 꼭 쥔다. 나는 미즈 히긴스를 본다. 고개를 젓는다. 미즈 히긴스는 주입기를 책상에 떨어뜨리고 의자에 앉는다. 고개를 돌리고 벽을 바라본다. 우리는 조용하다. 한참 정적이 흐른다. 레슬리가 나를 본다. 레슬리가 미소를 짓고 싶은데도 그러지 못하는 것 같아서, 한쪽 손은 차갑고 다른 쪽 손은 따뜻한 나는 멍든 한쪽 눈 대신 다른 쪽 눈으로 그 아이를 바라보며 고개를 숙인 채 말한다. "귀먹은 남자 얘기 들어봤어?"

라크 스트리트

Lark Street

있을 수 없는 손이 내 귓불을 때렸다. 전날 낙태되어 세상에 태어나지 못한 태아가 내 침대 가에 서 있었다. 그 남자아이의 이름은 재키 거너였다.

"그래, 당신은 불알*도 없나 봐요?" 재키 거너가 말했다. 엄한 투로 빽빽거리는 목소리였다. 내 눈꺼풀이 스르르 열렸다. 아이는 베개 끝자락에 있는 조그만 실루엣이었다. 들쥐보다 작았다.

"자, 뭐라고 말 좀 해봐요, 아빠." 아이는 '아빠'라는 말을 어떤 사람들이 '씨발놈'이라고 할 때처럼 내뱉었다. "기분이 별로이기는 해요?"

---

* 일상 영어에서 '용기' '배짱'이라는 의미로 쓰인다.

"그래." 나는 말했다. "기분이 정말 별로야."

"기분이 정말 별로야." 재키 거너가 따라 했다. "그 '정말 별로야' 가 우리 생명이 다 들어갈 만큼 큰 구멍이긴 해요?"

"우리?" 내가 물었다.

"그건 은유예요, 아빠." 새로운 목소리가 말했다. 이번에는 수줍고, 심지어 애교 있는 목소리. 자그마한 두 번째 태아가 이불을 타고 침대로 올라왔다. 그 여자아이의 이름은 제이미 루, 나는 이미 알고 있었다.

"휴." 내 베개와 가까운 쪽 이불 꼭대기에 오른 제이미 루가 한숨을 내쉬었다. 아이가 폴짝 뛰어내려 재키 거너 옆에 앉았다. 조그만 그림자 옆의 조그만 그림자. 쌍둥이구나, 나는 생각했다.

"미안하……" 내가 입을 뗐다.

"관둬요." 재키 거너가 말했다. "그냥 관두라고요."

"그래, 당신은 불알도 없었다는 거죠, 네?" 아이가 아주, 아주 조그만 제 다리 사이 공간을 밀쳤다 움켜쥐었다 하며 다시 말했다. 병뚜껑이나 축구공이나 다른 사람들 등을 찰 수 있을 만큼 자라지 못할 그 다리. "불알이라면 당신보다 내가 더 큰 거 같은데요. 난 아직 3개월은 있어야 제대로 된 성기가 생길 텐데도 말이죠." 이쯤에서 아이는 생각에 잠긴 듯 말을 멈췄다. "불알은 정확히 어떤 거죠?"

제이미가 키득키득 웃었다.

나는 어떻게 대답해야 할지 알 수 없었다. "어, 그건…… 아……" 잠기운 때문에 아직도 목소리가 늘어졌다.

"어쨌거나," 재키 거너가 말했다. "당신은 모를 거예요. 살펴볼 코호네스*도 없었으니까."

"아빠한테 착하게 굴어." 제이미 루가 말했다. 재키 거너가 툴툴거렸다. 그러더니 그 조그만 머리를 돌려 내게 곁눈질 비슷한 걸 했다. "날 봐요, 아빠."

전날, 내 여자친구 재클린은 알약 몇 개를 차례로 먹고 재키 거너와 제이미 루를 몸 밖으로 내보냈다. 집에서 쓰는 방법이 있다는 사실을 알았을 때, 그것이 우리에겐 좋은 대안 같았다. 더 인간적인 방법이라고 생각했다. 안내서의 지시에 따르면 우리는, 아니 그녀는 약 네 알을 입술과 잇몸 사이 공간에 끼워 넣어야 했다. 그러면 약이 녹으면서 화학성분이 위를 거치지 않고 혈류에 흡수된다. 구토를 할 수도 있다. 안내서는 그 점을 강조했다.

재클린은 변기 위에서 울었다. 나는 처음에 그녀의 손을 잡았다. 그러다 그녀가 나가라고 했다. 나는 그 말에 따랐다. 거실에서 귀를 기울였다.

"괜찮아요, 아빠." 제이미 루가 말했다. 그 말에 재키 거너가 몸을 돌려 제이미 루의 옆머리를 발로 찼다. "아야." 제이미 루가 외

---

* 스페인어로 '불알' '배짱'을 의미하는 단어.

쳤다.

"야." 내가 말했다. 지금은 폭력을 쓸 시간이 아니라는 생각이 들었다.

"닥쳐. 하나도 괜찮지 않아." 재키 거너가 말했다. "우리를 보려고도 안 하잖아."

"무서워서 그러는 거야." 제이미 루가 일어서며 말했다. 그러고는 재키 거너와 머리를 맞댔다가 관자놀이에 입을 맞췄다.

"상관없어." 재키 거너는 입맞춤을 무시하며 말했다.

내가 들어본 가장 솔직한 고통의 소리가 한 시간가량 이어진 후 재클린이 처음으로 내가 알아들을 수 있는 말을 했다. "오, 세상에, 그게 내…… 오, 세상에." 그래서 나는 그들이 내보내졌음을 알았다. 그때 다시 그녀의 손을 잡을까 생각했다. 하지만 그럴 수 없었다. 그 욕실 안을 들여다볼 수 없었다.

그로부터 겨우 여덟 시간이 지났는데, 재키 거너와 제이미 루가 내 방에 나타났다.

"날 봐요, 아빠!" 재키 거너가 소리를 질렀다.

나는 조심스럽게 일어나며, 애들이 짓눌리거나 침대의 출렁임에 튕겨나가지 않게 하려고 애썼다. 조명 스위치를 켰다.

아이들은 조그만 몸에 비해 머리가 너무 컸고, 연필처럼 가느다란 몸은 살빛 분홍색이었다. 피부는 반투명에 쪼글쪼글했다. 두개골 안에 콩알만 한 회색 뇌가 비쳐 보였다. 재키 거너의 눈은 감겨 있었는데 한쪽 눈꺼풀 뒤로는 텅 빈 눈구멍만 있었다. 제이미 루는 양쪽 눈이 온전했고 눈꺼풀도 제대로 기능하는 듯했다. 두 아이 모두 손가락과 발가락 사이가 부분적으로 붙어 있었고, 그런 앙상한 다리로는 몸을 지탱할 수 없어야 마땅했다. 몸은 선홍색 피로 얇게 덮여 있었다.

"날 보고 웃지 말아요, 아빠." 재키 거너가 말했다.

"알았어." 나는 말했다.

"엄마는 어떤 사람인지 말해줘요." 재키 거너가 요구했다. "우리에게 모두 얘기해요."

"엄마." 제이미 루가 따라 말했다.

"너희 엄마는 아주 멋진 사람이야." 나는 말했다.

"그리고요?" 재키 거너가 말했다.

"지금 당장 알고 싶니?" 내가 물었다.

"그게 말이죠, 우리가 시간이 좀 없어서요, 아버님."

"우린 사람이 되지 않을 거잖아요." 제이미 루가 갑자기 침울해져서 설명을 덧붙였다. 나는 그 아이를 쳐다보았다.

이야기의 시작점으로 적당한 화제가 떠올랐다. 내 어머니의 볼보. 이 차는 속도를 완전히 줄이고 나면 시동이 꺼져버리는 현상이 두 번에 한 번 정도의 빈도로 일어났다. 주행 중에 그렇게 시동이 꺼지고 나서 다시 걸려면 잽싸게 주차 기어를 넣고 열쇠를 꺼짐 모드로 돌렸다가 다시 켜짐 모드로 돌려야 했다. 그러면 멀쩡하게 잘 갔다. 하지만 다음번에 차를 세우면 다시―사망. 차를 몰다 보면 결국 익숙해지고 자잘한 요령들도 생겼다. 예컨대, 정차하는 순간에 기어를 중립으로 넣으면 엔진은 건강한 윙윙 소리를 유지한다. 혹은 차를 세우지 않는 방법도 있었다. 빨강 신호등이 나올 때마다 미리 속도를 줄이거나 정지 신호를 무시하고 그냥 가는 것이다.

재클린을 그 차에 태우고 어디론가 가는 건 그날이 세번째였다. 차가 사거리 정지선에서 150센티미터 정도 튀어나온 채 여전히 찔끔찔끔 앞으로 가고 있었다. 재클린은 모든 게 정상인 양 행동했다. 민소매 티셔츠 위에 애시드 워싱 청재킷, 카고바지 차림이었다. "미안해, 내가 좀 정신 나간 사람처럼 보이지? 나도 알아." 그녀는 조수석 선바이저를 닫고 한숨과 함께 의자에 풀썩 기대면서 말했다. 좀 전까지 그녀가 일하다 나온 곳은 카고바지와 애시드 워싱 청재킷 같은 물건을 파는 상점이었다. "정말 약간 이상해 보인다. 그래도 아무 말 안 하려고 했어." 나는 멍청하게 킬킬거리며 말했다. 그녀는 자신이 멀쩡해 보인다는 걸 알았고 그녀가 안다는 걸 나도 알았다. "조심해." 재클린이 진심으로 웃으며 말했다. 뒤차가 경적을 울렸다. 우리는 내 집에서 가까운 중국 음식점에 도착했다.

우리가 주문을 마치자 계산대의 남자가 물었다. "계산은 각자? 한꺼번에?" 내가 우물쭈물할 틈도 없이 재클린이 "한꺼번에요" 하고 재빨리 말했다. 내가 쳐다보자 그녀는 뭔가에서 이기기 직전이거나 거짓말하고 들켰을 때처럼 깔깔 웃었다. "도로에 나와선 안 될 그 차에 날 태웠는데도 아무 말 안 했으니 이 정도는 해줘야지." 그녀가 말했었다.

"너희 엄마는 멋진 여자야, 그런 것 같아." 나는 쌍둥이에게 말했다. "우린 거의 일 년간 사귀었어. 하지만 가을에는 아마도 각기 다른 대학에 가게 될 거야."

"아, 안 돼." 제이미 루가 가슴 아파하며 말했다.

"아, 안 돼." 재키 거너가 비웃으며 말했다. 그는 팔을 뻗어 누이의 머리를 때렸다.

"진정해." 나는 말했다.

"괜찮아요." 제이미 루가 말했다. 그러고는 재키 거너를 폭 껴안고 옆머리에 입을 맞췄다.

재키 거너는 별 감흥이 없는 듯했다. 아이가 다시 내게로 주의를 돌렸다. "그래서요?" 재키 거너가 물었다. "나는 어쩌고요?"

"우린 사람이 되지 않을 거잖아." 제이미 루가 지적했다. 재키 거너는 누이의 말을 무시했다.

"나와 재클린—그게 너희 엄마 이름이야—음, 나와 재클린이 그러고 나서, 재클린이 생리를 안 하는 거야. 우리가 방법과 관련해서는 별로 조심하지 않았거든." 나는 이야기를 계속했다. 이런 얘기를 하기엔 얘들이 너무 어린데, 나는 생각했다. 재키 거너가 무슨 말인지 모르겠다는 듯, 그 감긴 눈으로 좀 기괴하게 나를 쳐다보았다. 제이미 루는 조용히 고개를 끄덕였다. "테스트를 해봤어." 내가 말했다.

애들에게 들려주지 않은 세부는 이것이다. 약국에 간 재클린과 나. 눈가를 닦으며 안으로 들어서기 전에 "나 정신 나간 사람처럼 보여" 하고 말하던 그녀. 약국에 사람이 많았고 그런 상황이 고약한 농담처럼 느껴졌다는 사실. 우리가 계산대로 가기를 얼마나 두려워했는지. 우리가 계산대로 어떻게 갔는지. 주위의 낯선 눈길을 외면하며 그 어느 때보다 가깝게 조용히 이어져 있었던 우리. 이 모든 과정의 영웅 한 사람을 군이 꼽는다면 내가 선택할, 약국 카운터 너머에 있던 젊은 여자. 재클린이 그 여자의 등 뒤로, 담배와 아이폰 충전기 근처에 진열되어 있고 오른쪽 상단 귀퉁이에 '99퍼센트 정확도'라고 선명히 인쇄된 보라색 상자를 가리켰을 때, 녹아내리듯 커졌다가 서늘하게 가늘어지며 예리하지만 온화한 진지함을 띠던 그 여자의 갈색 눈. 고개를 끄덕한 후 테스터를 봉지에 던져 넣는 손이 어찌나 빨랐던지 내가 병적인 흥미를 느끼며 눈 한 번 깜빡이지 않고 전 과정을 지켜보고 있지 않았다면 그 장면을 놓쳤을 거라는 사실.

"임신이라고 나온 거야. 테스트에서. 어떻게 할까 의논했고 우리는 감당할 수 없다고 판단했어. 그러니까, 너희를 말이야. 그러니까, 아이를, 아이들을."

재키 거너가 끙 소리로 대답했다. 제이미 루는 아무 말도 하지 않았다.

쌍둥이의 피부에서 천천히 흘러나오는 피가 그들이 앉아 있는 내 베개 커버를 물들였다.

"테스트를 한 다음에는 병원에 갔지. 재클린은 이 집에서 약을 먹었어. 그러는 편이 더 나았거든. 우리 엄마는 밤 근무를 하시니까. 재미있는 일은 아니었어. 우리에게 힘든 일이었다고." 나는 말했다. 그녀에게 힘든 일이었다. 그리고 나에게도. "기본적으론 그게 다야." 나는 말했다. 도중에 언제쯤인가 나는 뭔가 잘못되었다는 두려움이 들어 911에 전화를 걸까 생각했다. 의료계의 일원이한 인간에게 재클린이 겪고 있는 그런 경험을 하도록 허용할 리가 없다는 생각이 들었다. 하지만 911에 전화하진 않았다. 그녀를 볼보에 태워 집에 데려다주었다. 어머니는 그 차가 안전하지 않다고 생각해서 대개는 집에 두고 출근했다.

"어쨌거나." 재키 거너가 말했다. "시간이 한없이 많진 않아요. 난 이렇게 되지 않았다면 어떤 일이 일어났을지 알고 싶다고요."

"점술가, 점술가." 제이미 루가 말했다.

"우리가 가야 할 곳은 거기예요." 재키 거너가 말했다.

나는 아이들이 그곳에 데려다달라고 할까 봐 두려웠다. 그애들 엄마는 그런 데를 너무 좋아했다. "알았어." 나는 죄책감 섞인 미소를 지으며 말했다. "알았다고."

나는 바지를 입고 컨버스 운동화를 신고 가벼운 재킷을 걸쳤다. 쌍둥이가 분홍색 윤기를 잃어가며 불그스름한 잿빛을 띠기 시작했다. 그들에게 주어진 시간이 한정적임을 나는 알 수 있었다.

"가요, 아빠, 서둘러요." 재키 거너가 걸음마를 하는 아이가 안아 달라고 할 때처럼 조그만 두 팔을 위로 올렸다. 나는 거부감을 드러내지 않으려고 애썼다. 아이들이 타고 오를 수 있게 손을 내렸다. 제이미 루는 내 손 위로 한 번에 펄쩍 뛰어오르려고 했다. 그러다 발이 걸려 내 끈끈한 피부에 얼굴을 처박고 쓰러졌다. 아이의 입에서 "애고" 소리가 나왔다. 제이미 루가 자리를 잡고 똑바로 앉자 나는 아이들을 든 채로 움직이는 법을 연습했다. 고인 물을 나르듯 손바닥을 둥글게 오므린 채로. 아이들은 차갑고 끈적했다.

"너희들 괜찮겠어?"

"아뇨." 둘이 함께 대답했다.

나는 쌍둥이가 올라탄 왼쪽 손바닥을 가슴 가까이에 댄 채 길고 빠른 보폭으로 걸었다. 오른손으로는 바람을 막아 불꽃을 보호할 때처럼 아이들을 가렸다. 재키 거너는 내 손에서 벗어나 콘크리트 바닥으로 떨어질까 봐 겁이 났는지는 모르겠으나 내색하지 않았다. 그런 점이 내심 자랑스러웠다. 하지만 제이미 루는 조그만 공처럼 몸을 말고 무서워서 덜덜 떨었다. 재키 거너가 누이를 발로 차며 말했다. "아기! 아기! 아기래요!" 나는 걸음을 멈췄다.

"야." 내가 말했다. "넌 잠시도 착하게 굴 순 없냐? 종일 그렇게 못된 짓만 할래?"

"유전이에요." 재키 거너가 대답했다.

"아이고, 웃겨라." 나는 일부러 목소리를 높여 말했다. "하나도 안 멋져. 잘 좀 해."

"그리고 너." 나는 몸을 공처럼 만 채로 살짝 내다보는 제이미 루에게 주의를 돌리며 말했다. "넌 자신을 지킬 줄 알아야 해. 누구든 널 그렇게 괴롭히게 두어선 안 된다고. 알겠어?"

"알겠어요." 제이미 루가 갈라지는 목소리로 대답했다.

"뭔 소리래." 재키 거너가 말했다.

나는 그 아이를 노려보며 실망감을 내보이려 했다. 재키 거너가 나를 마주 노려보았고, 나는 아이에게 안겨주려 했던 실망감이 온통 내게로 되쏘아지는 느낌이 들었다. 나는 점술가의 집을 향해 계속 걸으며 손 쪽으로는 시선을 돌리지 않았다.

재클린은 병원 예약일 이틀 전에 점술가를 찾아갔었다.

나는 가지 말라고 했다. 그녀는 내 말을 들으려 하지 않았다. 나는 어느 점술가에게 언제 갈 거냐고 물었다. "내일 오후에 라크 스트리트에 있는 남자한테 갈 거야. 같이 갈래?" 나는 그딴 건 믿지 않는다고 대답했다. "넌 아무것도 믿지 않잖아." 그녀가 말했다.

다음 날 밤에 재클린이 전화했다. 나는 그 전화를 기다리고 있었다. "엄청났어!" 그녀가 말했다. "어떻게 그렇게 잘 아는지. 그 사람이 내게 '어찌해야 할지 몰라 답답한 기분이 들더라도 본인에게 최선이라고 생각하는 대로 밀고 나가요' 그러는 거야." 그녀가 말했다. "사정 얘기는 하나도 안 했어. 그냥 다 알더라니까." 나는 깊은, 아주 깊은 안도의 한숨을 쉬었고, 그 순간 그다지 죄책감이 느껴지지 않는다는 사실에 죄책감을 느꼈다. 재클린은 점술가가 그녀와 그녀의 중요한 한 사람 사이에 "건전한 소통 채널이 없다"는 말도 했다고 했다.

몇 분을 더 걸어가니 그 점술가의 집이 나왔다. 손잡이가 금색이고 표면의 초록색 페인트가 벗겨진 문에 〈라크 스트리트 점술〉이라고 쓰인 간판이 달려 있었다. 문 쪽으로 오른손을 내미는 와중에 재키 거녀와 제이미 루가 바람과 추위에 드러났다. 손잡이를 잡자 한 손에는 얼음 같은 냉기가, 다른 손에는 벌벌 떠는 쌍둥이가 느껴졌다. 손잡이를 놓고 재킷 앞을 벌려 재키 거녀와 제이미 루를 안주머니에 넣었다.

"고마워요, 아버님."

"고마워요, 아빠."

"저 안에 들어가면 조용히 있어야 해. 알겠지? 말은 내가 할게." 나는 말했다.

"뭔 소리래." 재키 거녀가 말했다. 그 아이는 내 안주머니의 어둠 속에서도 불안하지 않은 모양이었다. 꽤 대담한 꼬마 녀석이었다. 제이미 루는 나를 올려다보며 입을 다물더니 물로 풍덩 뛰어들기 전에 숨을 참듯이 볼을 빵빵하게 부풀렸다.

손바닥에 조그만 핏자국이 있었다. 나는 손을 바지에 문질러 닦았다.

다시 문손잡이를 잡았다. 메마른 긁는 소리와 함께 문이 열리고 우리가 함께 입구로 들어서자, 차가운 공기가 들이치며 머리 위에 매달린 풍경이 흔들렸다.

"들어오세요." 어떤 목소리가 말했다. "차 좀 드시겠어요?"

"괜찮아요." 나는 점술가의 업무 공간으로 이어진 카펫 깔린 계단 위로 외쳤다.

"네가 어떻게……" 또 다른 목소리가 들려왔다.

무엇보다도 나는 당황스러웠다. 그러다가 바닥 밑으로 꺼질 듯한 기분이 들었다. 재킷 주머니에 들어가 있는 쌍둥이가 내 가슴팍에서 꼬물꼬물 움직였다.

"재크?" 나는 말했다.

긴 초록색 레인부츠 속으로 밑단을 밀어 넣은 회색 운동복 바지에 원래는 내 것이었지만 지금은 확실히 그녀의 것이 된 검은색 바람막이 점퍼를 입은 재클린이 계단 꼭대기에 나타났다. 나는 계단을 올라갔다. 한참을 서로 응시했달까, 그러고 나서야 그녀가 입을 열었다.

"야." 그녀가 말했다. "좀 희한하다."

"그렇네." 나는 카펫 깔린 계단을 마저 다 올라갔다. 안아주든 입을 맞추든, 하여간 뭐든 해야 하나 생각했지만 결국 아무것도 하지 않았다. 제이미와 재키가 짓눌릴 위험을 감수하고 싶지 않았다.

"한 번 더 묻고 싶었나 보지?"

"지난번에 다녀가고 나서 기분이 훨씬 나아졌어. 그랬는데 어젯밤엔 잠이 안 오는 거야. 지금도 기분이 좋진 않아." 그녀는 이렇게 말하면서 내 눈을 응시했다. 나를 살폈다.

나는 심호흡을 했다. "이 녀석들이 그래서 여기 왔나 보네." 나는 눈길을 피하며 말했다. 둘이서 구슬 커튼을 지나가자 비 내리는 소리가 났다. 그 너머에 점술가가 고객을 만나는 자리인 거실이 나왔다. 거실에 있는 오래된 갈색 나무 탁자 표면에 이상한 그림이 새겨져 있었다. 태양의 모양을 한 눈, 망치를 들고 웅크린 몸, 날개가 달린 곰. 회색 소파 건너편 벽에는 엔터테인먼트 시스템이 있었다. 콘솔 한가운데에 있는 텔레비전은 보라색 실크 천으로 가려놓았다. 똑같은 색의 다른 천이 거실이자 점술실인 그 방 옆 부엌에서 나오는 점술가의 손에도 들려 있었다. 냄비에 손잡이가 없어서 김이 오르는 냄비 가장자리를 그 천으로 잡은 것이었다. 그는 머리칼이 새카맸고 코에 링을 달고 있었다.

점술가가 소파 근처 탁자 위에 놓여 있던 잔 두 개에 차를 따랐다.

"커플 상담인가요?" 그가 물었다.

재클린이 나를 슬쩍 보며 눈으로 물었다. 봤지? "우리가 커플인 걸 아셨네요." 그녀가 말했다. 쌍둥이가 키득키득 웃었다.

"어서요, 자리에 앉아요, 여러분." 그가 말했다. 우리는 소파에 앉았다.

"뭘 도와드릴까요?" 상담이 시작됐다. "타로? 좀 다른 걸 원하신다면 수정구슬점을 특별가로 해드립니다. 5달러에 손금도 봐드릴 수 있고요." 그가 우리 맞은편의 고리버들 의자에 앉으며 말했다. 그는 다리를 꼬고 차를 마셨다. 아주 편안해 보였다.

"뭘 하고 싶어?" 재클린이 나를 보며 물었다. 나는 계속 점술가를 주시했다.

"모르겠어." 나는 말했다. "난 그냥 보고만 있을까?"

"이렇게 이른 시간에 여길 와놓고선 그냥 보고만 있겠다고?"

"정말로 이럴 생각은……"

"내가 여기 있어서 그래? 그래서 그냥 앉아만 있겠다고?"

그녀의 목소리가, 때로 하는 그 짓을 했다. 점술가는 차만 마셨다.

"그럼 제일 싼 거로 할까 봐." 내가 말했다. 날 돕기 위해 점술가가 해줄 수 있는 말은 전혀 없다고 생각하면서도.

"좋아." 그녀가 한숨을 쉬며 말했다. 그러고는 소파 깊숙이 몸을 파묻었다.

"좋습니다." 점술가가 말했다. "상담은 처음 해보시나요?"

"네." 나는 말했다. 그는 고리버들 의자를 우리 쪽으로 옮겨 내 옆에 가까이 앉았다.

"알겠어요. 처음이시니까 손금부터 시작하면 좋을 것 같아요."
나는 그에게 왼손을 내밀었다. 재키 거너와 제이미 루가 흘린 피
때문에 아직 조금 빨갰다. 점술가가 그 자국을 보라색 실크 천으
로 문질러 닦았다. 천은 차의 열기 때문에 아직도 따뜻했다. 그가
내 손을 세심히 살폈다. 재클린이 무슨 일이 일어나나 보려고 내
어깨 뒤에서 기웃거렸다.

"음, 전체적으로." 점술가가 내 손바닥 바깥쪽을 따라 네모를 그
리며 말했다. "이 손 모양을 보면 상당히 회의적인 경향이 있는 분
같아요."

"흐음." 재클린이 말했다.

"계획을 세우는 유형이고, 안정을 중시하죠." 점술가가 계속 말
했다. 나는 그를 올려다보았다. 그의 시선은 아직 내 손에 고정되
어 있었다.

"게다가, 이 기다란 손가락들을 봐요." 그가 내 중지를 따라 선을
그리며 말했다. "세부에 민감하고 어떤 일이든 특정한 방식대로
하기를 고집한다는 뜻이죠."

"맞아." 재클린이 내 어깨 뒤에서 중얼거렸다.

"그리고 여기." 점술가가 말했다. 재킷 안이 출렁거리는 느낌이
들었다. 아마도 재키 거너가 또 누이를 못살게 구는 듯했다. "이게
생명선이거든요." 그는 엄지손가락에 가장 가까운 깊은 갈색 선을
가리켰다. 나는 내가 모두의 시간을 허비하고 있음을 깨달았다. 제

이미 루가 걱정되었다. "생명선이 손의 중심부로 시원하게 뻗어 있어 '화성의 평원'*이 좋은 모양을 이루죠. 보세요, 그렇다는 의미는……"

"멈춰주세요." 나는 말했다. 바지에서 5달러 지폐를 꺼내 탁자에 떨어뜨렸다. "몸이 좀 안 좋아요." 사실이었다. "집에 가야겠어요." 쌍둥이가 팔 벌려 뛰기 운동이라도 하는 느낌이 들었다. 걱정스러웠다. 나는 아이들을 가만히 있게 하려고 가슴팍에 손을 대고 눌렀다. 조심스럽게 누르려고 애썼다.

"진심이야?" 재클린이 말했다. "너무 무례하잖아."

"걱정하지 말아요. 즐거웠어요. 모든 일에 행운이 있기를 빌어요." 점술가가 의자 등받이로 몸을 젖히며 말했다.

"아니에요. 정말 죄송해요. 얘가 지금 너무 스트레스를 받아서 그래요." 재클린이 말했다.

"아무 문제 없어요. 좋아요, 좋아, 다 좋아요." 점술가가 말했다. 그리고 차를 마셨다.

"좋지 않아요. 하지만 감사합니다. 얘가 한동안 이런 식이었어요." 그녀는 눈으로 나를 찌를 듯이 바라보며 말했다.

"여긴 엉터리야." 나는 말했다. 나는 점술가를 노려보았다. "얘한 테 엉터리라고 말해요."

---

* 수상술에서 손바닥의 움푹 파인 부분을 일컫는 명칭.

"이봐요, 난 당신이나 당신 애인과 아무 관계가 없어요." 그가 말했다. 그러고는 머그컵을 내려놓았다.

"그냥 인정해요. 애한테 말하라고요." 나는 말했다. "얘기해요."

"이봐요. 난 그저 아침 일찍 일어나 여행 가방을 꾸려주는 사람일 뿐이에요. 당신들이 이미 가고 있는 길을 잘 갈 수 있게 돕는 거죠." 점술가가 차분하게 말했다.

"너 그게 무슨 말이야?" 재클린이 물었다.

나는 쌍둥이가 귀를 기울이고 있으며 이 일에 끼어들고 싶어한다는 것을 느낄 수 있었다. 나오려고 애쓰지만 안 되는 듯했다. 주머니 밖으로 소리 죽인 목소리가 흘러나오자 나는 그걸 덮으려고 고함을 질렀다.

"이 사람은 선불로 20달러만 주면 네가 원하는 대로 누구에게나 무슨 얘기든 할 거라는 말이야. 이 사람이 내 돈을 받은 건 오늘이 처음이 아니라고!" 나는 더 이상 말하지 않아도 되기를 바랐다. 재클린이 점술을 들으러 가기 전날, 나는 그에게 전화를 걸어 그녀가 이미 세워놓은 계획을 밀고 나가기만 하면 모든 게 괜찮아진다고 말해달라고 부탁했었다. 나는 내가 한 짓에 대해 진실을 말하고 나면 거인이 된 기분이 들 거라고 생각했다. 하지만 막상 그 말을 하고 나니 허약하고 멍청하고 겁에 질린 기분이 들었다. "미안해, 재클린. 정말로 미안해." 나는 말했다. 그녀는 그냥 앉아 있었다. 나는 재클린의 손을 잡으려 했다. 그녀가 흠칫하며 물러났다.

전에는 한 번도 본 기억이 없는 모습이었다.

"넌 내가 바보 같니?" 재클린이 말했다. "내가 저 사람 때문에 그걸 했다고 생각해? 저 사람은 그 무엇도 나를 대신해 결정하지 않았어. 너도 마찬가지고. 나는 그런…… 대체, 넌 어떻게 그 일이 이것과 관련 있다고 생각할 수 있는지 이해가 안 된다. 머리가 돌았니?"

"아니, 난……" 나는 대꾸를 하려 했지만, 그녀의 표정을 보고 더 이상의 대화는 안 될 것을 알았다.

주머니에서 "잠깐" 하고 말하는 소리 죽인 목소리가 들렸다.

나는 그 자리를 떴다.

그 집을 나온 뒤에는 걸음을 멈추고 재킷을 벗었다.

"얘들아, 괜찮니?" 대답이 없었다. "야." 나는 아이들이 기어 나올 수 있게 주머니 입구에 손을 가져갔다. 제이미 루가 손 위에 나타났다. 이제 피부가 잿빛으로 바짝 말라 있었다.

"재키 거너는 어디 있어?" 내가 물었다.

"날 자꾸 괴롭혔어요." 제이미 루가 쉰 목소리로 말했다. 나무에서 뜯어낸 이파리 같은 모습이었다. "그래서 죽여버렸어요." 아이가 하던 말을 끝맺었다.

"뭐라고?" 두려움이 밀려왔다. 돌이킬 수 없는 일을 저질렀을 때처럼. 나는 허리를 숙이고 재킷을 살살 흔들었다. 잿빛으로 변한 조그만 몸이 굴러 나왔다. "어떻게 그럴 수가 있어?" 나는 소리를 질렀다.

"아빠가 그랬어요." 제이미 루가 말했다.

"뭐라고?" 내가 말했다.

"저앤 사람이 되지 않을 거잖아요." 제이미 루가 나를 일깨웠다.

"그게 문제가 아니야." 나는 말했다. "어떻게 이럴……" 나는 제이미 루와 재키 거너의 조그만 몸을 콘크리트 바닥에 내려놓았다.

"약골이 되지 말라고 그랬잖아요!" 제이미 루가 거칠게 꺾이는 목소리로 소리를 꽥 질렀다. 이제 시간이 거의 다 된 것 같았다. "난 아빠를 위해 그랬어요." 조그만 제 쌍둥이 옆에 있는 그 아이는 콘크리트 위의 조그만 점처럼 보였다. 보도의 회색을 배경으로 둘 다 거의 눈에 띄지 않았다.

병원에서, 재클린은 초음파 검사를 받으려고 하얀 문 뒤로 사라지기 직전에 대기실 의자에 앉아 있는 나를 돌아보았다. 그러고는 용감한 반쪽짜리 미소를 보여주었다. 눈물을 감추느라 두 눈이 반짝반짝 빛났다. 그녀는 가능하다면 이 모든 게 조금이라도 덜 끔찍한 일이 되게 하고 싶어했다. 그리고 그렇게 했다. 그리고 나는 아무리 애써도 그녀가 정확히 어떤 기분이었는지 절대로 모를 것이다. 하지만 그녀는 나를 돌아보며, 아마 이게 다일 거라고, 세상의 종말은 아닐 거라고 느끼게 해주었다.

"내가 미워요?" 제이미 루가 물었다.

"아니." 내가 대답했다.

"그럼 아빠는 우릴 사랑한 거네요?" 제이미 루가 내 신발 끈을 껴안으며 말했다.

"아니야." 나는 말했다. 나는 발을 들어 제이미 루를 떼어내고 아이가 날 따라오지 않기를 바라며 돌아서서 걷기 시작했다.

"뭐 하는 거야?"

고개를 돌리니 재클린이 있었다. 그녀는 내가 제이미 루를 버려둔 곳으로 달려가 그 아이와 쌍둥이의 몸을 함께 들어 올렸다.

"저기," 나는 그녀를 부르며 그쪽으로 걸어갔다. 덫에 걸린 느낌과 함께 과연 내가 이 상황을 무사히 넘길 수 있을지 의문이 들었다. 돌아서지 않았던 척하고 싶었지만 내가 느끼는 모든 기분이 내 행동을 상기시켰다. "미안해. 그냥, 전부 틀린 답만 있다는 느낌이 들었어."

"아빠는 신경도 안 써요." 제이미 루가 말했다. 축 늘어져 있던 재키 거너가 재클린의 손에서 아주 천천히 움직였다. "고마워요, 엄마." 제이미 루가 재클린의 엄지에 파고들며 말했다.

"넌 내가 아무렇지도 않다고 생각하는 것 같아." 나는 계속해서 말했다. "그런데 정말로 나도 신경이 쓰여. 하지만 내가 그런 식으로 신경 쓰면 네가 마음을 바꿀까 봐 두려웠어."

"괜찮아." 재클린이 제이미 루에게 말했다.

"너희도 벌써 만났던 거야?" 내가 물었다.

"당연히 만났지." 재클린이 말했다. "쟤한테 무슨 짓을 한 거야?"

그녀가 재키 거너를 보며 물었다.

"내 잘못이 아니야." 나는 말했다. 한동안 그 말은 내 개인적인 만트라였다.

"당연히 아니겠지." 재클린이 대답했다. 그녀가 한 걸음 다가와 내 눈을 노려보았다. 실망감이 내 머리 위로 쏟아졌다. 그러다 그녀는 태어나지 않은 우리 아이들이 손에서 말라가는 모습을 보았다. "괜찮아. 내가 할게." 그녀는 마음에서 우러나는 신랄함을 절제한 어투로 그렇게 말했다. 그리고 돌아서서 걷기 시작했다.

"도와줄까?" 내가 물었다.

"어쩌면 나중에." 재클린은 말했다. 피곤한 목소리였지만 적의는 없었다. 나는 그녀를 바라보다가 반대 방향으로 걷기 시작했다. 그녀의 미소를 다시 보게 되기를 바라며 걸었다. 집에 돌아온 나는, 피 묻은 베개를 베고 잠이 들었다.

그런 병원

The Hospital Where

"병원에 가야겠다. 팔이 아파." 아버지의 목소리. 조용하고 불쾌한 잠의 얕은 구석에서 그 목소리를 들었다. 내가 다른 곳에서 깨어나는 것을 상상했다. 눈을 떴다. 나는 다른 곳에 있지 않았다. 내게는 이 장소나 그 안의 사람들에 대한 통제권이 없었다. 그래도 삼 주 만에 처음으로, 등에서 십이설신十二舌神의 표식이 화끈거리는 느낌이 들었다. X 자와 그 옆의 세로선 두 개, 나의 뮤즈이자 나의 힘, 그것이 다시 깨어났다.

"뭐라고요?" 나는 물었다.

"차 운전해주겠니?" 아버지가 물었다.

"알겠어요." 나는 대답했다. 그리고 나갈 준비를 했다. 아버지는 부엌에서 전자레인지와 핫플레이트 옆에 놓인 흰 플라스틱 의자에 앉아 있었다. 우리가 가진 요리 기구는 전자레인지와 핫플레이트가 전부였다. 아버지의 가죽 샌들 아래에 바로 옆 욕실의 샤워기에서 날마다 새어 나오는 물이 얕게 고여 있었다. 우리 집은 지하실이었다. 표백제를 써서 주기적으로 새카만 곰팡이를 닦아내야 했다. 그래도 절대로 없어지진 않았다. 우리가 오랫동안 살았고 여전히 살고 있는 이 집이 나는 싫었다. 아버지가 오트밀을 퍼서 그릇에 담았다.

"팔의 통증은 다른 문제들 때문에 생길 수도 있어." 아버지가 말했다. 나는 아주 조심스럽게 구두끈을 묶었다. "네가 운전하는 게 낫겠다." 이때는 아버지의 뼈에 자리 잡은 암에 대해 알기 훨씬 전이었다.

"괜찮을 거예요." 내가 말했다.

"그래. 하지만 혹시 모르니까." 아버지가 입 안에 오트밀을 가득 넣은 채로 말을 맺었다. 아버지가 식사를 마치기를 기다리는 동안, 단편소설과 시를 싣는 소규모 문예지 『래비드 버드Rabid Bird』 최신호와 노트 한 권을 집어 들었다. 십이설신은 등에 느껴지는 열감으로 나를 불렀고, 그래서 아버지가 오트밀을 다 먹을 때까지 기다리는 동안 나는 마침내 글쓰기를 시도했다. 나는 글을 끄적거리며 뱃속에서 불길이 이는 자유로운 느낌을 음미했다. 내게 통제권이 있고 무엇이든 가능한 세상으로 이동된 채.

"됐다, 가자." 너무 빨리 아버지가 말했다. 나는 노트를 덮고 아버지를 따라 밖으로 나갔다. 길은 멀고 지루했다. 아버지가 일전에 병원에 전화했을 때 의사들이 한 말을 내게 전했다. 근본적으로, 이제 아버지는 어떤 증상도 큰 문제일 수 있는 나이라는 것이었다. 그들은 아버지가 다니던 병원이 보수 공사를 한다며 대신 가야 할 곳을 알려주었다. 우리는 다리를 건넜다. 병원 가까이에 주차 공간이 있었다. 아버지는 차에서 내려 병원으로 들어갔다. "제가 찾아갈게요." 나는 말했다. 차를 똑바로 대고 주차료 징수기에 돈을 넣었다. 나는 입구로 걸어가며 생각했다. 이걸 기억해. 부모 중 한 사람을 처음으로 병원에 모시고 온 날이야.

"어딜 찾으세요?" 한 여자가 물었다. 나는 내가 이미 길을 잃고 겁에 질렸음을 그 여자가 알아봤기를 바랐다. 보라색 수술복에 알록달록하고 발 편한 간호사 스타일 신발을 신은 여자가 내 앞에 서 있었다. 말아 올린 갈색 머리는 그녀가 매우 바쁘며 오래 잠을 자지 못했다는 사실을 모두에게 알려주고 있었다. 브롱크스 억양을 띤 그녀의 말투는 내가 자기 인생의 수많은 불편거리 중 하나인 것을 일러주었다.

"아빠를 찾고 있어요. 바로 전에 여기로 들어오셨거든요."

"그게 다예요?" 여자가 펜으로 클립보드를 탁탁 쳤다. "어느 과예요?" 나는 아버지가 찾는 과가 어디인지 몰랐기 때문에 사실대로 말했다. "나 참, 그걸 어떻게 모를 수가 있는지 모르겠지만……" 그녀는 내가 무능해서 이런 처지가 되었고, 자기는 날 도울 수 없으면서도 실은 굉장히 유능한 사람이라는 취지로 대꾸하며 짜릿한 쾌감을 맛보려는 참이었다. 나는 여자가 말을 끝마치기 전에 그곳을 떴다.

첫 번째 복도를 따라 걸어가자 왼쪽에 호텔 로비처럼 보이는 방이 나왔다. 프런트 데스크에 컴퓨터 하나와 빈자리 두 개가 있었다. 정장을 입고 배지를 착용한 여자가 그 앞을 왔다갔다하고 있었다.

"저기요, 아빠를 찾고 있는데요." 나는 말했다.

"아, 여기엔 아빠들이 엄청 많답니다." 보안요원이 말했다.

"바로 전에 여길 지나가며 이것저것 물으셨을 거예요. 흑인 남자. 분명히 이쪽으로 오셨을 텐데."

"응급실로 가봐요. 어디로 가야 하는지도 모르는 사람들은 다 거기로 보내고 있으니까." 보안요원은 자기 말에 담긴 조롱을 내가 확실히 감지하도록 잠시 말을 멈췄다. "여기로 쭉 가다가 복도가 처음 갈라지는 데서 왼쪽으로 돌아요. 영상의학과가 나올 거예요. 그곳을 똑바로 통과해서 다시 한 번 왼쪽으로 돌면 거기가 바로 응급실이에요. 보면 알아요."

"정말로 감사합니다." 나는 말했다.

얼마 지나지 않아 나는 '영상의학과'라고 적힌 조그만 입구 팻말을 쳐다보고 있었다. 복도에 휠체어에 앉은 엄청나게 늙은 남자가 있었다. 그는 계속해서 앓는 소리를 냈다. 흰 피부가 축 늘어져 보였고 반점도 많았다. 누군가 노인을 거기 두고 잊어버렸거나, 문이 닫히지 않게 괴어두는 용도로 거기 세워둔 것 같기도 했다. 노인의 몸 안팎으로 들고 나는 관들이 너무 많아서 어디가 시작이고 어디가 끝인지 알 수가 없었다. 나는 그 옆을 재빨리 지나갔다. 같은 복도를 따라 더 멀리에선 휠체어에 앉은 한 흑인 남자가 내 쪽을 바라보고 있었는데, 그 눈빛이 너무도 텅 비어 있어서 내 안의 뭔가를 빨아들일 것 같다는 생각이 들었다. 왼쪽으로 돌자 양쪽으로 여닫는 문이 보였다. 건강하고 튼튼한 사람들은 다들 병원이 정말 싫다고 말한다. 나도 그런 얘기를 한 적이 있는 것 같다.

수술복에 흰 가운을 걸친 사람들이 사방으로 빠르게 걸어 다녔다. 내 오른쪽에는 예닐곱 명으로 이루어진 가족이 있었다. 이탈리아계 사람들일 거라고 나는 생각했다. 나쁜 소식임을 이미 알고 있는 어떤 소식을 기다리는 것 같았다. 그들은 서로 꼭 붙어 있었다. 다들 초조한 눈빛으로 발끝을 바라보았다.

"아빠." 문을 밀고 들어서며 내가 말했다. 아버지가 내 쪽을 한번 보더니 응급실 구석 탁자 앞에 앉은 안내원과 하던 입씨름을 다시 이어갔다. "난 미리 전화를 했고, 내 담당 의사가 휴진이니 다른 의사를 만날 수 있을 거라고 들었어요. 그런데 여기 왔더니 응급실에서 기다리라고만 하잖아요. 통화할 때는 곧바로 오라고 해놓고선." 아버지는 무례한 식당 종업원이나 부주의한 계산원을 상대할 때와 같은 태도로 말했다.

"죄송합니다, 선생님. 누구와 통화를 하셨는지 모르겠습니다. 오늘 병원이 좀 정신이 없어요. 양식에 서명을 해주세요." 안내원이 말했다.

"했어요." 아버지는 '내가 너보다 한 수 위다'라는 뜻을 담은 특유의 웃음을 지었다. "이미 서명했다고요."

"그러면 다른 분들처럼 기다리고 계세요." 그는 당장 죽을 것 같지도 않은 사람이 응급실에서 소란을 피우면 볼썽사납다는 말을 하고 싶었던 것이다.

"아빠." 내가 말했다. "그냥 기다려요." 아버지는 실랑이를 멈췄고 눈에 띄게 차분해졌다. 아버지가 의자에 앉았다. 나는 노트와 문예지를 꽉 쥐었다. 등의 표식이 따끔거리는 느낌이 들었다. "다시 전화해볼 순 없어요?" 나는 물었다.

"벌써 했어. 닥터 코펜은 휴진인데, 이 사람들은 날 어느 의사에게 보내야 할지를 몰라. 말이 되냐고!"

"제가 가서 안내판 같은 거라도 찾을 수 있는지 볼게요." 나는 말했다. 사실은 그냥 앉아서 『래비드 버드』 최신 호에 실린 「자유로운 바라바」라는 단편소설을 다시 읽고 싶었다. 꽤 훌륭한 소설이었다. 나도 응모했던 문학상을 탄 작품이라 더욱 관심이 갔다. 나는 문학상 주최 측으로부터 내 출품작 「고양이 한 마리 키우실래요?」가 아주 괜찮았지만 그래도 나는 패자라고 알리는 이메일을 받았다. 내 소설은 한 가족이 새끼고양이를 새로 들이면서 생기는 일을 다뤘다. 새끼고양이가 새로 산 침대 아래에 숨기도 하고 때로 아팠다가 다시 낫기도 하는데, 그러는 내내 가족들은 털이 북슬북슬하고 천진무구한 그 고양이를 아낀다. 그러던 어느 날 고양이가 집을 나가고 가족들은 그들의 새집이 다시는 예전처럼 느껴지지 않으리라고 생각한다.

상을 탄 소설은 예전에 살던 동네에서 겪은 일련의 사건을 통해 자신만의 우회적인 방식으로 과거와 마주하는 남자에 관한 이야기였다. 그 소설이 경탄스럽고 쉬이 잊히지 않는 이유는 작품이 다룬 소재보다는 유쾌하고 짓궂으면서도 어쩐지 진솔하게 다가오는 서술자의 목소리 덕분이었다. 게다가 나는 결코 쓸 수 없는 유형의 소설이기도 했다.

「고양이 한 마리 키우실래요?」에서 결국 주인공 고양이는 새끼를 밴 상태로 돌아온다.

목에서 너울대는 메스꺼움이 등에서 느껴지는 화끈거림에 못지않았다. 경고였다. 시간이 고갈되고 있었다. 십이설신은 내가 우리 가족의 삶을 더 낫게 만들 거라고 장담했었다. 자신이 부여한 힘을 이용해 현실을 바꿀 수 있을 거라고. 내가 무엇을 이룬들, 함께 봐줄 아버지가 없다면 아무 소용이 없을 것이다.

나는 일어섰다. 갈색 외투 차림으로 무릎에 손을 얹고 앉은 아버지를 두고 걸어 나왔다. 어디 가느냐고 아버지가 묻지 않기를 바랐다. 아버지는 아무 말도 하지 않았다. 여닫이문 너머에서 이탈리아계 사람들의 눈길이 내게로 쏠렸다. 그 눈길에는 내가 보통 동정이라고 해석할 만한 뭔가가 담겨 있었지만, 그때 그곳에서 그게 뭐였는지는 잘 모르겠다.

영상의학과를 통과해 왔던 길을 되짚어 걸어갔다. 흑인 남자는 아직도 거기에 혼자 있었다. 뒤얽힌 관과 나이에 옥죄인 다른 남자도 여전히 거기에, 이번에는 뉴욕 메츠 야구모자를 쓰고 있었다. 누군가 그를 모자 진열대로 쓰고 있다는 확신이 들었다. 앞쪽 로비에서 보안요원은 내가 다가가자 처음에는 불안해 보이더니 이내 거친 분위기를 풍겼다.

"여기에 혹시 안내 역할을 하는 사람이 있어요? 아니면 어느 과로 가야 하는지 알 수 있게 도와줄 사람이라도요?" 나는 물었다. 그리고 로비의 프런트 데스크 뒤에 있는 빈 의자들을 가리켰다. "저 자리들을 지키는 사람이 곧 오나요?"

"오늘은 아니에요. 아무도 안 옵니다. 하지만 어느 과로 가야 하는지 모른다면 저기에 사람이 있어도 별 도움을 받지 못할 거예요."

"사람들이 여기 와서 어디로 가야 할지 알고 싶을 때 대체로 누구와 이야기하죠? 아빠가 전화하셨을 때는 병원으로 오라고 했다는데 막상 와서 보니 어디로 가야 할지 모르겠어요. 원래 아빠는 리버헤드 병원에 다니셨는데 거기서 여기로 보냈거든요."

"아버님이 누구랑 통화하셨죠?"

"여자분인데 이름이 마사라고 했대요."

보안요원이 피식 웃었다. "그냥 마사라고만요?"

"네. 이 병원에서 전화 문의를 받는 사람들이 누구죠? 전화 안내를 해주는 사람이 누군가요?"

"이 병원엔 전화기가 아주 많아요. 그냥 응급실로 가는 게 더 나아요."

여성 보안요원이 바지를 고쳐 입고 끙 소리를 냈다. "정말 감사합니다." 나는 인사를 하고 왔던 길로 다시 갔다.

등에 새겨진 XII 자가 타오르는 느낌이 들었다. 응급실에서 글을 쓸 수밖에 없을 것 같았다.

아버지 옆에 앉았다. 이 병원은 우리에게 아무런 안내도 해주지 못할 것 같다고 아버지에게 간단히 설명했다. 아버지는 고개를 설레설레 저으며 원래 다니던 병원에서라면 이런 일은 절대로 일어나지 않을 거라고 중얼거렸다. 나는 노트를 펼쳤다. 우리 맞은편에는 너무 늙어서 이젠 성별도 구분이 안 되는 사람과 아버지 또래의 히스패닉 여성이 있었다. 그 여자의 의자 아래에 물웅덩이가 보였다. 그 액체의 정체가 무엇인지 알 수 없었다. 응급실에서 그걸 보니 메스꺼운 느낌이 들었다. 그냥 물이었을 수도 있다.

"뭘 쓰고 있니?" 아버지가 물었다. 나는 노트에서 고개를 들었다.

"모르겠어요." 내가 말했다. 이 세상 누구의 어떤 말보다도 더 진실한 말이었다. 부모를—아니, 사실상 누구라도—앞에 두고 글을 쓰는 건 내게 아직은 새로운 경험이었다. 마치 녹색당 후보로 대단한 공직에 출마하겠다고 선언하는 듯한 느낌이었다.

"음, 무슨 얘기인데?" 아버지가 내게로 몸을 돌리다가 아픈지 움찔했다. "요즘 글을 많이 쓰던데. 무슨 얘기를 쓰는 거냐?" 아버지가 궁금해한다는 사실이 놀라웠다. 뭐라고 답해야 할지 정말 아무 생각도 나지 않았다.

십이설신에게 나를 바쳤다는 사실은 아버지에게 절대로 말할 수 없었다. 오래전에 일어난 일이었다. 우리는 은행이 곧 회수해갈 집에서 살고 있었다. 밤은 깜깜했다. 가스와 전기를 공급하는 회사에서 참을 만큼 참았다고 판단한 후였기 때문이다. 내가 사랑하는 많은 것, 나 자신이 괜찮은 사람이라고 느끼게 해주는 편의 설비가 아주 천천히, 그러면서도 갑자기 사라질 수 있다는 사실을 그때 알게 되었다. 그리고 미워할 줄도 알게 되었다. 가진 남들을 미워했고 못 가진 나를 미워했다. 그러던 어느 날, 천사처럼, 나를 둘러싼 한밤의 어둠 속에서 십이설신이 나타났다. 어둠은 마치 나의 숨결처럼 신비하고 생기로웠다.

"네게 새로운 눈을 주겠다. 일하는 눈, 울지 않을 눈. 네 아픔을 쓸모 있게 만들어주겠다." 십이설신이 말했다. "네가 원하는 것을 주겠다." 십이설신은 단어 하나하나를 발음할 때마다 가면을 하나씩 벗어가며 매번 다른 아름다운 얼굴을 드러냈다. 그는 내가 여태 들어온 모든 목소리가 동시에 말하고 있는 듯한 목소리로 말했다. "네게 어디에나 있을 수 있는 힘을 주겠다. 세상을 치유할 힘. 시간을 좌우할 힘. 거짓을 진실로 바꿀 힘. 낮을 밤으로, 밤을 낮으로 변모시킬 힘." 나는 맹렬히 고개를 끄덕였다. "너는 모든 것을 바꾸고 네가 원하는 삶을 만들어낼 힘을 지니게 될 것이다."

"저는 뭘 해야 하나요?" 내가 물었다.

"넌 아직 준비가 되지 않았다." 십이설신이 그렇게 말하며 새로운 가면을 벗었다. 찡그린 얼굴과 의기양양한 눈빛이 나타났다. 그런 뒤 십이설신은 사라졌다.

나는 기다렸다. 집을 잃은 후로 우리는 일 년간 비좁은 아파트에서 부대끼며 살았다. 그러다 다시 쫓겨났다.

다시 한 번 분홍색 퇴거 명령서를 본 날 밤, 나는 몇 년 전 나를 찾아왔던 신비한 존재에게 기도를 올렸다. 우리가 집이라고 부르는 지하실에 십이설신이 다시 나타났다. 십이설신은 미소 짓고 찡그리고 껄껄 웃고 울었다. 십이설신이 내 앞에 서 있었다. 나는 십이설신을 주의 깊게 지켜보았다. 내게 깊은 인상을 주려는 듯 십이설신이 한쪽 눈을 찡긋하자 핫플레이트가 있던 자리에 스테인리스스틸 오븐과 레인지가 나타났다. 십이설신이 크게 웃자 핫플레이트가 다시 나타나고 레인지는 사라졌다.

나는 그 힘을 달라고 무릎을 꿇고 빌었다.

"나를 섬겨라. 그러면 영원히 다른 세상에서 살 것이다."

"뭐든 하겠습니다." 나는 말했다. 그러자 등의 피부가 타들어 가는 느낌이 들었다. 살 타는 냄새가 났다.

"증명해보아라." 십이설신이 입을 열고 손 하나를 안으로 넣었다. 그러더니 목구멍 안쪽에서 사람의 손처럼 보이는 것을 꺼냈는데, 사실 그것은 날카로운 칼을 품은 칼자루였다. 칼날이 그 손의 가운뎃손가락에서 점점 길어졌다.

"제발." 나는 빌었다. 십이설신이 나를 주의 깊게 지켜보았다. 이때 나타난 얼굴에는 광기 서린 미소와 젖은 눈이 있었다. 십이설신은 칼을 쥐고 나를 응시했다. 그러더니 혀를 내밀어 재빨리 그것을 잘라냈다. 나는 십이설신의 피 흘리는 입을 바라보았다.

"여워히." 십이설신이 말하는 동안 입에서 새로운 혀가 돋아나고 있었다. "예저으로 도아가지 못할 것이다."

"제발." 나는 다시 빌었다. 십이설신이 내게 칼을 넘겼다. 나는 혀를 내밀고 날카로운 칼날을 아랫니 근처에 댔다. 칼날을 위로 그었다. 비명이 터져 나왔다. 내 혀가 떨어졌다. 십이설신이 아래로 손을 뻗어 혀가 바닥에 닿기 전에 그것을 낚아챘다.

"계약이 성립되었다." 십이설신은 그렇게 말하고, 새로 잘라낸 자신의 혀를 내 입에 쑤셔 넣었다. 새로운 혀가 내 살에 엮여 들어가는 그 느낌을 전달할 수 있다면 얼마나 좋을까. 12를 뜻하는 로마 숫자가 등에 낙인처럼 찍히는 느낌이 들었다. 갑자기 나는 어둠 속에서도 볼 수 있게 되었다. 낮은 밤이 되었다. 나는 자유를 느꼈다.

"감사합니다." 나는 말했다.

"두고 보면 알게 되겠지." 십이설신은 그렇게 말하며 내 잘린 혀를 자기 입에 넣고 씹었다. 그러고는 사라졌다.

그날 밤, 나는 첫 단편을 썼다. 나는 내가 새로운 힘에 단단히 매여 있는 것을 알 수 있었다. 나는 그 이야기를 계속 써야 했다. 내가 상상할 수 있는 것보다 더 대단한 작품이 될 때까지 계속 써야 했다. 그날 이후 나는 매일 밤낮으로 십이설신에게 더 많은 혀를 달라고 기도했다. 더 날카로운 혀를 달라고. 글을 쓰지 않을 때면 등의 낙인이 펄떡거리고 아팠다. 형편없는 글을 쓰면 낙인에서 맹렬한 화음의 비명이 울렸다. 그러다가도 살아남을 문장을 쓰면 낙인이 잠잠해지면서 내 능력이 향상되는 것을 느낄 수 있었다. 그렇지만 나는 여전히 더 많은 혀를, 경험할 수 있는 더 많은 새로운 세상을, 내가 속한 세상을 바꿀 수 있는 더 큰 힘을 갈구했다. 너무나 좋았다. 그리고 아주 외로웠다.

간호사가 어떤 소리를 내질렀다. 우리 부자는 그것이 우리의 이름을 발음하려는 그 나름의 시도라고 이해했다.

"어떤 이야기를 쓰고 있니?" 아버지가 다시 물었다.

"아픈 남자의 이야기요, 아마도." 나는 대답했다.

"아, 재미있을 수도 있겠구나." 아버지가 말했다. 여태 우리가 내 글에 대해 나눈 가장 긴 대화였다.

"모르겠어요." 나는 말했다. 누군가 다시 우리의 이름을 어설프게 불렀다. 아버지가 나를 한 번 보더니 자리에서 일어섰다. 아버지는 긴 외투를 내 옆자리에 놔두었다. 나는 그 갈색 헝겊 뭉치를 들어 무릎에 올려놓았다.

"여기서 기다릴게요." 내가 말했다.

아버지는 아무 말 없이 여닫이문을 통과해 사라졌다.

나는 숨을 내쉬었다. 노트를 덮고 응급실 의자에 등을 기대고 앉았다. 눈을 꽉 감았다. 건강한 이들과 병든 이들의 조용한 말소리가 들렸다.

얼마 후에 눈을 떴다. 한 커플이 팔꿈치를 걸고 서로를 부축하며 들어왔다. 부축한 모습만 봐서는 누가 아픈 사람인지 구분이 되지 않았다. 그들은 응급실 안내인이 있는 탁자 근처의 구석에 자리를 잡았다.

"어머니는 찾았어요?" 병원에 막 들어왔을 때 만난 간호사가 내 앞에 서 있었다. 알록달록한 수술복과 신발을 보고 그녀를 알아보았다.

"아빠였어요. 찾긴 했고요." 나는 말했다. 간호사가 미소를 지었다.

"그랬나요? 어머니였으면 어땠을까요?" 간호사가 말했다. 그녀가 왼쪽 눈을 찡긋했다. 그러더니 다시 윙크했다. 나는 시선을 내렸다. 아버지의 외투가 사라지고 없었다. 그 자리에 검은색 스팽글이 달린 검은 외투가 있었다. 과일향 향수 냄새도 살짝 풍겼다.

"아니에요." 나는 말했다. "아버지예요. 내가 기다리는 사람은 아버지라고요."

"좋아요." 간호사가 말했다. 브롱크스 억양이 점점 약해지면서 그 무엇도 될 수 있을 목소리가 나타났다. "적어도 그만큼은 아는군." 나는 다시 탤컴파우더와 땀 냄새가 나는 갈색 트렌치코트를 붙잡고 있었다.

나는 늘 그렇듯 희열과 두려움을 느끼며 십이설신을 응시했다.

"왜 지금이죠?" 나는 물었다. "왜 지금이냐고요!" 나는 소리를 지르고 싶었지만 그러지 않았다.

"멍청하게 굴지 마." 십이설신이 말했다. 그녀는 귀에 청진기를 꽂고 내 어깨 뒤편으로 팔을 뻗어 셔츠를 올렸다. 그러고는 차가운 금속을 내 표식에 갖다 댔다. 그 표식은 처음 생긴 이후로 계속 커지고 진화했다. 숫자 XII 주위로 내가 이해할 수 없는 그림자 모양과 글자 들이 검은 벽화를 이루었다. "너야말로 날 무시했잖아. 난 널 알아보기조차 힘들었어." 십이설신이 걸어 올렸던 내 셔츠를 다시 펼쳐 내리고는 내 볼을 꼬집었다.

"노력하고 있었어요." 나는 말했다. 주먹이 불끈 쥐어졌다.

"정말로," 십이설신이 말했다. 그녀는 손을 내려 내 주먹을 펼쳤다. "정말로 노력하고 있었어?"

"무슨 권리로 그런……"

"내가 바로 권리야." 십이설신이 말했다. "널 대단하게 만들어준 장본인이 바로 나 아닌가? 아니면 평생 핫플레이트 따위로 지지고 볶으며 살 텐가?"

"아니에요." 나는 말했다. 곧이라도 눈물이 쏟아질 것 같았다. 십이설신은 깊은 한숨을 내쉬었다. 나는 음…… 눈꼬리가 화끈거렸다. "내겐 쉽지 않은 일이에요. 더 많이 필요해요. 혀가 더 많아야 해요. 난 아직 충분히 훌륭하지 않다고요. 난 끝까지 가고 싶다고요."

"그럼 끝까지 가." 십이설신이 내게 말했다. "보고 싶은 걸 만들어내." 십이설신은 허리를 숙여 내 이마에 입을 맞췄다. "그런데 정말이야?" 십이설신이 말했다.

나는 정신을 모았다. 내가 무엇을 원하는지, 상황이 어떻게 되어야 하는지 상상했다. 그러다 눈앞에 떠올린 장면에서 십이설신은, 아니다, 내 이마에 입을 맞추지 않았다. 그런 일은 일어나지 않았다. 실제로는 내 얼굴을 움켜잡고 목에 혀를 대더니 귀 바로 아래까지 길게 힘껏 핥았다. 수많은 좋은 것들과 마찬가지로 따뜻하고 축축한 느낌이었다. 내 등의 표식이 고동치며 빛을 냈다. "지루하게 굴지 마." 십이설신이 자리를 뜨며 말했다. 나는 묻고 싶었다. 난 언제 수상자가 될까요? 그 생각이 미처 목구멍에 다다르지도 않았는데 십이설신이 여닫이문을 지나 사라지기 직전에 뒤돌아서서 말했다. "네가 뭔가를 이기면."

십이설신의 힘이 배 속에서 빙글빙글 돌며 갈 곳을 찾고 있는 느낌이 들었다. 나는 아버지의 외투를 팔에 걸고 일어섰다. 주차료 징수기에 돈을 넣어야 했다. 아버지가 어떤지 확인하고 싶었지만 알고 보니 아버지는 휴대전화기를 외투에 넣어두고 갔다. 한숨이 나왔다. 문득, 응급실 안에 있는 사람들 중 누군가는 사랑하는 사람을 다시 보지 못할 수도 있다는 사실을 깨달았다. 나는 응급실 문을 지나 걸어 나갔다.

이탈리아계 가족은 아직도 거기 있었지만, 내가 마지막으로 지나간 이후로 그동안 기다리던 끔찍한 소식을 들었거나 혹은 아무런 소식을 듣지 못한 답답함에 마침내 무너져내린 듯했다. 가족 중의 한 여자가 다른 여자의 품에 기대어 울고 있었고, 더 어린 남자가 둘 모두의 등을 토닥이고 있었다. 나는 그들 옆을 재빨리 지나갔다. 주차위반 딱지가 발부된다면 내 잘못일 것이었다.

영상의학과의 노인들은 여전히 잊힌 채 남아 있었다. 나는 터질 듯이 많은 관을 매단 백인 남자와 눈빛이 텅 빈 흑인 남자를 의도적으로 눈여겨보았다. 그들이 내게 아무것도 주지 않았다는 건 내가 그들을 잊어야 한다는 의미일 것 같았지만 나는 아직 그들을 잊고 싶지 않았기 때문이다.

나를 도와주지 않는 데서 기쁨을 느꼈던 보안요원은 허리띠를 고쳐 매며 조그만 원을 그리면서 어슬렁대고 있었다. 밝지만 활기

없는 병원과 극명한 대조를 이루는 바깥은 생동감이 넘치고 화창했다. 사방에 걸어 다니는 사람들이 있었다. 그들 중 내 아버지가 병들고 상했을 수도 있다는 사실을 아는 사람은 아무도 없었다. 나는 처음 발급받은 주차증을 새로운 주차증과 맞바꿨다. 어른으로 산다는 건 제시간에 요금 징수기에 돈을 넣는 일이지, 생각했다. 나는 응급실을 향해 다시 걸어갔다.

안에 들어가니 이제 보안요원은 딱 붙는 정장 차림에 뭔가를 과시하고 싶어하는 듯한 여자와 언쟁을 하고 있었다. 화가 난 사람들을 보니 기분이 좋았다.

영상의학과에 다시 갔을 때도 노인들은 여전히 죽어가고 있었다. 나는 응급실 쪽으로 계속 걸어갔다. 도중에 알록달록한 간호사가 내 옆을 지나갔다. 그녀는 클립보드에 대고 하품을 하며 손목에 찬 시계를 쳐다보았다. 나는 그녀와 눈을 마주치려 했지만 그러지 못했다.

이탈리아계 가족은 이제 의사와 함께 있었다. 그들은 의사가 다음번 공격 방식에 대해 설명하는 미식축구 팀 쿼터백이라도 되는 양 그를 에워싸고 모여들어 있었다. 나는 그들에게서 멀찍이 서 있었다. 주위에서 간호사들과 의사들이 부산히 돌아다녔다. 도움을 주려는 거지만, 사실 그들이 뭘 할 수 있지? 보아하니 의사가 가족에게 하려는 말도 그것인 듯했다. 흰 가운이나 여러 기계 장치와 무관하게, 자신은 기적을 이루는 사람이 아니라는 것. 그런데 갑자기 의사가 웅크린 무리 사이에서 고개를 들더니 나를 가리켰다. 그가 말했다. "저기 있는 젊은이가 여러분의 고통을 끝내줄 수 있어요. 바로 저자가 여러분을 이런 고통에 내몰고 있거든요. 아마 아무런 이유도 없을걸요? 자기가 왜 그러는지도 모르고, 끝낼 마음조차 없어요. 그냥 이렇게……" 나는 의사의 말을 못 들은 척하며 계속 응급실로 걸어갔다. 등을 따라 흘러내리는 뜨거운 기름 같은 십이설신의 손길이 느껴졌다. 나는 그 가족에게 그들도 중요한 존재이며 암울한 배경 장식이 아니라고 말하고 싶었다. 그런 말을 어떻게 해야 할지 몰라서 나는 의자에 앉아 노트를 펼치고 몸에서 느끼는 두려움과 불길을 지면에 쏟아내려 애썼다.

노트에서 고개를 들었다.

나이 든 여자가 한 명 더, 남편임이 분명해 보이는 사람과 함께 들어오고 있었다. 오랜 세월을 함께해온 그들은 흡사 쌍둥이 같았다. 똑같이 굽은 등과 두꺼운 안경, 축 처진 피곤한 얼굴. 여자는 바퀴 달린 파란색 보행보조기를 사용했다. 나는 그 부부를 외면하고 생각에 집중하려 했다. 보행보조기를 쓰는 노인은 안내 창구에 있는 여자에게 지난 사흘간 계속 현기증이 났다고 말했다. 나는 알 수 있었다. 그 "현기증"이 중대한 마라톤을 앞두고 그녀의 영혼이 기지개를 켜는 과정임을 노인과 남편은 모르는 척하고 있다는 사실을.

"환자 가족분 계시나요, 성함이……" 내 성처럼 들리는 이름이 치직거리는 구내방송 스피커에서 흘러나오자 나는 이번에는 내가 안내 창구의 여자와 얘기할 차례라고 판단했다.

"안녕하세요?" 나는 내 이름을 대고 환자 아들이라고 말했다. 그리고 노부부에게 미소를 지었다. 그들의 모르는 척에 동참하는 내 방식이었다.

"아버님 의료보험 정보를 알고 계세요?" 창구의 여자가 물었다.

"아니요." 내가 대답했다. "제가 아버지를 찾아서 알아 오면 돼요." 나는 재빨리 덧붙였다. "하지만 아버지가 정확히 어디에 계시는지 모르겠어요."

"십오 번 침대에 계실 거예요." 여자가 말했다. "복도 따라 쭉 가시면 돼요."

"십오 번요?" 내가 물었다. "그러니까, 실제로 침대에 누워 계신다는 거예요?" 이제 더는 겁나지 않은 척할 수가 없었다.

"십오 번 침대요." 여자가 되풀이해 말했다.

이탈리아계 가족 옆을 지나면서 나는 노트와 문예지와 아버지의 외투를 바닥에 내려놓은 뒤 땅 짚고 옆으로 넘는 재주를 부렸다. 아직도 그런 게 가능하다는 걸 보여주기 위해서였다. 그들은 고개를 들고 나를 무심히 바라보았다. 그러더니 슬픔에 젖은 포옹과 중얼거림으로 되돌아갔다. 나는 내 물건들을 다시 집어 들었다. 나는 물방울무늬 환자복을 입은 아버지를 찾아냈다. 아버지는 생애 대부분을 넥타이를 매고 살아온 사람이었다. 우리는 한참 서로를 바라보았다. 사방에서 삑삑거리는 기계음이 들렸다. 아버지는 컵 바닥에 조금 남은 젤로를 떠먹는 중이었다.

"병원에서 음식을 줬어요?" 내가 물었다.

"아." 아버지가 대답했다. "내가 배가 고팠거든."

"그래서 어떻게 된 거래요? 그리고 보험증이 필요해요." 아버지는 침대 아래 어딘가에 있는 바지를 찾아보라고 했다. 나는 찾아낸 지갑에서 카드 두 개를 꺼낸 후 아버지가 내 질문에 답해주기를 기다렸다.

"어서 대답해보…… 아, 저 여자가 저기 있네."

알록달록한 간호사가 우리 쪽으로 빠르게 걸어왔고, 그 모습을 보자 나는 불안해졌다. 그녀가 옆으로 지나가며 내 목덜미를 문질렀다.

"아드님이세요?" 십이설신이 아버지에게 말했다.

"네. 잘생긴 걸 보면 알 수 있지 않아요?"

"맞아요, 맞아요." 십이설신이 말했다. 그녀가 내게 윙크를 하자, 나는 혈구 감소와 깡마른 몸, 항암치료, 탈모, 기저귀, 추가 항암치료를 상상하고, 스러져가는 아버지들과 상심한 아들들이 힘없는 손으로 뭐라도 붙잡으려고 허우적거리는 모습을 눈앞에 떠올렸다. 개똥같은 현실을 예쁘게 포장하려고 애쓰는 말들. "지금 어떤 상황인지 궁금하실 테죠?" 십이설신이 계속해서 말했다.

"맞아요." 아버지가 말했다. 그리고 힘없이 웃었다.

"네, 지금 결과를 보니……" 십이설신은 클립보드를 보는 듯했지만 실은 그 가장자리 너머로 나를 유심히 쳐다보고 있었고 그 눈은 내게 말했다. 해피엔딩보다 더 지루한 건 없어. 나는 그녀를 마주 바라보며 내 창조자의 시선에 움찔하지 않으려 애썼다. 나는 숨을 크게 들이마셨다.

"환자분은 혈압이 바람직한 수준보다 살짝 높아서 그걸 확인했는데요, 그것 말고는 다 아주 좋으시네요. 보험 관련 정보만 알려주시면 이제 귀가하셔도 됩니다." 십이설신은 아버지에게 웃어 보이고 나서 내게는 지루하고 역겹다는 표정을 지었다.

아버지가 옷을 갈아입은 뒤 우리는 응급실로 돌아가 보험 사무를 처리했다. "제가 하면 돼요." 내가 말했다. "아빠 먼저 가세요. 주차 시간이 거의 다 됐을 거예요."

"알았다. 좋은 생각이야." 아버지가 그렇게 말하고 영상의학과 쪽으로 사라졌다.

나는 이번이 마지막이기를 바라며 슬퍼하는 가족 옆을 지나갔다. 그리고 둥글게 모인 가족들 사이로 파고들었다. 등의 통증, 화끈거리는 XII 표식 때문에 걷기가 힘들었다. 나는 또렷이 말했다. "지금 여러분이 누굴 잃었다고 생각하시든, 사실은 잃은 게 아니에요. 집으로 돌아가세요." 그들은 잡음 때문에 소리가 잘 들리지 않는 텔레비전을 보듯 나를 바라보았다. "집으로 가세요. 누군지는 몰라도 건강히 잘 살아 있다니까요."

"어떻게요?" 한 여자가 물었다.

"그냥 그래요. 그냥 살아 있다고요. 이상한 기적이죠. 이제 여러분은 가족 간 유대가 얼마나 중요한지 깨달으셨어요. 모두가 승자예요."

"너무 비현실적인데요." 삼촌쯤으로 보이는 남자가 말했다. "좀 싸구려 같기까지?" 그가 자기도 모르게 활짝 웃으며 말했다.

"음, 맞아요." 나는 말했다. "그냥 그런 거예요."

알록달록한 간호사가 옆으로 지나갔다. "겁쟁이!" 그녀가 근처에 있는 의사에게 외쳤다. 나는 서둘러 응급실로 갔다. 그곳에 있는 병든 사람들 모두가 끙끙 앓으며 신음했다. 나는 목소리를 높여 군중에게 선언했다. "위대한 기적이 일어났습니다. 여러분 모두 아프지 않습니다. 집으로 가세요." 그들이 나를 올려다보며 눈을 깜빡거렸다. 일부는 희미하게 웃기도 했지만 아무도 움직이지 않았다.

"예의를 좀 지키세요." 안내원이 목소리를 낮게 깔고 외쳤다. 그는 애원하는 눈빛으로 나를 보았다.

"어서 주세요, 고객님." 아버지의 보험 자료를 요구한 창구 직원이 말했다.

"여기 갑니다." 나는 이렇게 대답하며 보험증을 직원에게 던졌다. 그녀는 나를 빤히 바라보더니 바닥에 떨어진 카드를 줍기 위해 손을 뻗었다. 그녀가 허리를 숙이는 동안 나는 창구 안으로 상체를 기울이고 인터콤을 눌렀다. 거기에 대고 말하자 내 목소리가 병원 곳곳으로 퍼졌다. "여러분은 모두 나으셨습니다. 집으로 가세요. 이 병원은 아픔이 끝나는 곳입니다. 모두 괜찮을 거예요. 그 어느 때보다 더 행복할 겁니다. 떠나세요. 모두가 건강합니다. 특히 여러분은요."

"고객님." 안내원이 나를 불렀다. 하지만 나는 이미 영상의학과 쪽으로 달리고 있었다. 여러 개의 관에 묶여 있던 노인이 아주, 아주 천천히 그 플라스틱 올가미에서 풀려나고 있었다. 다른 노인도 반짝 뜬 눈으로 나를 응시하며 일어서고 있었다. 등 위의 XII 표식이 새로 찍은 낙인처럼 느껴졌다.

"그거예요." 나는 말했다. "어서 가서 나으세요. 전 도와드리려는 거예요." 나는 행복했다. 해바라기 들판에서 홀로 가장 찬란히 빛나는 해바라기처럼 행복했다. 관을 매단 남자가 휠체어에서 타일 바닥으로 엎어졌다. 나는 "안 돼" 하고 외쳤다. 그러자 마침내 모든 관에서 풀려나 떨어지던 노인이 중간에 움직임을 딱 멈췄다. 무중력의 성상icon, 물속이 아니라 공중에서 헤엄치는 사람. 공중에 뜬 채로 그가 힘겹게 고개를 들고 나를 보았다. "이곳은 떠다니는 병을 앓는 병원이야." 그가 말했다. 그러더니 다시 중력의 힘에 이끌려 바닥으로 세게 추락했다.

바닥에 떨어진 뒤로 노인은 움직이지 않았다. 다른 노인은 나를 계속 주시했다. "여기는 그런 곳이야." 그가 말했다.

나는 입구를 향해 도망쳤다. 환자복 차림의 인간들이 파도처럼 몰려들어 보안요원을 에워쌌다. 신음하는 환자들을 원래 있던 곳으로 돌려보내려고 그녀는 필사적으로 애썼다. 나와 눈이 마주치자 달려가는 나를 험상궂게 노려보았다.

"뛰지 말아주세요." 보안요원이 소리쳤다.

밖에 나오니 아버지가 운전석에 앉아 있었다. 아버지가 운전하는 차를 탈 수 있어서 마음이 놓였다. 병원의 모든 출입구에서 아픈 사람들이 절룩거리며 쏟아져 나왔다. 대부분 다른 곳에서라면 치유가 불가능할 늙은 사람들이지만, 어쨌든 그들은 햇살이 눈부신 바깥으로 나오고 있었다. 떠다니는 병을 앓는 곳, 나는 흐릿한 정신으로 생각했다. 등이 터질 듯한 통증 때문에 그 이상은 정신을 차릴 수가 없었다. 그런데 갑자기, 병원 입구의 사람들이 경계 밖으로 발을 내디딘 순간, 늙고 병든 몸들이 땅에서 몇 인치 위 공중으로 떠올랐다. 얇은 환자복에 색색의 양말을 신은 그들은 무중력으로 완벽히 공중에 머물렀다. 그들은 앞으로 조심스럽게 발을 내디디며 그렇게 떠 있다가 십 초쯤 후에 다시 땅으로 떨어졌다. 곧바로 발목이 꺾였다. 땅에 떨어진 이들은 미동도 하지 않거나 움직이더라도 아기처럼 기어 다녔다. 그 뒤로도 더 사람들이 앞으로 발을 뻗었다가 공중으로 떠오른 뒤 땅으로 떨어졌다. 같은 일이 계속 벌어졌다. 나는 아버지에게 고개를 돌렸다.

아버지는 병원 밖으로 몰려나와 공중에 떠오른 모든 이들을 빤히 바라보았다. 아버지가 고개를 설레설레 흔들며 말했다. "무슨 짓을 한 거냐?"

"이건 병원에 대한 이야기예요. 사람들이 날아다닐 수 있는, 그런 병원요." 나는 말했다.

"무슨 짓을 한 거냐고." 아버지가 애원하듯 말했다.

지머랜드

Zimmer Land

"어서 오세요, 지머랜드입니다." 정의의 여신이 말한다.

나는 매리엄에게 신분증 배지를 보여준다. 매리엄이 정문 매표소 의자에 앉아 내게 얼굴을 찌푸린다.

나는 9미터에 달하는 정의의 여신 뒤편에 있는 직원용 출입구를 이용한다. 주위가 조용할 때는 정의의 여신이 들었다 내렸다 하는 거대한 저울을 움직이는 기어 소리가 들린다. 여신이 다른 손에 든 장검은 내 몸보다 더 길고 그 칼끝은 매표소 앞에 선 사람을 똑바로 겨눈다.

나는 전력으로 〈캐시디 레인Cassidy Lane〉을 향해 간다. 그곳은 가로등이 작동되고 새소리가 자동으로 흘러나오는 막다른 골목 형태의 체험장이다.

골목길의 네 번째 주택인 327호의 뒷문에 도착했을 때는 땀범벅이 되지만 일하는 데 지장은 없다. 327호의 욕실은 제1플레이어의 탈의실이다. 변기 위에 타이머가 있어서 제1플레이어—대개의 경우 나—는 고객이 언제 정의 실현 게임을 시작할 예정인지 알 수 있다. 2분 남았다. 나는 팬티를 제외하고 옷을 벗은 후 보호구를 착용한다. 우리는 해병대가 쓰는 외골격 배틀슈트의 구형 모델을 사용한다. 나는 우선 메카보텀이라는 하의를 입는다. 갈색의 딱딱한 유기금속 바지로, 이걸 입으면 작동이 시작되기 전까지는 절룩거리게 된다. 하지만 일단 작동이 되면 500킬로그램 역기를 들고 스쾃을 할 수도 있다. 메카보텀을 입고 나면 그 위에 헐렁한 배기 진을 입는다. 그다음에는 메카톱을 입는데, 이것은 유기금속판 두 개를 가슴과 등에 걸친 후 서로 고정하는 형태의 상의다. 이걸 입으면 살과 살을 딱 붙인 포옹이 영원히 끝나지 않는 듯한 느낌이 든다. 상의를 단단히 착용하고 나면 신축성 있는 흰 티셔츠가 든 꾸러미를 푼다. 한 꾸러미에 티셔츠 세 장이 들어 있는데, 이번 근무 시간 동안 적어도 두 꾸러미 정도는 쓸 것이다. 부츠를 신고, 눈을 보호하기 위해 새까만 선글라스를 낀다. 크게 숨을 들이쉰다. 욕실 거울은 두 면으로 구성되어 있다. 나는 한쪽 면을 보며 내가 배역에 맞게 분장했는지 확인한다. 다른 한 면은 336호의 내부와 내가 곧 대면할 고객(들)을 보여주는 커다란 수신기 화면이다. 나는 허리띠를 단단히 맨다. 손을 아래로 뻗어 발끝 닿기를 하고 팔을 몇 번 휘휘 돌린다. 마지막으로, 가느다란 담배처럼 생긴 메카슈트 작동 리모컨을 쥔다.

나는 〈캐시디 레인〉 제1플레이어의 배역으로 들어간다. 나쁜 짓을 꾸미고 있을 수도, 별생각 없이 지나가고 있을 수도 있는 젊은 남자.

개시 신호음이 울리고 나는 담배 모양 작동기를 귀 뒤에 꽂는다. 화면을 본다.

고객은 사십 대 정도로 보이는 남자다. 머리 색이 붉고 뚱뚱한 편이며 청바지와 티셔츠를 입었다. 그가 소파에 앉는다. 손목에 찬 주황색 팔찌는 완전 접촉을 위한 동의서에 서명했다는 의미다. 초록색 팔찌를 찬 고객과는 접촉이 허용되지 않는다. 주황색은 이 모듈의 본능적 몰입도를 강화하기 위해 합리적이고 적당한 신체 접촉이 허용된다는 의미다. 초록 혹은 주황. 어느 쪽이 더 힘든 고객인지 나는 잘 모르겠다.

설정 인식 프로세스가 시작된다. 336호에서 책장 속의 책처럼 생긴 스피커들을 통해 따뜻한 그레이비소스 같은 목소리가 흘러나온다. "어서 오세요. 당신의 집, 당신의 안식처인 캐시디 레인입니다." 그 목소리는 고객이 그때까지 수행한 활동을 간추려 서술한다. 〈일터의 개자식〉 모듈에서 돈을 훔치는 사람을 성공적으로 잡았는지 아닌지, (추가 요금 35달러를 내면 들어갈 수 있는) 〈테러 열차〉에서 테러 공격을 막아냈을 때 얼마나 짜릿했는지 얘기

하고, 그러다 마침내 집에 돌아와 이제 안전하고 편안하게 쉴 수 있게 되었다고 말하는가 싶더니…… 순간 목소리가 떨리며 걱정스럽게 변한다. "이게 뭐죠? 오늘은 보통 때와 어쩐지 다른 것 같아요." 그때 자동 제어 장치가 작동하면서 귀신 들린 집처럼 블라인드가 휙 열린다. "그 사람이 다시 나타났어요. 낯선 남자. 전에도 근처에서 돌아다닌 적 있잖아요. 그 남자가 배회하며 당신 집 쪽으로 점점 다가오고 있네요. 이번 주 주민 자경단장은 당신이에요. 이제 저 사람에게 몇 가지 물어볼 때가 된 것 같아요." 벨 소리가 울린다. 마룻바닥의 구멍 세 개가 열리고 각기 다른 받침대 세 개가 솟아 나온다. 받침대 A에는 경찰이나 가족, 그 외 누구와도 통화할 수 있는 홀로그램 전화기가 있다. 받침대 B에는 총이 있다. (진짜 총과 소리와 모양이 똑같은 비비탄 총이다.) 받침대 C에는 아무것도 없다. 터프가이 고객을 위해 마련한 선택지다. 거의 모든 고객이 (내가 그 모듈에서 일하는 동안 84퍼센트가) 받침대 B에 놓인 총을 집는다. 홀로그램 전화기를 사용하는 사람은 거의 없다. "기억하세요, 여긴 저 사람이 아니라 당신의 집입니다." 그러고 나면 시작이다.

나는 밖으로 나가 신선한 공기를 마신 뒤 주위를 어슬렁거린다. 별다르게 하는 일 없이 서 있다가 가끔씩 자리를 옮긴다. 전화기를 쳐다보기도 하고 가끔 귀 뒤에 꽂은 담배를 만진다. 그러다 골목을 따라 천천히 걸어간다.

고객이 자기 집 문을 연다.

그는 웃고 있지 않다. 〈캐시디 레인〉의 참여 프로토콜은 상대방이 하는 대로 반응하는 것이다. 그가 내게 웃지 않으면 나도 절대 그에게 웃지 않는다.

"어이, 이봐요." 오늘의 첫 고객이 내게 말한다. 나는 그가 나를 보는 방식 그대로 그를 본다. 눈을 찡그리고 입을 앙다문 채.

"어이, 왜요." 나는 인도에 서서 말한다. 그는 도로로 걸어 나와 나를 향해 다가온다.

"몇 가지 좀 물어봅시다." 그가 나를 향해 슬슬 달려오며 말한다.

"됐어요." 나는 말한다. 그러고 나서 다른 데로 가려 한다.

"저기 좀 기다려봐요. 당신 여기서 뭘 하고 있는지 내가 알아야겠어."

"그러는 당신은 여기서 뭘 하고 있는데?" 내가 묻는다. 고객의 볼이 상기된다. 곧이어 가슴이 들썩거린다. 그가 인도 위로 올라선다. 이제 우리의 눈높이가 비슷해진다.

"난 여기 살지. 여긴 내 집이야. 난 여기 사는 사람이라고."

"나도 그래." 나는 말한다.

"내 질문에 아직 대답 안 했잖아. 여기서 뭘 하고 있는 거야?"

"당신도 내 질문에 아직 대답 안 했어." 나는 말한다.

그가 고개를 돌려 주변을 돌아보더니 다시 내게 집중한다. "방금 했잖아. 여기 산다고. 난 여기서 그걸 하고 있어. 살기. 그러니까 말해. 넌 뭘 하고 있는데?"

"같아." 나는 말한다. "살기." 그러고는 돌아서서 계속 걸어간다.

"내 말 들으란 말이야. 골치 아픈 일 생기는 거 원치 않아. 간단한 질문이잖아." 그가 목소리를 높인다. 나도 목소리를 높인다.

"네가 묻는 말엔 대답하지 않을 거야." 나는 다시 돌아서서 그를 보며 말한다. 그의 손이 허리선 근처에 떠 있다.

"그럼 난 네게 여기서 썩 꺼지라고 말할 수밖에 없겠군."

"네가 대장이야?" 나는 묻는다. "세상의 우두머리야?"

"네겐 맞아. 이제 시팔 썩 꺼져."

"뭐라고?" 내가 말한다.

"씨팔 썩 꺼지라고 했다, 왜!" 고객이 말한다. 그는 내게 소리를 지르고 있다.

"난 아무 데도 안 가." 나는 참여 프로토콜을 무시한 채 목소리를 높이지 않고 대답한다.

"이봐, 주변에 불량배가 얼쩡거리는 게 싫단 말이야. 어서 가라고."

나는 남자의 주위로 둥글게 원을 그리며 걷다가 웃음을 터트린다. "난 내가 원하는 대로 할 거야." 그의 주먹이 내 귀밑을 파고들고 나는 휘청휘청 물러선다. 그가 내 선글라스를 날려버린다. 보통은 이렇게 무방비로 당하진 않는다. 나는 귀 뒤에 꽂은 담배를 빼서 입 안에 넣고 꽉 문다. 압력이 전달되며 메카슈트를 작동시킨

다. 다리와 가슴의 유기금속이 팽창하며 몸에 맞춰지는 느낌이 든
다. 유기금속이 몸에 빈틈없이 들러붙은 뒤에는 어디에서 기계가
끝나고 어디에서 인간이 시작되는지 알 수 없다. 모든 것이 수월
해진다. 슈트를 작동시키면 물에서 걷다가 밖으로 나온 듯 자유롭
다. 나는 메카슈트 사용 허가를 받기 위해 일주일 훈련을 수료해
야 했다.

"이 좆같은 새끼가!" 나는 외친다. 설득력 있는 연기를 하기가
수월해진다. 유기금속이 팽창해서 헐렁하던 바지가 꽉 조인다. 셔
츠도 마찬가지다. 나는 거대한 근육 덩어리가 된다. 사람과 다른,
사람보다 더 위험한 어떤 것. 머리가 아프다. 고객의 눈이 잠시 휘
둥그레진다. 나는 내 배역을 상기한다. 나는 낯선 사람에게 맞은
어린놈이다. 나는 그의 얼굴 대신에 근처 진입로에 세워진 자동차
를 주먹으로 내리친다. 금속이 내 주먹 주위로 우그러진다. 그러고
나서 남자를 향해 걸어간다. 두 발짝을 내디딘다. 그가 내게 권총
을 겨눈다. 나는 배역을 상기한다. 너를 알지 못하고 네가 살 가치
가 없다고 생각하는 누군가의 손에 네 목숨이 달려 있다.

"잠깐." 나는 말한다. 그가 총을 쏜다. 가짜 총알들이 내 가슴팍
에서 터진다. 메카슈트에는 빨간 피 주머니들이 담긴 포켓이 네
개가 있고, 고속 충격을 받으면 그중 하나가 터지도록 설정되어
있다. 나는 프로그램 진행 네 번에 한 번씩은 피 주머니를 교체해
야 한다.

이제 다음에 할 행동은? 나는 남자에게 달려든다. 쿵쿵거리는 발걸음이 육중하고 요란하다. 남자가 다시 총을 쏜다. 나는 주머니가 터지면서 피라고 느껴질 따뜻한 액체가 고객의 얼굴에 확실히 튈 수 있도록 가까이 다가간다. 그는 거친 숨을 몰아쉰다. 머더페인트Murderpaint™의 가짜 피가 얼굴에 뿌려지자 그는 여기에 돈을 내고 들어와 나를 대면하고 있다는 사실을 잊는다. 나는 유기금속으로 증강된 손으로 고객의 목을 쥔다. 그가 다시 방아쇠를 당긴다. 그의 셔츠가 땀에 푹 젖었다. 그 사람이 총에 맞은 것처럼 보일 정도다. 나는 죽어가는 사람처럼 컥컥거리며 그의 발밑에 쓰러진다. 어어, 아아, 소리를 낸다. 고객이 나를 내려다본다. 팡 하고 마지막 총성이 울린다. 슈트 덕분에 총알을 맞은 느낌은 거의 없다. 나는 조용히 죽어 있다. 눈을 뜬 채로 하늘을, 고객의 눈을, 그의 인간성을 똑바로 응시한다. 고객은 336호로 달려갔다가 다시 내 몸 근처로 돌아온다. 그는 내 선글라스를 집어 들었다가 다시 내려놓고 자기 셔츠로 선글라스를 닦는다. 그는 두려움과 짜릿한 흥분을 느낀다. 정확히 3분간 어떻게 할지 몰라 허둥대고, 3분간 내 숨이 끊어졌는지 확인해볼까 생각하고, 3분간 그러지 않는 편이 낫겠다고 판단하고, 3분간 어떤 소리를 낸다. 나는 항상 그것이 정직한 진짜 눈물이 터지기 전에 흘러나오는 소리이기를 바라지만 대개는 그저 공황 상태에 빠진 숨소리일 뿐이고, 그러고 나면 사이렌이 울린다. 경찰관 1번과 경찰관 2번을 연기하는 살레와 애시가 골목길로 차를 몰고 들어온다. 그들은 차에서 뛰쳐나와 아주 엄숙한 목소리로 고객에게 무슨 일이 벌어졌는지 묻는다.

"저놈이 날 공격했어요!" 고객이 말한다. "날 죽이려고 했어요." 나는 죽은 사람의 눈빛을 유지하며 계속 얕은 숨을 쉰다. 가이드라인에 따르면, 그는 이제 이 모듈의 두 번째 구역인 〈경찰서〉로 연행되어 간단한 심문을 받을 테고, 이후 재판에서 정당방위를 주장해 무죄 선고 소식을 이메일로 받을 것이다. 살레와 애시가 고객을 데리고 간 뒤로도 나는 1분 정도 더 콘크리트 바닥에 누워 있다가 일어난다. 그러고는 배꼽 근처에 있는 해제 버튼을 눌러 메카슈트를 분리시킨다. 탈의실로 가서 새 셔츠로 갈아입고 다음 고객을 기다린다.

고객들은 체험장 밖을 나서며 설문지를 작성하는데, 1은 '전혀 아니다'를 뜻하고 5는 '전적으로 그렇다'를 뜻한다. 그들은 내가 근무 중일 때면 설문지 문항 모두에 5라고 답한다. 즐거웠는가? 5. 정의가 실현된다는 느낌을 본능적으로 격렬히 느꼈는가? 5. 재방문 의사가 있는가? 5. 추가 의견 칸에 그들은 이런 식으로 적는다. "곧 다시 오겠습니다. 가능하다면 아이도 데려오고 싶어요."

오전 중에 나는 프로그램을 여섯 번 더 진행한다. 점심시간에 누구와도 같이 식사할 기분이 아니라서 그냥 탈의실에 남는다. 보통은 살레와 함께 먹으면서 일이 너무 싫다고 농담을 주고받는데, 오늘은 그녀가 〈테러 기차〉에서 프로그램을 몇 개 더 진행하고 있어서 나는 다시 총을 맞으러 갈 시간이 될 때까지 탈의실에 머문다. 그런 다음 퇴근한다.

나는 매리엄에게 손을 흔들며 말한다. "내 퇴근 시간이에요." 그녀는 내가 나간 시간을 입력한다.

한번은 주차장에 시위대가 있을 때 차에 타는 실수를 저질렀다. 그 뒤로 근무가 끝나고 나가보면 늘 무슨 일인가가 벌어져 있다. 가끔은 창문에 달걀 세례가 퍼부어지기도 한다. 퍼진 노른자 위에 좋지 않은 말들이 휘갈겨져 있고. 오늘은 차 주변에 셀 수 없이 많은 종이가 바람에 날리며 흩어져 있다. 그중 한 뭉치는 앞 유리 아래에 끼워져 있다. 종이가 나뭇잎처럼 펄럭거린다. 나는 입술을 깨물며 한 장을 집은 뒤 나머지는 손으로 밀쳐낸다. 종이에는 '크리스토퍼 쿤럼버스'*라고 쓰여 있고 나는 그 말이 꽤 재미있다고 생각한다. 그들이 처음으로 내 차에 꼬리표를 붙여놓았을 때 나는 멜러니와 그 얘기를 하며 함께 울었다. 이제 나는 그 종잇장들을 밀어낸다. 차에 올라 내 집으로 설정된 경로를 누른다. 차가 움직이기 시작하고 나는 좌석을 뒤로 젖힌 채 쪽잠을 잔다. 집에 도착했을 때는 반쯤 잠들어 있을 테고, 그 무엇에 대해서도 생각할 시간을 갖지 못한 채 잠이 들 것이다.

---

* 아메리카 대륙을 발견한 크리스토퍼 콜럼버스의 이름에 흑인을 비하해 일컫는 단어인 'coon'을 합성한 말.

넥타이를 매야겠다는 생각과 함께 잠에서 깨어난다. 회사에서 승진했을 때 맨 먼저 넥타이를 샀다. 멜러니가 감탄한 표정으로 부드럽게 나를 바라보는 모습을 상상한다. 그녀가 고개를 끄덕이며 옷깃을 정돈해준다고 상상한다. 내가 왜 그런 상상을 하는지 모르겠다. 우리가 함께 살 때도 내게 그렇게 해준 적이 별로 없는데. 특히 그 기사가 나오고 나서는 절대로 그렇게 해주지 않았다. "불의의 공원Injustice Park: 유료 게임이 된 죽음과 미국 도덕성의 종말." 그 기사가 나오면서 시위대의 활동이 전국적으로 보도되기 시작했다. 한 달 내내 날마다 방송 중계차가 놀이공원 주변을 에워쌌다. 그러다 방송사는 싫증이 나서 떠나가고 다시 시위대만 남았다. 그들은 싫증을 내지 않을 것 같았다. 그 후 몇 달 동안, 집에서조차 나는 배신자였다.

"왜 아직도 그런 데서 일하는 거야, 제이?" 내가 개인적인 시간을 할애해 새로운 모듈을 고안하며 누가 봐준다는 기약도 없는 제안서를 쓰느라 늦게까지 깨어 있으면 그녀는 그렇게 묻곤 했다.

"든든한 직장이라서 그렇지." 나는 그게 이유가 전혀 아닌데도 그렇게 대답했다.

그러면 그녀는 "영혼도 없는 직장이 무슨 소용이야?" 하고 말했다. 그러면 나는 하던 일을 멈추고, 내가 영혼을 팔지 않았다는 사실을 백만 번째 다시 설명해야 하나 생각해보곤 했다.

"그럼 넌 여기서 밥 먹는 건 괜찮아? 여기 사는 건? 그건 좋아?"

설명 대신 나는 그렇게 말했다. 내가 평소에 하던 주장도 굳이 되풀이하지 않았다. 내가 하루에 천만 번, 이천만 번 가짜로 폭파되는 편이 진짜 아이가 살해되어 세상에서 영원히 사라지는 것보다 내겐 더 낫다. 누구든 그런 생각을 안 해봤을까, 한 번도?

"진심이야?" 그녀는 말했다. 그러면 그녀는 일자리를 구하지 못한 자신의 처지를 속상해했고 나는 그녀를 속상하게 했다는 생각에 속이 상했다. 늘 좋은 한 팀이었던 우리는 내가 지머랜드에 취직하기 전에는 일부러 상대를 속상하게 한 적이 거의 없었다.

"미안해." 나는 그렇게 말하고 나서 집 안 어느 곳에 있었든 곧바로 그녀 옆으로 가곤 했다.

그러면 그녀는 말했다. "네가 너답지 않은 일을 하는 게 난 싫을 뿐이야." 그러고는 내 등을 문질렀고 나는 그녀를 정말로 사랑한다는 사실, 연극부에서 활동하던 대학교 2학년 때부터 쭉 사랑했다는 사실을 기억했다.

멜러니가 나를 떠난 뒤 살레가 그녀를 미워하느냐고 물었다.

웃겨주려고 나는 이렇게 대답했다. "1에서 5까지의 척도가 있어. 1은 '전혀 그렇지 않다'이고 5는 '전적으로 그렇고, 돈을 내고 재방문할 의사가 있으며 비록 그녀가 떠나면서 내 심장을 산산조각 냈고 그런 다음 힐런드와 사귀면서 그 조각들을 더욱 빻아 일종의 심장 먼지로 만들어 태양을 향해 흩뿌려버렸을지라도 달라진 건 없다'라고 한다면 나는 5만큼 그녀를 사랑해." 그런 말끝에 우리는 함께 깔깔 웃었다.

나는 지금의 나를 바라보고 있는 멜러니를 상상할 수 있다. 언젠가는 참석 기회를 잡겠다고 항상 말해왔던 창의기획팀 회의에 가기 위해 한 시간이나 미리 준비를 마치고 넥타이를 매만지고 있는 나.

왜 아직도 거기서 일하는 거야, 제이?

음, 멜러니, 나는 마지막으로 거울을 보면서 생각한다. 왜냐면 그 놀이공원을 완전히 쓰레기는 아니게 바꿀 여지가 있을 것 같아서야. 그리고 네가 힐런드와 있는 모습을 보면 내 눈을 뽑아버리고 싶긴 하지만 그래도 여전히 널 볼 수 있으니까, 때로는 말을 나누기도 하니까. 그래서야.

회사로 가는 내내 수동으로 운전한다. 직원 주차장에 차를 댄다. 바깥은 화창하고 우리 놀이공원은 두시까지는 열지 않는다. 아직 아홉시 반도 되지 않았다. 회의는 열시에 시작한다. 주차장에 차가 여러 대 보인다. 실망스럽다. 내가 처음으로 도착하기를 바랐다. 내가 자리에 앉은 다음에 모두가 자리에 앉으며 나를 주목하기를 바랐다.

직원 주차장은 대부분이 경찰 통제선과 '출입금지' 팻말로 막혀 있다. 통제된 공간 뒤로는 건설 중인 새로운 체험장이 석고벽에 가려져 있다.

공사장 앞에 경영진이 회의를 위해 사용하는 트레일러가 있다.

나는 문을 연다. 트레일러 안에 사람이 가득하다. 실내가 조용해지면서 모두가 나를 바라보는데, 마치 한 아이가 뭔가 잘못을 저질렀을 때 서로를 바라보는 어린아이들 같은 분위기다. 공중에 떠 있는 힐런드의 머리가 먼저 입을 연다. "와줘서 고마워요, 아이제이어." 그의 홀로그램이 친절한 미소를 띠고 말한다. 지머랜드의 CEO인 힐런드 지머. 실제로 만나면 그는 아침마다 일어나서 나무 몇 그루를 도끼로 찍어 쓰러뜨린 다음 날달걀을 대여섯 개쯤 먹을 사람처럼 보인다. 홀로컴을 통해서는 턱수염이 난 거대한 머리통의 모습으로 나타난다. 또한 그는 백인이며, 그것은 시위대가 내게 매우, 매우 자주 상기시키는 사실이다. 힐런드는 멍청이다. 자신이 옳은 일을 하고 있다고 생각하는 멍청이. 나는 생각한다. 멜러니라는 흑인 여자친구가 있는 멍청이. 어딘가에 있는 어떤 포커스 그룹은 흑인 여자친구로 인해 그의 인종주의자 이미지가 소비자의 눈에 적어도 20퍼센트 정도 감소한다고 분석할지도 모른다.

"뭐죠?" 나는 말한다. 창의기획팀의 다른 직원들이 나를 쳐다보고 있다.

"막 회의를 끝낼 참이었어요. 그래도 자리에 앉아요."

나는 공중에 뜬 힐런드의 머리를 본다.

"죄송합니다." 나는 말한다.

"괜찮아요. 편히 앉아요." 힐런드가 말한다. 내가 지나갈 수 있도록 사람들이 의자를 안으로 당겨 앉는다. 남은 자리가 없어서 나는 회의실 뒤쪽으로 가 과일 접시의 잔해와 얼마 안 남은 커피가 놓인 탁자 옆에 선다. "좋아요." 힐런드가 이어서 말한다. "여러분도 아시다시피 지금까지 우린 힘든 시기를 지났지만, 미래는 탄탄하다고 믿습니다. 다음 주에 4번 구역이 마침내 개장하면 쌍방향 정의 참여 프로그램의 새로운 장이 열릴 것입니다. 더그, 이어서 진행해줄래요?" 더그는 노트북 컴퓨터를 앞에 놓고 앉아 있다. 더그는 힐런드의 오른팔이다. 놀이공원 운영 총괄 책임자로서 창의 기획팀을 이끌고 있다. 예전에 내가 메카슈트를 완전히 작동시킨 후에 고객이 나를 "빌어먹을 유인원"이라고 부른 적이 있다. 그는 내게 악을 썼다. "아프리카로 돌아가." 나는 그의 머리를 움켜쥐었다. 발이 공중에 떠서 달랑거렸다. 그의 옆구리를 한 번 때렸는데, 너무 세게 쳐서 갈비뼈 두 대가 부러졌다. 관련 보고서를 제출하면서 더그는 내게 형식적인 절차이니 걱정하지 말라고 했다. 그런데 2주 전에, 내가 진정한 공격성을 버린 채 고객을 대하기 시작했을 때 그가 말했다. "계속 열의를 다해 일해야 할 거예요. 그 일자리를 다른 누군가가 원할지도 모르잖아요."

"그러죠." 더그가 말한다. "지머랜드는 창의성과 혁신을 중요시하며 항상 사명을 잊지 않습니다." 그가 노트북의 무언가를 클릭한다. 그의 등 뒤로 홀로그램의 푸른빛 속에 지머랜드의 사명 선언문이 떠오른다.

지머랜드의 사명

1) 성인이 문제 해결, 정의, 판단력 등을 탐구할 수 있는 안전한 공간을 창조한다.

2) 체계적으로 구성된 긴장 상황에서 고객이 자신에 대해 배울 수 있는 툴을 제공한다.

3) 즐거움을 선사한다.

"지머랜드가 하고자 하는 일은 본질적으로 바뀌지 않았습니다. 그리고 우리는 고객에게 제공해온 상황 체험 프로그램을 통해 그 목표를 이루고 있습니다. 이제 우리는 고객으로부터 수집한 정보와 창의기획팀의 노력을 발판으로 지머랜드를 확장하고 수익을 유의미하게 증대할 준비를 공식적으로 마쳤습니다. 동시에 우리 공원의 고객층을 확장해 더욱 넓은 시장으로 진출할 예정입니다. 우리의 새로운 모듈이 이러한 전환을 선두에서 이끌어갈 것입니다. 이것이 지머랜드의 미래입니다." 쓸데없이 현란한 영상 뒤로 사명 선언문이 다시 나타난다.

지머랜드의 사명

1) 문제 해결, 정의, 판단력 등을 탐구할 수 있는 안전한 공간을 창조한다.

2) 체계적으로 구성된 긴장 상황에서 고객이 자신에 대해 배울

수 있는 툴을 제공한다.

3) 전 연령대의 고객에게 즐거움을 선사한다.

두 선언문의 차이점을 깨닫고 나는 목구멍이 말라붙는 느낌이 든다.

"앞으로 일주일 뒤, 지머랜드는 모든 연령대의 고객에게 공식적으로 개방됩니다. 그리고 4번 구역은 〈PS 911〉*이란 이름으로 공개될 것입니다." 홀로그램이 곧 모습을 드러낼 바깥 건물의 삼차원 형상을 띄운다. 그 건물은 조그만 학교다. 더그가 새로운 모듈의 기본 전제를 설명한다. 청소년 의사 결정 및 정의 구현에 초점을 둔다는 점. 청소년들이 오직 눈과 귀와 기지만을 사용해 건물 안에 있는 사람들 가운데 체육관에 폭탄을 설치하려 드는 테러리스트가 누구인지 가려내야 한다는 점. 노트북을 다시 조작한 더그는 복도를 따라 화면이 이동하는 영상을 띄워 이 모듈이 고객에게 제공할 다양한 선택의 기회에 대해 설명한다. 다른 고객과 팀을 이뤄 테러리스트를 저지하거나, 슬그머니 빠져나와 혼자 테러리스트와 겨룰 수도 있고, 결단력이 부족하면 격렬한 폭발 사고로 죽을 수도 있다. 그는 고객이 이곳을 재방문할 가능성이 우리가

---

* 뉴욕시 교육청은 각 초등학교를 관리할 때 공립학교를 뜻하는 PS에 번호를 붙이는 방식을 사용한다. 911은 비상 상황 긴급 신고 번호.

여태 만든 어떤 체험장보다 높을 거라고 말한다. "질문 있어요?" 그가 설명을 마친다.

누군가 제1플레이어는 누가 맡게 되는지 묻는다. 더그는 이번 주에 신입사원들이 연수를 받으러 올 것이며, 기존 플레이어들도 관심이 있으면 다음 주에 오디션을 보라고 설명한다. 나는 손을 든다.

"그러면 이제 다른 모듈도 아이들에게 개방된다는 뜻인가요?" 나는 답을 알지만 모두가 사실 그대로 똑똑히 듣는 모습을 보고 싶다.

"아, 그렇죠." 더그는 대답한다. "우리 공원의 가장 인기 있는 시설들도 요즘 정체를 겪기 시작했어요. 이번에 입장객이 늘어나면 그 문제도 해소되면서 다른 역동적인 가능성도 새롭게 창출될 겁니다."

"그리고 물론 현장 영업을 개시하기 전에 이번 주 중으로, 이런 새로운 방향의 시험을 시작할 겁니다." 힐런드가 말한다.

"다른 질문은 없나요?" 더그가 묻는다. 다들 어서 나가고 싶어서 아무 말도 하지 않는다. 나는 하고 싶은 질문이 아주 많다. "알겠어요. 좋습니다, 여러분." 더그가 말한다. "다음 몇 주간 우리가 어떤 성과를 낼 수 있을지 어서 보고 싶어서 정말로 흥분되네요."

힐런드의 거대한 머리가 끄덕거린다. 모두 가도 좋다는 신호다. 나는 다른 사람들이 나가는 모습을 지켜본다. 더그는 창의기획팀에서 나 말고 유일한 흑인이다. 나는 이 회의에서 그 점도 언급할 생각이었다. 하나의 화두로서, 이 놀이공원이 지금 무엇을 하고 있고 앞으로 무엇을 할 수 있을지 모두가 생각하게 하는 계기로서.

나는 다른 사람들과 함께 나가지 않는다. 더그가 자리에 앉는다. 힐런드는 눈을 깜빡인다.

"저는 회의가 열시라고 들었는데요." 내가 말한다. 이미 더그가 보냈던 이메일을 불러냈고 거기에는 분명히 열시라고 쓰여 있다.

"오, 내가 실수했네요." 내가 그의 얼굴 앞에 화면을 들이밀자 더그가 대답한다. 그가 관심이 없는 듯해 나는 화면을 거둬들인다. "예전 회의 시간을 알려줬군요. 시간을 바꿀 생각이었는데."

"별문제 없었으니 상관없죠." 힐런드가 웃으며 말한다. "이제부턴 아홉시예요, 괜찮겠어요?"

"회의에서 하고 싶은 말이 몇 가지 있었어요." 회의에서 하고 싶었던 말은 여러 가지다. "〈캐시디 레인〉을 크게 수정할 필요가 있다고 생각합니다."

"〈캐시디 레인〉은 여전히 가장 수익이 높은 모듈입니다." 더그가 말한다. 내가 아니라 힐런드를 보면서.

"생각하는 방안이 뭔가요?" 힐런드가 묻는다. 힐런드를 보면 멜러니를 생각하지 않을 수가 없다.

"아, 예비 단계에서 선택지를 더 많이 제공해, 총기 사용이 유일하게"—나는 그들이 듣고 싶어할 만한 표현을 찾느라 잠시 말을 멈춘다―"오락적인 선택지처럼 보이지 않게 할 필요가 있다고 생각합니다. 지금은 프로그램이 좀 평면적이랄까, 그런 것 같아요. 훨씬 더 역동적으로 바꿀 수 있을 겁니다. 고객이 제1플레이어와 대면하는 부분이 나오기 전에 흥미로운 문제 해결 과정을 끼워 넣을 기회가 아주 많습니다."

"무슨 말인지는 알겠어요, 아이제이어." 더그가 말한다. "하지만 그건 모듈에서 오락적인 요소를 추려내 없애버리고 싶다는 말 같네요. 그 프로그램은 어떤 상황에 휘말려 어려운 선택을 한다는 내용이잖아요. 생사가 달린 결정에 맞닥뜨리지 않고 어떻게 진정한 정의를 실현할 수 있죠? 그게, 뭔가 좀 터져줘야지. 그걸 모르는군요. 원래 그렇게 돌아가는 겁니다."

나는 더그를 바라본다. "전 일 년 넘게 그 체험장에서 일했어요. 고객 대부분이 재방문객인데 그들은 그저 날 계속해서 죽이고 싶을 뿐이에요. 그 사람들에게는 어려운 선택이 아니라고요. 살인이 너무 당연한 선택지가 되지 않도록 바꾸고, 그래도 살인을 선택한다면 다음 단계에서 좀더 무겁게 대가를 치르게끔 프로그램을 수정할 수 있을 겁니다. 그러면 훨씬 더 강렬한 경험이 되겠죠. 제가 〈캐시디 레인〉의 부가 기능에 대해 세밀한 계획을 세워놓았습니다. 미리 요금을 내고 부가 기능을 선택하면 이어지는 재판까지 다 체험할 수 있는데, 그 과정에서 사람을 죽이겠다는 결정이 교도소 종신형으로 귀결된다는 사실을 깨달을 수도 있을 거예요. 아니면 자신이 죽인 사람의 가족을 만나야 한다거나, 그런 식으로요."

"무슨 말인지는 알겠어요. 세워둔 계획이 있다면 내게 꼭 알려 줘요." 더그가 말한다. "하지만 중요한 건 말이죠, 우리는 정의가 어떤 행동을 요구할 때의 그 본능적이고 강렬하고 대담한 순간을 포착해야 한다는 점을 기억하자는 거예요."

"저는 지금 우리가 고객이 살인과 정의를 동일시하게 만들고 있다고 생각합니다." 나는 단호하게 말한다.

"음, 그 두 가지가 같을 때도 있죠." 힐런드가 말한다. "같지 않을 때도 있고. 그게 바로 이 체험장의 매력이에요."

"한 가지 더 말씀드릴게요." 힐런드와 더그가 이만 끝내고 싶어 한다는 것을 알지만 나는 더 해야 할 말이 많다. "메카슈트는 이제 불필요하다고 생각합니다. 너무 비현실적이어서 이 체험장에 어울리지 않습니다."

"정말 죽겠네." 더그가 말한다. "어느 체험장에서나 메카슈트를 작동시키는 순간이 가장 중요해요. 고객이 그 경험에 가장 본능적으로 몰입하는 순간이니까. 우리가 자극해야 하는 감정이 바로 그런 것이고. 메카슈트는 꼭 필요합니다. 게다가 플레이어를 보호하잖아요. 법적 책임의 문제라고요."

"이 세상에 메카슈트를 살 수 있는 십 대 청소년이 몇 명이나 될까요? 메카슈트는 놀랍기는 해도 현실적이진 않아요. 아이들에겐 메카슈트가 없을 거잖아요. 갑자기 탱크로 변신해 성인과 맞싸울 능력이 그들에게 있을 리 없잖아요. 총알을 막아내며 싸울 수 없잖아요." 문득 내가 거친 숨을 몰아쉬고 있음을 깨닫고 진정하려고 애쓴다.

"알겠습니다." 더그가 컴퓨터를 닫으며 말한다. "전부 더 깊게 들여다볼 가치가 있는 아이디어가 분명해요. 내게 이메일을 보내줘요. 다음 회의에서 다뤄봅시다." 창의기획팀 회의는 한 달에 한 번 열린다.

"아주 좋아요. 열의가 마음에 듭니다, 아이제이어." 힐런드가 말한다.

"감사합니다." 나는 그렇게 말하고 트레일러에서 나온다. 더그와 힐런드는 내가 조금 전까지 한 말을 무시하고 다른 얘기를 나누고 있다.

힐런드와 처음으로 제대로 대화한 때는 신입사원 환영회가 열린 날이었다. 멜러니를 그곳에 데려갔다. 힐런드는 자기가 월 스트리트에서 한 일과 엄청난 돈을 포기하고 올버니로 가서 사회사업가가 된 이력을 내게 얘기했다. 고위험군의 아이들이 생활에 잘 적응하도록 돕고 약물 중독을 극복한 사람들에게 안정적인 주거지를 찾아준 얘기도 늘어놓았다. 지머랜드는 "사회적 상호연결성과 복지 증진의 진화 국면에서 한 걸음 더 나아간 사업"이다. 그는 내게 그렇게 말했다. 나는 그의 말을 믿지 않았지만 그가 거짓말을 한다고도 생각하지 않았다. 게다가 나는 일자리가 필요했다.

나는 놀이공원에 다시 돌아와 근무를 해야 할 시간이 될 때까지 빈둥거리려고 밖으로 나간다. 아직 이른 시간이라 내 차는 깨끗하다. 영혼을 파는 기분이 어떤지 묻는 종잇장은 없다. 그런데 바로 거기에서, 숨을 곳 없는 탁 트인 주차장에서 그녀를 본다. 자기 차에서 나오는 멜러니. 아마도 신입사원들에 대해 의논하기 위해 더그를 만나러 놀이공원으로 가는 길일 것이다. 그녀는 지머랜드의 새로운 인사팀장이다.

"어떻게 넌 여기에서 일할 수 있니, 멜러니?" 나는 공원에서 그녀를 두 번째로 만났을 때 그렇게 물었다. 처음 만났을 때는 아무 말도 하지 못했다. "아, 이제는 알겠어." 그녀는 말했다. "이해가 돼. 지머랜드는 사람들이 부조리한 현실에 눈을 뜨도록 실제로 도울 수 있을 거야."

하지만 내 질문의 뜻은 그게 아니었다. 내가 묻고 싶었던 건 우리가 절대 예전으로 돌아갈 수 없음을 알면서 어떻게 나와 이렇게 가까운 곳에서 일할 수 있는지 그것이었다.

"안녕." 그녀가 외친다. 그녀의 목소리를 들으니 내가 더 나은 사람이었으면 좋겠다는 생각이 든다.

"안녕." 나는 대답하고 우리는 서로에게 다가간다. 둘 사이의 거리가 30센티미터 정도로 좁혀지자 우리는 멈춰 선다.

"중요한 회의는 어떻게 됐어?" 멜러니가 묻는다. 예전에 우리가 여전히 함께 살고 있을 때, 나는 멜러니에게 힐런드가 일자리를 줄 수 있는지 알아보라고 권하곤 했다. 대개는 농담이었다.

멜러니가 놀이공원에서 일하기 시작하고 얼마 지나지 않아 둘이 사귀기 시작했을 때 힐런드는 나와 "얘기"를 나눴다. 그녀가 언제 처음으로 면접을 봤는지는 모른다. 그땐 이미 나를 떠난 후였으니까. 힐런드가 말했다. "멜러니 말이에요. 괜찮겠어요?" 나는 말했다. "그 점은 염려하지 마세요." 그리고 2주 전에는 나를 자기 사무실로 부르더니 멜러니가 나를 창의기획팀에 보내자고 제안했다고 말했다. 힐런드가 내게 가고 싶은지 물었을 때, 나는 그의 목을 조르면 어떤 기분일까 상상하다가 재빨리 정신을 차리고 말했다. "정말로 가고 싶습니다."

"굉장했어." 나는 멜러니에게 말한다. 그녀가 웃는다. 나는 그녀의 입을 응시한다.

"잘됐네." 그녀가 말한다. 그러고는 내 어깨에 손을 올리자 나는 기분이 환해졌다가 이내 처량한 기분이 든다.

"그래." 나는 말한다. 나는 내 차로 걸어가고 그녀는 가야 할 곳이 어딘지는 몰라도 그곳을 향해 간다.

그날 오후에 나는 프로그램을 열 번 진행한다. 열 번 중 여덟 번 살해된다.

그날 밤에 죽임을 당하는 꿈을 꾼다. 총알을 맞고 죽는 꿈. 이 꿈을 자주 꾼다. 하지만 이번에는 내가 죽은 후 내 영혼이 몸에서 빠져나가는 느낌이 든다. 내 영혼이 몸을 바라보며 말한다. "나 여기 있어."

사람들은 "영혼을 판다"고 쉽게도 말한다. 하지만 우리의 영혼은 각자의 것이지 파는 물건이 아니다. 설령 팔려고 시도한다 해도 영혼은 늘 그 자리에 머물며 우리가 기억해주기를 기다린다.

다음 날, 개장 전에 우리는 4번 구역 바로 앞에서 모든 모듈의 플레이어들과 함께 전체 회의를 한다. 새로운 체험장이 공개되었다. 작은 학교의 앞쪽 잔디밭에 미국 국기가 휘날리고 앞에는 〈PS 911〉이라는 표지판이 있다. 멜러니가 4번 구역 앞에 놓인 연단에 올라 더그와 힐런드의 홀로그램 머리 옆에 서 있다. 오늘 힐런드의 몸은 카보*에서 투자자들과 만나고 있다.

"괜찮아?" 살레가 내 옆구리를 찌른다. 살레는 반은 인디언, 반은 아일랜드 혈통이다. 보통 그녀는 〈테러 기차〉 체험장에서 A 도시와 B 도시를 오가는 기차 안의 여러 승객을 죽음으로 몰고 갈 수도 있는 테러 계획과 관련이 있을 수도, 없을 수도 있는 이슬람교도 세 명 중 하나를 연기한다.

힐런드는 먼저 지금까지 우리가 열심히 일해주어 기쁘다며 우리 없이는 공원이 존재할 수 없다는 사실을 명심해달라고 말한다. "실시간 정의 실현 활동의 면면이 달라지고 있습니다. 우리는 업

---

* 멕시코의 도시, 카보 산루카스.

계의 선두 주자이므로, 앞으로도 계속 혁신을 도모해 인생을 바꾸는 경험의 기회를 세상에 제공함으로써 진정한 성장을 이루어야 할 것입니다." 그러고 나서 힐런드는 지머랜드가 이제 아이들에게도 개방된다고 선언한다. 뒤편의 학교는 최신 체험장 〈PS 911〉이며 그곳의 프로그램은 청소년들을 명시적 대상으로 삼아 체계적으로 구성될 거라고 설명한다. 살레가 내 손을 쥐었다가 놓는다. 다른 플레이어들이 서로를 어색하게 바라본다. 멜러니가 입술을 깨문다. 그녀도 알고는 있다.

"앞으로 우리가 만나게 될 고객층과 관련해서는 상황이 조금 바뀌겠지만 여러분의 일은 근본적으로 같습니다. 본능적 반응을 자극하도록 밀어붙이세요." 더그가 위안을 주는 묵직한 목소리로 말한다.

"지머랜드의 미래와 관련한 질문이 있으면 제게 찾아오시고"— 더그는 자신을 가리킨다—"신입사원 중에서 소속 모듈과 배역에 대해 질문이 있는 분은 멜러니와 상담하세요."

"좋아요. 마치겠습니다." 힐런드가 말한다. 군중은 잠시 더 머물다가 흩어진다.

"세상에." 살레가 말한다.

"알아."

"우린 여길 나가야겠다. 예전엔 적어도, 그러니까, 어떤 식으로든 좋은 일을 할 수도 있었잖아."

"앞으로도 그럴 수 있을 거야." 나는 그녀뿐만 아니라 나를 설득하기 위해서 그렇게 말한다. "여전히 어떤 사람들은 변화시킬 수 있어."

"우린 여길 나가야 해." 살레는 말한다.

"창의기획팀에 들어간 지 얼마 되지도 않았어."

"그래서?"

"그래서 그냥 막 그만둘 수가 없다고."

"넌 네 맘대로 해."

"그만두지 마."

"와우." 그녀가 말한다. 우리는 서로를 바라보고, 곧이어 그녀가 나를 안는다. 곧이어 그녀가 간다. 그리고 나도 〈캐시디 레인〉으로 간다.

327호 욕실에서 나는 일할 준비를 한다. 개정된 프로토콜을 훑어보니 아이들과는 접촉하지 말라고 확실히 쓰여 있다. 모든 청소년은 녹색 팔찌를 찬다. 하지만 아이들이 앞에 있어도 성인 고객과는 예전처럼 폭력의 수위를 조절하며 싸울 수 있다.

나는 골목을 따라 걷고 있다. 내 할 일을 하든 나쁜 짓을 꾸미든, 세상의 다른 모든 사람과 다를 바 없이. 336호의 문이 열린다. 밖으로 걸어 나오는 남자가 보인다. 그가 앞마당 잔디밭에서 기지개를 켜더니 나를 돌아본다. 남자의 이름은 모르지만 나를 쏘러 너무나 자주 왔기 때문에 마치 가족 같은 느낌이다. 그때 집 안에서 밖을 내다보는 그의 아들이 보인다. 이미 예고했듯이 어린아이다. 열한 살 정도일 것 같다. 아이의 아버지가 내 쪽으로 쿵쿵거리며 다가온다.

"이봐요, 여기서 무슨 수작을 부리고 있는 건 아니죠, 그렇죠?" 고객이 말한다. 배가 살짝 나와 허리띠 너머로 처졌다. 아마도 사십 대 초반일 것이다. 머리는 두피에 바짝 붙여 깎았다. 그가 입은 셔츠에는 지역 고등학교 체육팀의 마스코트인 중세 기사가 그려져 있다. 그는 항상 그 옷을 입는다. 그의 살인 셔츠다. 이미 적갈색 얼룩이 배어들었다.

"아니에요." 나는 단호하게 말한다.

"음, 내 생각에 당신은 말썽을 일으키려고 돌아다니는 것 같은데." 아이는 이제 밖으로 나와 잔디밭에 서 있다. 사이즈가 살짝 큰 모자를 썼다. 우리는 겨우 우편함 서너 개 정도의 사이를 두고 서 있다.

"당신이 그렇게 생각하든 말든 나더러 어쩌라는 거예요?"

그의 얼굴이 벌게진다. "이봐, 여기는 내가 사는 곳이고 네가 내 집에서 말썽을 일으키는 꼴은 두고 보지 않을 거야."

"어떤 말썽 말인데?" 나는 묻는다.

"이봐, 당장 다른 데로 가지 않으면 문제가 좀 커질 거야."

"그거 알아요?" 내가 소리를 지르자 그가 내 배를 가격한다. 나는 바닥에 무릎을 꿇고 숨을 몰아쉰다. 메카슈트가 일을 쉽게 해결하라고 재촉하는 느낌이 든다. 나는 천천히 일어선다. 작동기를 바닥에 내려놓는다.

"어서, 여기서 꺼지란 말이야!" 그가 말한다. 그가 다시 나를 바닥으로 밀친다. 나는 벌떡 일어나 그의 팔을 밀쳐낸다.

"이러니까 좋아요? 좋냐고요!" 나는 소리친다.

"아빠!" 아이가 달려와 그의 옆에 선다.

고객이 허리춤에서 권총을 꺼낼 때 초록 팔찌를 찬 어린 손이 아버지의 바지에 매달린다.

"아빠 뒤로 물러나 있어." 그가 아이에게 말한다.

프라이데이 블랙

Friday Black

"각자 구역으로 가세요!" 앤절라가 소리를 지른다.

굶주린 인간들이 울부짖는다. 그들이 출입문을 흔들고 당겨대자 문이 끼익끼익 덜컹덜컹 요동치고, 더러운 손가락들이 쇠창살 사이로 벌레처럼 꿈틀거린다. 나는 단단한 플라스틱 재질의 작은 좌대 꼭대기에 앉는다. 늘어뜨린 두 다리 가까이에 창문이 있고, 창문 안쪽에는 플리스 의류가 걸려 있다. 나는 장대를 잡는다. 245센티미터 길이의 금속 막대로 끝에 조그만 플라스틱 갈고리가 달려서 가장 높은 진열대의 옷걸이도 걸어 내릴 수 있다. 프라이데이 손님들의 머리통을 내리칠 때도 그 막대를 사용한다. 이번이 나의 네 번째 블랙 프라이데이Black Friday다. 첫해에는 코네티컷에서 온 남자가 나를 물어 삼두근에 구멍이 생겼다. 그 뜨겁던 침.

나는 십 분간 매장을 나가 임시 치료를 받았다. 지금 내 왼쪽 팔에는 우둘투둘한 스마일 표시가 남아 있다. 낫, 반원, 행운의 프라이데이 상처. 내 쪽으로 터덜터덜 다가오는 리처드의 구둣발 소리가 들린다.

"준비됐어, 능력자?" 그가 묻는다. 나는 한쪽 눈만 뜨고 그를 바라본다. 나는 준비되지 않았던 적이 없으므로 아무 말도 하지 않고 눈을 도로 감는다. "알았어, 알았다고. 눈빛이 호랑이처럼 이글거리는군! 좋아." 리처드가 말한다. 나는 천천히 고개를 끄덕인다. 리처드는 지금 초조하다. 그는 이곳 프로미넌트 몰의 구역 매니저이고, 우리 매장은 그의 담당 구역에서 가장 크다. 우리는 앞으로 삼십 일간 백만 달러 매출을 달성해야 한다. 그중 대부분이 내 몫이다.

정문이 삐걱거리고 덜커덩거린다.

"뒷방에 슈퍼셸이 있던데. 어머니는 어떤 사이즈를 입으셔? 미디엄, 아니면 라지?"

"라지요." 나는 양쪽 눈을 다 뜨고 말한다.

경품 행사가 있다. 판매 실적이 가장 우수한 사람이 매장에 있는 외투 중 아무거나 하나를 집에 가져갈 수 있다. 우승한다면 뭘 할 거냐고 리처드가 물었을 때, 나는 '우승한다면'이 아니라 '우승한 뒤에' 슈퍼셸 파카를 어머니에게 줄 거라고 대답했다. 리처드는 얼굴을 찡그리면서도 훌륭한 생각이라고 말했다. 나는 맞다고,

그렇다고 대꾸했다. 슈퍼셸은 우리 매장의 이번 시즌 상품 중 가장 비싼 외투다. 오리털을 채워 부풀린 외피에 방수 코팅을 했고 통풍이 잘되도록 지퍼가 달린 옆트임을 냈으며 밑단은 신축성 있는 소재로 처리했고 모자에는 인조 모피를 둘러 고급스러움을 더했다. 리처드는 내가 다른 건 몰라도 그 제품만은 고르지 않기를 바랐을 것이다. 반쯤은 그래서 그 옷을 골랐다. 한 장을 빼내 뒷방에 챙겨두었다. 배송 오류로 인해 매장 전체에 라지 사이즈는 그것 하나뿐이다. 그 옷은 아무도 손대지 않을 것이다. 내가 나라서.

프라이데이의 머리통들은 대부분 폴페이스™를 사러 여기 왔다. 그럼 매장 일지에 이번 주말 내내 폴페이스™ 코너 담당자로 적힌 이름은? 랜스나 미켈은 분명 아니다. 새로 온 아이, 듀오도 아니다. 나는 저편 데님 코너에서 매대를 오가며 제품이 깔끔하게 접혀 있는지 확인하는 듀오를 바라본다. 꽤 괜찮은 아이다. 간혹 상품 배송을 돕겠다고 나서기도 한다. 그는 우리 매장에 오는 제 또래 고객 대부분과 마찬가지로 티셔츠에 스키니진을 입는다. 앤절라는 그에게 나를 지켜보라고, 내게서 배우라고 이른다. 그녀는 그 녀석이 내 예상 후계자라고 말한다. 나는 녀석을 좋아한다. 하지만 그는 나와 같지 않다. 그는 정직한 분위기를 낼 수 있고 사람들이 무엇을 원하는지 알아낼 수 있지만 내가 할 수 있는 걸 해낼 수는 없다. 블랙 프라이데이에는 불가능하다. 하지만 데님 코너에서는 살아남을 것이다.

미켈과 랜스는 구두와 그래픽 티셔츠를 담당한다. 미켈과 랜스는 다른 직원들과 크게 다를 게 없다. 랜스가 비질을 하고 있다.

둔한 마찰음과 함께 덜덜거리는 쇳소리가 들린다. 앤절라가 매장 앞쪽에 있다. 막 버튼을 누르고 열쇠를 돌렸다. 정문이 천장으로 말려 올라가며 스스로를 먹어치운다.

"여기서 나가세요!" 나는 리처드에게 고함을 친다. 그는 계산대로 가고, 거기에서 예비 금고 운영을 보조할 것이다.

80명쯤 되는 사람들이 서로 쥐어뜯으며 한데 떠밀려 우르르 몰려온다. 진열대와 서로의 몸을 밀쳐가며. 화재나 총격을 피해 달아나는 사람들을 본 일이 있는지? 딱 그런 식인데, 두려움은 덜하고 갈망이 더 강하다는 점만 다르다. 나는 좌대에 앉아 어린아이를 본다. 여섯 살쯤 되어 보이는 여자아이가 소비 열기의 파도에 휩쓸려 사라진다. 아이는 바닥에 얼굴을 처박고 분홍색 외투 위에 더러운 발자국이 찍힌 채로 널브러져 있다. 랜스가 조그만 분홍색 몸을 향해 다가간다. 커다란 밀대 빗자루를 든 채 팰릿 대차를 끌고 있다. 그가 아이 옆구리에 빗자루 머리를 대고 팰릿 대차 위로 쓸어 담아 우리가 사체를 모아두기 위해 마련한 공간으로 밀고 가려 한다. 랜스가 아이에게 빗자루를 갖다 대자 회색 스카프를 두른 여자가 그를 밀치고 아이를 잡아채 일으켜 세운다. 나는 어린 딸이 아직 죽지 않았다고 설명하는 어머니를 상상한다. 여자가 어린 소녀를 내 쪽으로 끌고 온다. 아이는 다리를 절뚝이고, 따라오려 애쓴다. 그리고 나는 그쯤에서 그들을 잊어야 한다.

"파란색! 아들! 슬릭팩!" 눈빛이 거칠고 패딩 조끼를 입은 남자가 내 왼쪽 발목을 붙잡으며 소리친다. 입에서 흰 거품이 뚝뚝 떨어진다. 오른발로 그의 손을 짓밟자 손가락이 부츠 밑에서 으스러지는 느낌이 든다. 그는 다친 손을 핥으며 "슬릭팩. 아들!" 하고 울부짖는다. 나는 눈꺼풀 주위가 시뻘겋고 눈꼬리는 더욱 붉은 그의 눈을 들여다본다. 그의 말뜻을 완벽히 이해한다. 남자가 하는 말은 이거다. 내 아들. 나를 크리스마스에 가장 사랑하지. 나는 휴일에 아들을 만나. 나와 아들. 그애는 그걸 원해. 오직 그것만. 애 엄마는 안 사준대. 내가 사줄 거야. 아버지다운 기분을 느껴야겠어!

첫 번째 경험 이후로, 그러니까 팔을 물린 이후로, 나는 블랙 프라이데이 말을 구사할 수 있다. 아니, 적어도 이해할 수는 있다. 유창하지는 않지만 그만하면 충분하다. 어느 정도 체득된 능력이다. 사람, 사이즈, 모델, 제조사, 이유 등을 알아듣는다. 그들은 그저 입에 거품을 물고 있을 뿐이더라도. 나는 장대를 뻗어 벽면 높은 곳에 정면을 향해 진열된 미디엄 사이즈의 파란색 슬릭팩 폴페이스™를 꺼낸다. 그의 얼굴에 재킷을 던져주자 그가 "고마워요" 하고 으르렁거린다.

나는 좌대에서 뛰어내려 장대를 휘두르며 너무 가까이 다가오는 사람들을 물리친다. 기다란 막대가 휘파람 소리를 내며 공기를 가른다. 대다수 고객이 진짜 언어로 말하지 못한다. 이미 프라이데이의 암흑에 정신을 거의 빼앗겼다. 그래도 그들은 대부분 똑같다. 나는 아무도 요청하지 않았지만 누군가 원한다는 것을 알기에 미디엄 사이즈 플리스 재킷 두 장을 골라낸다. 그들이 울부짖으며 소리를 지른다. 딸, 아들, 여자친구, 남편, 친구, 나, 딸, 아들. 나는 플리스 두 장 중 하나를 계산대를 향해 던지고 하나는 뒤쪽 벽을 향해 던진다. 군중이 갈라진다. 계산대 근처에서 어떤 아이가 그 옷을 잡기 직전 삼십 대 여자 하나가 하이힐을 벗어 아이의 턱을 박살 낸다. 꼬리표를 보고 미디엄 사이즈임을 안 여자가 볼에 하이힐 굽 크기의 구멍이 난 소년 위로 옷을 내던진다. 나는 군중에게 라지 사이즈 플리스 두 장과 미디엄 사이즈 플리스 두 장을 던진다. 그러고는 아직 말을 할 수 있는, 내 주위에서 서로 찌르고 밀치는 고객들을 상대한다.

"코-코-콜 패딩. 스몰, 나! 콜!" 한 남자가 자기 가슴을 탕탕 치며 말한다. 회사에서 콜마이스터 파카가 없는 사람은 나뿐이야! 난 수석 고문인데 그게 없다는 게 말이 돼? 다 있는데 나만 없다는 게!

나는 장대 끝부분을 남자의 목에 대고 눌러 그의 굶주린 입이 내게 닿지 못하게 막는다. 그런 다음, 그에게 시선을 고정한 채 등 뒤에 있는 진열대에서 콜마이스터 패딩 외투 한 장을 꺼낸다. 이제 그 옷이 남자의 손에 있다. 그는 외투를 끌어안고 계산대로 달려간다.

"우린? 우리는!" 회색 스카프를 두른 여자가 말한다. 머리 양옆에 커다란 금귀걸이가 매달려 있다. 분홍색 외투를 입은 아이가 그녀의 정강이 근처에 있다. 아이는 얼굴이 멍투성이인데 울음기가 전혀 없다.

"안 돼. 스타이!" 회색 스카프의 남편이 말한다. 가족이 모여 놀 땐 42인치 고화질 텔레비전이 있어야 해. 바이스타이 행사는 재고가 소진되면 끝나! 다른 날까지 못 기다려.

블랙 프라이데이는 사람들을 각기 다른 식으로 휘잡는다. 가족들에게 특히 힘들다. 그들은 내가 듣는 말을 듣지 못할 때가 많다.

"머저리!" 아내가 분노로 끓어오른다. 그러더니 다시 나를 응시한다.

"폴페이스™. 분홍색." 그녀가 자기 아이를 가리키며 말한다. "콜 슬릭팩." 이번엔 자기 얼굴을 가리키며 계속 말한다. 아동용 신상 폴페이스™ 하나, 신상 콜 슬릭팩 하나, 콜마이스터 말이야. 가족용 세트.

곧 여자는 필요한 외투 두 장을 받아 아이를 질질 끌고 뛰쳐나간다.

항상 이런 식은 아니다. 지금은 블랙 위크엔드Black Weekend다. 다른 때에는 누군가 죽으면 적어도 청소부가 방수포를 가지고 나타난다. 작년에는 프라이데이 블랙Friday Black, 프라이데이의 암흑이 129명의 목숨을 앗아갔다. "블랙 프라이데이는 특수한 경우입니다. 우리 쇼핑몰은 여전히 고객 서비스와 개인 간 화합의 중심지입니다." 쇼핑몰 경영진은 몰 전체에 전달한 공지사항에서 그렇게 말했다. 사람들을 배려하는 마음을 스위치처럼 켰다 껐다 할 수 있다는 듯.

처음 다섯 시간 동안 나는 7,000달러 이상을 기록한다. 이전에는 그 누구도 이렇게 팔지 못했다. 머지않아 500달러짜리 재킷을 어머니에게 영원한 사랑의 징표로 드릴 수 있다. 그것을 드릴 때 어머니의 표정이 어떨지 상상하면 심장이 빠르게 뛴다.

새벽 다섯시가 되자 잠시 손님이 뜸해진다. 1차 쇼핑객 떼거리는 집에 돌아갔거나 자고 있거나 쇼핑몰 곳곳의 구석에서 죽어 있다.

우리 매장의 사체 코너에는 시신 세 구가 있다. 첫 번째 사건은 한 시간쯤 전에 발생했다. 한 여자가 자기 사이즈의 청바지를 하나 더 찾으려고 데님 코너의 벽을 기어올랐다. 소리를 지르면서 벽면의 나무 칸막이 진열대를 어찌나 세게 흔들어대는지 진열대가 쓰러져 듀오와 그 코너에 있던 사람들 모두를 덮칠 뻔했다. 듀오가 그 여자를 장대로 찔러 벽에서 떼어냈다. 여자는 바닥에 목을 부딪히며 떨어졌다. 죽은 여자의 손에 들려 있던 스키니스트레치 바지를 다른 여자가 낚아챘다. 랜스가 팰릿 대차와 빗자루, 종이 수건 몇 장을 가지고 나타났다.

내 첫 휴식시간은 새벽 다섯시 반부터다. 휴식시간을 기록하러 가는 길에 데님 코너를 지나간다.

"꽤 정신없었나 보네." 듀오에게 말한다. 사방에 청바지가 널려 있다. 죄다 펼쳐진 채로. 바닥 곳곳에 낭자한 핏자국.

"응." 그가 말한다. 흰 티셔츠를 입은 청년이 우리를 향해 휘청휘청 걸어온다. "그르르르." 그가 소리를 낸다. 그는 뭔가를 잘근잘근 씹고 있다. 나는 청년에게 맞는 슬림스트레이츠를 하나 찾아 던져주려고—그는 그 옷을 입으면 학교에서 인기가 있을 거라고 생각하고 있다—움직이다가 멈춰 선다. 듀오가 매우 재빠르게 맞는 바지를 찾아 던져주자 그것을 받은 청년이 절뚝거리며 계산대로 가는 모습을 보았기 때문이다.

"저들 말 알아들어?" 나는 묻는다.

"이제 알아들어." 듀오가 말한다. 그가 바닥에 놓인 치아 하나를 걷어찬다. 그러더니 엄지와 집게손가락 사이에 있는 조그만 핏자국을 보여준다.

"그게 블랙 프라이데이지."

"난 처음이야."

"아, 최악은 지나갔어." 나는 어정쩡한 미소를 띠고 그렇게 말하면서 그가 어떤 단계인지 알아내려 애쓴다.

"모르겠어." 그가 말한다.

"응." 나는 대꾸하고 계산대 쪽으로 계속 걸어간다.

"내 휴식시간은 너 다음이야." 듀오가 말한다. 그건 서둘러, 나

배고파, 라는 말의 동의어다.

컴퓨터에 내 사용자명과 비밀번호를 치자 리처드는 내가 숭배받아 마땅한 존재인 양 꾸벅 절을 한다. 앤절라가 자랑스러운 엄마처럼 내게 고개를 끄덕인다. 내가 없는 동안 폴페이스™ 코너의 내 자리는 앤절라가 맡게 된다. 손님이 뜸한 시간이므로 그녀도 감당할 수 있다.

매장 밖으로 나와 프로미넌트 몰이 피투성이로 엉망이 된 모습을 보니 오늘이 굉장한 블랙 프라이데이였음을 알겠다. 사람들이 벤치 위에 늘어져 있고 쓰레기통 밖으로 튀어나온 발들도 보인다. 듣고 싶지 않아도 들을 수밖에 없는 크리스마스 음악이 보이지 않는 스피커에서 흘러나온다. 이곳에서 크리스마스는 신이다.

배가 고프다. 우리 가족은 올해 추수감사절을 제대로 챙기지 않았다. 칠면조 고기에 채운 소를 먹을 기회를 놓쳤다는 점을 제외하곤 다행이다 싶기도 했다. 나는 장보기에 조금이나마 보태겠다고 제안했었다. 엄마는 실직한 상태였다. 나는 시간당 8달러 50센트를 벌지만 저축한 돈이 있었다. 엄마, 아빠, 여동생, 나. 하지만 그러다 명절이고 뭐고 다 생략해버렸는데, 이제는 우리가 서로를 사랑하지 않기 때문이었다. 허리띠를 졸라맨 생활이 불러온 역효과였다. 예전에 우리는 자주 함께 게임을 했다. 지금 부모님은 돈 문제로 고함을 지르고, 두 사람이 그러지 않을 때는 모두가 조용하다. 나는 쇼핑몰 어디에서든 칠면조 소를 팔고 있을지 궁금해하며 걷는다.

내 두 번째 블랙 프라이데이에 우리 매장은 실적이 꽤 좋아서 커미션이 걸렸다. 개인별 총매출액의 2.5퍼센트 정도를 받을 수 있었다. 우리 같은 판매원들에게는 굉장한 일이었다. 웬디가 판매 팀장일 때였고, 그건 다시 말하면 웬디가 최고의 판매 목표를 세웠다는 뜻이었다. 그해에 웬디는 모두가 나눠 먹을 파이를 하나 가지고 왔다. 나는 누군가가 내 목구멍에 밀어 넣으려 애쓰는 것은 무엇이든 먹지 않으므로 그 파이를 절대로 먹지 않았고, 웬디는 쉬지 않고 파이 얘기를 했다. "매장 안에서 추수감사절을 기념하는 거지! 집에서 만든 거야." 다들 웬디가 착하다고, 사려 깊다고 입을 모았다. 그때 온종일 설사를 하지 않은 사람은 웬디와 나, 둘뿐이었다.

웬디가 파이 안에 뭘 넣었는지 누가 알겠는가. 나는 그녀를 이겨야겠다고 굳게 다짐했다. 그리고 이겼다. 짓밟아버렸다. 아마도, 그녀가 벌인 세균전 덕분에 본인은 폴페이스™ 코너에 틀어박혀 있는 동안 나는 구두, 그래픽 티셔츠, 모자, 거기다 데님까지 다 맡았기 때문일 것이다. 아마도 그해에 겨울이 따뜻했기 때문일 것이다. 아마도 내가 이 빌어먹을 매장에서 지금까지, 그리고 앞으로도 가장 위대한 판매원이기 때문일 것이다. 어쨌거나 나는 그녀를 짓밟아버렸다. 그 뒤로 계속 내가 팀장이었다. 웬디는 새해가 될 무렵 떠났다. 나는 추가로 생긴 커미션으로 게임박스용 컨트롤러를 샀다.

푸드 코트에 도착한다. 흡사 광견병에 걸린 개에게 입마개를 씌운 듯, 막 세상을 뜬 이들의 악취 위로 음식 냄새가 퍼진다. 생존자들, 첫 번째 떼거리의 우승자들이 터질 듯 늘어난 쇼핑백들을 끌고 간다. 막 사들인 행복을 집으로 가져가려고 마지막 남은 기력을 끌어내며. 그리고 사망자들이 여기저기 널려 있다. 나는 버거랜드에서 1달러 메뉴에 있는 버거 두 개와 스몰 사이즈 감자튀김과 음료 하나를 산다. 계산대 앞의 남자는 너무 많은 것을 보고 너무 많은 카페인을 마신 참이라, 돈을 받으라고 내가 말해줘야 한다. 돈을 받는 동안에도 그의 시선은 나를 지나쳐 앞쪽의 허공을 응시한다. 나는 푸드 코트의 흰 테이블들 중에서 시체가 얹혀 있지 않은 곳으로 가서 앉는다.

버거를 한 입 베어 천천히 씹는다. 입 안에 오래 머금고 있으면 버거가 물렁해지면서 칠면조 소와 거의 비슷한 느낌이 난다. 음식을 먹는 동안 한 여자가 상자에 포장된 텔레비전을 내 앞 테이블로 끌고 온다. 그녀는 붉은 피 웅덩이에 얼굴을 처박고 엎드린 여자를 의자 밖으로 밀어낸다. 그러고는 자리에 앉는다. 매장에서 본여자다. 귀 한쪽이 이빨에 물어뜯긴 것처럼 보이고, 다른 한쪽에는아직도 커다란 금귀걸이가 달려 있다. 회색 스카프는 없어졌다. 하지만 새로 산 외투를 입고 있다. 내가 쳐다보자 여자가 하악거리며 뾰족한 흰 이빨들을 드러낸다.

"괜찮아요." 나는 말한다. "아까 도와드렸잖아요." 여자가 혼란스러운 표정으로 나를 본다. "음, 슬릭팩, 콜." 나는 블랙 프라이데이 말을 쓰며 나를 가리켰다가 다시 그녀를 가리킨다. 여자의 얼굴에서 주름이 펴진다. 자리에 느긋하게 앉아 모자에 달린 인조 모피에 볼을 문지른다.

"많이 건지셨어요?" 나는 묻는다. 여자는 고개를 세차게 끄덕이고 텔레비전 상자의 표면을 토닥거린다. "가족들은 아직 쇼핑 중이에요?" 나는 묻는다.

여자가 앞에 있는 피 웅덩이에 집게손가락을 담근다.

"42인치 고화질." 그녀가 말한다.

그들이 그 물건을 살 수 있는 때는 지금뿐이다.

여자가 붉은 손가락으로 판지 상자 위에 작은 원을 그리더니 눈 대신 작은 점 두 개를 찍고 눈 아래에는 웃는 입을 그린다. 입을 끝까지 그리기도 전에 피가 말라붙는다.

"뭐라고요?" 나는 묻는다.

"죽었어." 그녀가 말한다. "바이스타이. 짓밟혀서."

"아," 내가 말한다. "그렇군요."

"애가 약했어. 그이도 약했어. 나는 강해." 여자가 상자 위의 얼굴을 토닥거리며 말한다. 핏자국이 거의 번지지 않는다. "약했어." 여자가 거듭 말한다.

"알겠어요." 나는 말한다.

버거 하나를 다 먹고 다른 것을 여자에게 던진다. 여자가 그것을 받아 종이를 찢어내고 신나게 먹는다. 주머니에서 진동하는 전화기를 꺼내서 본다. 아직 십오 분이 남았는데도 매장에서 걸려온 전화다.

"얼른 와줘." 리처드가 소리를 지른다.

"방금 나왔잖아요." 나는 일어서서 걷기 시작하며 말한다.

"듀오가 그만뒀어."

"아."

"듀오가 쉬러 가야겠다고 말했는데 내가 몇 분만 더 기다리라고 했더니 그냥 나가버렸어. 영영 가버렸다고."

"갈게요." 나는 말한다.

에스컬레이터 쪽으로 걷는다. 발판 위에 올라서서 아래로 떠내려간다. 반대편 에스컬레이터에서 듀오가 올라오고 있다.

"배고파?" 내가 묻는다.

"야, 난 못하겠다. 저런 짓거리 정말 처량해." 듀오가 말한다.

나는 뭔가 중얼거린다. 처량하긴 해도 내겐 그게 전부라는 말을 할 방법이 달리 없어서.

"멋진 외투야." 그가 말한다. "하지만 그게 다지."

"뭐라고?"

"외투가 무슨 징표는 아니라고. 어머니는 이미 아셔. 그럴 필요가 없다고, 친구." 그가 그렇게 말하며 돌아서서 에스컬레이터를 걸어 올라간다.

"안 돼." 나는 말한다. "내게 그러지 마."

"미안해."

"응." 나는 대답하고 듀오는 멀리 날아간다.

내 세 번째 블랙 프라이데이에는 회사의 실적이 나빴다. 커미션도 상금도 없었다. 나는 여전히 다른 누구보다 더 많이 팔았다.

매장에 돌아오니 시신 무더기에 새로운 사체가 하나 더 있고, 폴페이스™ 코너에서는 젊은 여자가 앤절라를 죽이려 하고 있다. 여자는 손으로 쥐어뜯고 소리를 지르는데 매장 입구에서도 나는 여자가 무엇을 원하는지 안다. 앤절라가 슈퍼셸이 진열된 벽에 붙들려 있다. 젊은 여자가 막 앤절라의 코를 물어뜯으려는 것 같다. 랜스는 십 대 아이 하나를 시신 무더기 쪽으로 굴려 가는 중이고, 미켈은 구두 코너의 고객을 돕고 있다. 리처드가 나를 보며 앤절라와 젊은 여자를 가리킨다. 그 여자가 무엇을 원하는지 나는 안다.

"도와줘!" 앤절라가 고개를 돌려 나를 보며 소리를 지른다. 젊은 여자를 장대로 막고 있지만 오래가지는 못할 것이다. 나는 돌아서서 뒷방으로 간다. 거기에 걸린 유일한 라지 사이즈 슈퍼셸 파카를 올려다본다. 그것을 옷걸이에서 내린다. 밖으로 나가자 젊은 여자가 그 냄새를 맡는다. 내 쪽을 보더니 늑대처럼 울부짖는다.

저게 있으면 외롭지 않을 거야, 그녀가 말하고 있다. 이제 사람들이 날 좋아할 거야.

그녀가 내게 달려든다. 나는 투우사처럼 외투를 옆으로 비켜 든다. 여자가 옷을 향해 달려오다가 내가 손을 놓고 옆으로 펄쩍 비켜나는 순간 파카를 뚫고 나갈 기세로 덤벼든다. 그러더니 그 옷을 손에 들고서 쉰 목소리로 "고마워요" 한다. 나는 계산대에 있는 여자를 바라본다. "좋은 하루 보내세요." 리처드가 계산하며 말한다. 여자가 으르렁거리는 소리를 내고는 말했다. "당신도요." 나는 컴퓨터에 근무 재개 시간을 기록한다. 앤절라가 내 어깨에 손을 얹는다. "고마워." 그녀가 말한다.

"넵." 나는 대답하고 내 코너로 돌아간다.

쇼핑객 한 무리가 매장 앞에서 멈춰 선다. 우리에게 남은 폴페이스™를 본다. 나는 좌대 위로 올라간다. 사람들이 우르르 몰려든다. 어떤 몸은 쓰러졌다 일어난다. 어떤 몸은 쓰러진 채 그대로 있다. 그들은 비명을 지르고 씩씩거리고 쥐어뜯고 신음한다. 나는 장대를 쥐고서, 지갑에는 돈이 있고 머리에는 프라이데이의 암흑이 자욱한 사람들이 핏자국으로 엉망이 된 채 나를 향해 달려오는 모습을 바라본다.

나는 군중을 향해 미소를 짓는다. "무엇을 도와드릴까요?"

그들이 서로를 밀면서 사방을 가리킨다.

사자와 거미

The Lion & The Spider

아버지가 소리를 지르며 우리에게 덤벼들었다. 왼손의 긴 손가락들을 사자의 발톱처럼 구부려 우리의 옆구리를 사정없이 간지럽혔다. "아이 토끼 하나, 둘, 세 마리를 모두 한입에 삼켜버렸지." 아버지가 으르렁거리며 말했다. 우리는 팔짝팔짝 뛰고 웃으며 비명을 질렀다. 아버지는 우리, 아이들이 같이 쓰는 침대를 흔들어댔다. 그런데 저 위에서 우리를 바라보는 다른 존재가 있었다. 그것의 은신처였던 아버지의 오른손 주먹이 서서히 펼쳐졌다. 거미 아난시가 우리 앞에 나타났다. "이 멍청한 고양이 같으니." 아난시는 그렇게 말하고 숲으로 뽀르르 갔다. 매트리스와 우리의 머리 위로 재빠르게 움직이는 손가락이 거미의 조그만 다리였다. 아난시는 무언가 특별한 것을 찾아 덤불 속으로 사라졌다.

이 주 후면 졸업이었다. 아버지는 몇 달째 사라지고 없었다.

떠나던 날 아버지는 내게 말했었다. "처리해야 할 일이 좀 있어."

"오늘 떠나시는 거예요?" 나는 최대한 담담하게 말했다. 나는 내가 직접 창안한 종교의 신자가 되어 있었다. 그 종교의 가장 필수적인 의식은 마음의 평정을 철저히 유지하는 것인데, 특히 화가 날 때, 마음이 아플 때, 공포에 질릴 때 그래야만 했다. 내 아버지처럼 나쁜 일이 있을 때마다 영어로나 트위어로 제 마음껏 소리를 질러대는 사람은 무시하거나 미워해야 할 이단자였다.

"그래. 좀 있다 비행기로 갈 거야. 이 주 안에 돌아올게. 네 어머니 상태는 양호해. 의사들도 괜찮을 거라더라. 당분간은 네가 가족을 돌봐야겠다. 네 동생이 공부를 잘 따라가는지 살피고." 아버지는 내게 사십 달러를 주었다. 처음 들은 여행 계획이었다. 아버지는 비행기로 대양을 건너 자신과 내 어머니가 나고 자란 나라로 갈 예정이었다.

"곧 올게." 아버지는 그날 오후 택시에 타며 말했다.

"네. 곧 다시 보겠죠, 뭐."

아버지가 떠나자마자 나는 어머니에게 갔다. 어머니는 조용했고 감정을 내보이지 않았다. 그즈음 어머니는 오래도록 병을 앓고 있었다. 일을 할 수 없어서 집에 틀어박혀 지냈다. 그러다 집이 압류되는 사태에 휘말렸고, 그 뒤로 내가 고등학교 3학년이 되면서 이사한 임대 아파트에서도 어머니는 내내 틀어박혀 지냈다.

"아버지는 곧 돌아오실 거야." 어머니가 말했다. 어머니의 놀라운 차분함은 내 마음을 아프게 했다.

이제 아버지 없이 몇 달이 지난 후, 나는 그가 돌아오지 않는다는 결론을 받아들이고 주택 개조용품 백화점에서 일하는 삶에 정착하고 있었다. 다섯시부터 열한시까지, 일주일에 여섯 날을 그곳에서 일하며 먼지 자욱한 동굴 같은 배송 트럭의 배 속을 파냈다. 내 직함은 "하차 전문가"였다. 그곳의 하차 전문가는 나까지 세 명이었다.

트럭의 짐을 꺼내는 우리의 모험을 영화로 만든다면, 젊고 건장한 주연배우 역할은 나보다 두세 살쯤 많은 케이토가 맡았을 것이다. 위기의 순간 찾게 되는 사람 말이다. 나머지 한 명은 아마도 내 아버지 또래인 듯한 리스였다. 그는 머리를 굴리는 늙은 모험가 역할이었을 것이다. 힘이 다 빠졌고, 곧이라도 포기할 것 같고, 마침내 쓰러질 때까지 피울 담배도 몇 대 안 남은 듯하지만 이 분야의 풍부한 경험으로 독보적인 존재가 되었기 때문에, 우리 중 유일하게 지게차를 운전할 수 있기 때문에, 그리고 아마도 아직 찾으려던 보물을 찾지 못했기 때문에 끈질기게 남아 있는 인물. 내 역할은 영화 후반 다른 두 사람 중 하나를 구하려다 팔 하나를 잃는 남자 정도임을 나는 알았다. 아니면 진짜 스타들 가운데 하나가 다치면서까지 구해주는, 그래서 속편에서는 주인공이 되는 인

물일 수도. 우리는 하차팀이었고, 〈저스티스 리그〉나 〈어벤저스〉
와 별반 다르지 않았다. 〈전문가들〉.

근무 시작 전 매번 우리는 빨간색과 파란색이 섞인 조끼를 입고
변신했다. 나일론 소재의 얇은 조끼는 무게감이 전혀 없었지만 그
래도 성가셨다. 리스는 회사에서 지급한 허리 지지대를 찼다. 케이
토는 회사 모자를 뒤로 돌려 썼다. 내겐 특별한 도구가 없었지만,
다른 둘에겐 있는데 내게만 그게 없다면 그것도 나름대로 특징이
라고 할 수 있었다.

근무를 시작하면서 야간 관리자인 카터가 우리에게 격려 연설
비슷한 것을 하고 있으면 보물 아닌 것들이 가득한 우리의 동굴이
하차 구역으로 후진해 들어왔다. 삐. "큰 걸로 두 대가 옵니다." 삐.
"하지만 우린 다 파낼 수 있어요." 삐. "팰릿도 전부 내놨고 지게차
도 준비 완료." 삐. "잘해봅시다." 삐. "어서 가서 아작내버립시다!"
어마어마하게 큰 하얀 트레일러들이 하차 구역의 가장자리에 입
을 맞추면 천둥 같은 기침 소리가 났다.

우리는 일하는 시간 대부분을 그 하차 구역에서 보냈다. 커다란
차고 문이 세 개 달린 거대한 콘크리트 건물. 리스는 트레일러의
문이 열리지 않도록 잠그는 자물쇠에 볼트커터를 갖다 댔다. 우리
는 그 작업을 할 때 약간의 의식을 갖췄다. 리스가 양손으로 볼트
커터를 잡고 꽉 누르면 그의 목 혈관이 부풀어 올랐다. 마침내 쇠
가 끊어지면 우리는 환호성을 질렀다. 볼트가 절단되면 케이토와

나는 트레일러의 문을 당겨 조심스럽게 밀어 올렸다. 때로는 타일 세트나 코킹 접착제나 다른 상품들이 눈사태처럼 우르르 쏟아져 내리기도 했다.

우리는 상품을 종류별로 구분해 목제 팰릿에 올렸다. 사용하는 분류 체계가 있었다. "여기 들어올 땐 항상 장갑을 껴." 내가 일을 막 시작했을 때 리스가 말했었다. 우리는 손가락에 빨간 왁스칠을 한 장갑을 사용했다. 하지만 그래도 나는 거의 매일 손바닥에서 나무 거스러미를 뽑아냈다.

사자는 아주 흡족했다. 배가 불렀다―그 대목에서 아버지는 우리가 부른 배의 모양새를 떠올릴 수 있도록 숨을 들이마셔 배를 빵빵하게 불리고 문질렀다. "그래도 아쉽군." 사자가 여전히 배를 문지르며 말했다. "허겁지겁 먹느라 바빠서 아이 토끼들의 맛을 음미할 새가 없었어."

사자는 나무 아래에서 행복하게 잠들었다. 자면서 엄마 토끼가 가족이 다 사라진 걸 보고 충격을 받는 꿈을 꾸었다. 사자는 사기꾼 아난시를 생각하며 빙긋 웃었다. 산꼭대기까지 달리기 경주에서 사자가 이기면 마법의 약을 주기로 했는데, 그걸 안 주려고 바보짓을 꾸밀 시간이 아난시에겐 없을 테니까.

우리 '전문가들'에게 트럭 트레일러는 악당이자 목적이자 집이었다. 여덟시에서 아홉시 사이, 우리는 커다란 가전제품 같은 무거운 물건이 쌓인 곳에 다다랐다. 우리는 핸드 카트나 팰릿 대차를 사용했다. 리스가 트럭 안으로 지게차를 몰고 들어가야 할 때도 있었다. 미리 조립된 완제품 작업대 같은 건 코끼리를 옮기는 느낌이지만 세탁물 건조기는 생각보다는 가볍다.

한번은 각각 판지 상자에 포장된 세탁기 두 대를 위아래로 쌓고 파란색 반투명 노끈으로 그물망처럼 친친 감은 높은 화물이 있었고, 케이토가 이것을 하차하려 했다.

"헤라클레스." 그는 핸드 카트의 가장자리를 상자 아래에 밀어 넣으며 우리에게 외쳤다. 그는 핸드 카트를 발로 차서 더 깊이 밀어 넣은 후 뒤로 당겼다. 그것은 케이토의 구호였다. 그는 두 사람 이상이 해야 하는 일을 혼자서 처리하며 뽐내고 싶을 때 "헤라클레스"라고 말하곤 했다.

"헤라클레스." 나는 건조기 한 대를 팰릿 대차에 당겨 실으며 지지의 뜻으로 외쳤다. 나는 보조였고 그 역할이 자랑스러웠다.

케이토가 목에 음식 조각이 걸린 듯한 소리를 냈다. 내가 고개를 들었을 때는 세탁기 두 대가 휘청휘청하다 아래로 쓰러지고 있었다. 그가 있는 쪽으로 돌진해 갔지만 나보다 추락이 먼저였다. 나는 소리를 질렀다. 나는 세탁기를 들어 케이토에게서 밀어냈고 리스가 그걸 끌어당겼다. 두려움 때문에 강해진 우리는 무거운 상자들을 재빨리 옆으로 내던졌고, 그러면서도 제품에 손상이 가지 않게 조심했다. 큰 기계제품에 손상이 생기면 손실 방지 담당자가 매번 우리 머리를 날려버리려고 했기 때문이다.

케이토가 상자들 밑에서 신음하고 있었다. 다 들어내고 나면 그가 어떤 지경일지 가늠이 되지 않았다. 우리는 세탁기들을 옮기고 그를 살폈다. 먼지 낀 트럭 바닥에 누운 그의 몸 위로 핸드 카트가 넘어져 있었다. "난 괜찮아요." 그가 말했다. 우리의 안전 지침서에도 쓰여 있듯이, 핸드 카트는 양쪽에 하나씩 달린 막대 덕분에 짐이 너무 무거워 무너지더라도 사람을 바닥까지 짓누르지는 않게되어 있었다. 케이토는 갇혀서 움직이지 못했을 뿐, 멍이 좀 들었을지는 몰라도 대체로 괜찮았다.

"헤라클레스." 그가 중얼거렸다. 그러고는 나와 리스의 부축을 받고 일어나면서 난처함을 웃음으로 얼버무렸다.

"헤라클레스." 리스가 맞장구쳤다.

내겐 남자 형제가 없지만, 있다면 어떨까 상상하면 정확히 케이토 같은 사람이 떠올랐다. 케이토가 3학년이고 나는 2학년이었을 때, 그는 학교에서 신적인 존재이면서도 친절한 사람이었다. 200미터 육상 종목에서 주 전체에서 두 번째로 빠른 선수였는데, 그건 사실 누구에게도 친절할 필요가 없다는 의미였다. 그런데 3학년 말경에 무릎 내측 측부인대가 찢어졌고 그건 우리 학교에게는 비극이었다. 그에게 관심을 보이던 대학들이 제안을 철회했다. 그리고 케이토는 아직 이곳에 있었다.

우리는 쉬는 시간을 똑같이 맞췄고, 케이토는 어머니의 차를 가져오는 날에는 내가 집에 걸어가지 않아도 되도록 차로 데려다주었다. 그는 매장의 각 부서 여직원들을 복잡한 매력 척도에 근거해 종합 순위를 매겼는데, 그 명단을 작성할 때 내가 옆에서 도와주었다. 나중에 계산원 두 명이 남자들의 순위를 매긴 명단을 만들어 우리의 작업에 화답했다. 당연히 케이토가 일등이었다. 나는 십이등이었는데, 꽤 괜찮은 결과로 느껴졌다. 그곳은 대형 매장이었으니까.

함께 점심을 먹을 때 케이토는 이따금 심각한 분위기로 말하곤 했다. "야, 넌 얼른 이곳에서 빠져나가야 해. 눌러앉으면 안 돼."

케이토가 세탁기 두 대에 눌린 날, 나 역시 그 무엇보다 그곳을 나가고 싶었다. 아버지가 어디 있는지 알았다면, 내가 버는 시급 10달러 10센트가 절실하지 않았다면, 나는 그 일을 그만두었을 것이다.

나는 그곳에 남아야 했다. 밤에는 트럭에서 일했고 낮에는 트럭을 끔찍해했다. 학교에서 트럭으로 갔다가 트럭에서 잠자리로 직행했다. 여동생이나 어머니와는 거의 마주치지 않았다. 나는 그들을 피했다. 여동생과 마주치면 나는 애써 아버지처럼 굴었다. "오늘 학교생활은 어땠어?" 나는 묻곤 했다.

"오빠도 거기 있었잖아." 동생은 대답했다. 나보다 단지 몇 살 어릴 뿐인 아이였다. 동생은 모든 게 정상인 척해주는 자비를 베풀었다. 우린 그런 걸 잘했다. 와르르 무너지고 있다는 사실을 무시하는, 연기.

바닥에 깐 발포고무 침대에서 나는 낑낑거리며 울지 않으려고 애썼다. "아니야! 사자는 엄마 토끼의 아이들을 먹지 않았어. 그건 공정하지 않아." 나는 받아들일 수 없었다. 아버지가 우리에게 해 주는 이야기는 엄청난 위력을 발휘했다. 나는 그 이야기들이 내가 생각하는 최선의 길에서 벗어날 때마다 분통을 터트렸다. 엄마 토끼의 아이들이 나와 여동생, 어머니와 우연히 이름이 같다는 사실도 무시할 순 없었다. 아버지의 이야기는 전부 어떻게든 우리를 주인공으로 삼았다.

아버지가 쉿 하며 말했다. "그냥 조용히 들어."

하차 구역에서 나의 대학 합격 소식은 큰 화제가 되었다. 동료들은 나를 응원해주었다. 그들은 내가 핵물리학자나 대통령이나 수의사가 되더라도 자기들을 잊으면 안 된다고 농담했다. 나는 아버지가 사라지면서 진학 과정이 중단되었다는 사실을 그들에게 말하지 않았다. 아버지가 돌아오지 않으면 나는 거기 남아 관리직에 오를 때까지 일하게 될 것이다. 카터와 비슷한 사람이 될 것이다. 그런 운명을 생각하면 너무 괴로워서 배 속에 납이 든 것 같았다. 그들이 아는 한, 나는 주 북부에 있는 학교와 뉴욕시에 있는 학교, 코네티컷주에 있는 학교 중에서 한 곳을 고르는 중이었다.

"야, 내 말 믿어." 리스가 어느 날 내게 말했다. 배양토 부대를 트럭에서 꺼내 팰릿에 쌓는 일을 내가 돕고 있을 때였다. "넌 말이야, 어딜 가든, 한 번만 해달라고 사정하는 것들이 수두룩할 거야." 그러더니 상스러운 말을 할 때마다 그러듯이 담뱃진이 물든 위쪽 치아를 드러내며 씨익 웃었다.

리스는 팔이 길고 가늘며, 항상 담배 연기 냄새를 풍겼다. 그는 자꾸만 볼을 홀쭉하게 빨아들이며 잇몸에 뭐라도 낀 것처럼 입을 오물거렸다. 내가 아는 사람들 중에는 전혀 없는 유형이었다. 리스가 나를 자랑스럽게 여겼으면 했다. 처음 일을 시작했을 때는 케이토 때문에 리스가 인종주의자 같다는 생각을 했지만.

"아저씨가 깜둥이 어쩌고 했어." 매장에서 일한 지 삼 주째 되었을 때 케이토가 내게 말했다. "내가 들었어. 첫 글자 '깜'에 힘을 실어 말했지. 98퍼센트 확신해. 아저씨는 날 보지 못했어. 통화하느라. 자기 아내인지 누군지랑 얘기하는 것 같았거든."

나는 케이토의 말이라면 되도록 부정하고 싶지 않았는데도, 리스는 그런 사람이 아닌 것 같다고 말했다. 나는 이렇게 생각하고 싶었다. 그가 인종주의자라 해도 나와 케이토 때문에 언젠가는 집에 돌아가 아내와 함께 저녁을 먹거나 그냥 텔레비전 앞에 앉아 있을 때 혀끝에서 맴도는 어떤 말을 하고 싶어질 것이다. 꼼지락거리며 안달을 내다가 마침내 이렇게 말하겠지. "당신 내가 깜둥이 둘이랑 일하는 거 알지?" 아마도 역시나 인종주의자일 그의 아내는 고개를 들어 남편을 쳐다보며 본론이 나오기를 기다리고, 리스는 접시 위의 콩들을 이리저리 굴리다가 자기 생각을 마무리 지을 것이다. "그렇게 나쁜 애들은 아니더라고." 그런데 그 말을 할 때도 흑인들이 전반적으로 괜찮다는 뜻으로 들리지는 않게 할 것이다. 쉰둘이 다 되어서야, 그의 나이를 정확히는 모르지만 어쨌든 인제 와서 그렇게 인정한다면 너무 난처할 테니까. 그는 우리, 특히 우리 둘이 괜찮더라는 뜻으로 말할 테지만, 그 생각이 확장되면서 언젠가는 자신이 평생 흑인에 대해 잘못된 생각을 해왔다고 느낄 것이다.

"아, 사자야, 난 네가 한밤중에 내빼기라도 했나 생각하던 참이었어." 경주가 열리는 날 아침에 아난시가 말했다. 아버지는 아난시가 될 때면 작고 현명한 목소리로 말했다. "토끼 가족의 생명을 놓고 달릴 준비는 다 됐니? 기억해, 넌 내가 토고산맥*의 가장 높은 봉우리에 올라가면 네 꼬리를 자르고 토끼 가족을 영원히 놓아주겠다고 약속했다는 걸."

　전날 밤부터 사자는 배가 엄청나게 아팠다. 아버지는 자기 배를 잡고 신음을 냈다. 사자는 배 속에 든 아이 토끼 세 마리를 그대로

---

* 서아프리카의 토고와 가나, 베냉 등을 지나는 산맥.

느낄 수 있었다. 그들은 사자의 예상보다 훨씬 무거웠다.

트럭의 중간 부분에 이르면 항상 끝이 없는 느낌이 들었다. 제품 상자들이 빽빽하게 들어차 천장까지 쌓여 있곤 했다. 뭐 하나만 잘못 당겨도 높은 탑들이 와르르 무너졌다.

일을 견디기 쉽도록 나는 머릿속에서 이런저런 게임을 했다. 일을 빨리 하면 트럭 맨 뒤에서, 세탁기와 냉장고의 마지막 벽 뒤쪽에서, 뭔가 놀라운 것을 발견할지 모른다고 상상하는 식이었다. 돈이 가득 든 주머니, 아기, 금, 뭐든지. 하지만 나는 매번 한 가지를 정해서 생각했다. 트럭 뒤편에 있는 게 만약 아기라면, 미아일 것이다. 이름은 크리스티. 이름을 아는 이유는 아기와 함께 남겨진 쪽지 때문이다. 월풀 세탁기를 밀치면 그곳에 조그만 아기 크리스티가 있고 아기를 감싼 부드러운 담요 주름 사이에 쪽지가 끼워져 있다. 부디 잘 돌봐주세요. 저보다 당신이 이 아기를 더 잘 돌볼 수 있다는 걸 압니다. 제발, 아기를 사랑해주세요. 저도 아기를 사랑해요. 사랑한다, 크리스티. 안녕. 널 사랑해.

아기와 쪽지는 분명 우리 '전문가들'에게도 충격적인 발견일 테고, 대략 오 분 정도 우리는 뭘 어떻게 해야 할지 모를 것이다. 돌아가며 아기를 안다가 거의 슬픈 마음으로 관리자를 부르면, 그는 또 경찰을 부른다. 물론 우리는 그날 일은 쉰다. 그 뒤로 오래도록 나와 케이토와 리스 모두 크리스티의 소재를 계속 파악하고, 우리는 비밀스러운 원거리 아버지들로서 아이에게 작은 보물들을 익명으로 보내며, 이 지역에서 크리스티는 유아어와 주택 개조업계의 용어가 섞인 별명으로 통한다. 예컨대, 공구함의 꼬맹이. 다른 것도 괜찮고.

하지만 맨 끝에 다다르면, 우리는 아무것도 없는 높은 벽을 보며 일을 마쳤다. 언제나.

"제자리에, 준비, 땅!" 원숭이가 나무 위에서 외쳤다. 사자는 등반을 시작하려고 산자락까지 훌쩍 뛰어갔다. 그러고는 이미 멀리 뒤처진 아난시를 돌아보았다. 아버지는 사자가 될 때, 크고 심술궂은 목소리로 말했다. "넌 정말 바보가 됐구나, 거미야." 사자가 높은 산을 오르기 시작하며 말했다. "난 정글에서 가장 빨라." 사자는 생각했다. 아이 토끼들은 이미 먹어치웠어. 내가 이 경주에서 이기면 넌 마법의 약을 넘겨줘야 할 거야. 사자 뒤쪽 멀리에서 아난시는 천천히 땅 위를 걸어갔다. 산에는 관심도 없다는 듯 머리를 숙인 모습이었다.

"아, 아난시, 넌 왜 달리지 않니, 응?" 원숭이가 물었다. "불쌍한 아이 토끼들을 구하고 싶지 않은 거야?"

"아이들은 이미 구했어, 형제. 이젠 저 멍청한 고양이에게 망신을 줄 거야." 아난시가 말했다.

"아, 아난시. 사자는 벌써 산에 오르고 있어. 지금 달리지 않으면 분명히 질 거야."

"두고 봐." 아난시가 말했다. "보면 알아."

오래전 우리에게 집이 있었을 때, 아버지는 이웃에 사는 제리와 나를 영화관에 데려가주기로 했었다. 우리는 일주일 내내 그날을 고대했다. 아버지는 일곱시 반 영화를 볼 테니 일곱시에 집을 나서자고 말했다. 그날, 아버지의 차가 여섯시 오십오분경에 진입로에 들어섰다. 제리와 나는 세 판째 게임을 하며 게임기를 눌러대고 있었다. 일본 무술가가 돌연변이 괴물의 얼굴을 발로 찼다. "밖에 아버지 오셨다." 어머니가 외쳤다. 자동차 경적이 한 번 울렸다. 아버지의 목소리가 실린 듯 길고 요란한 파열음이었다. 나는 차 안에 앉아 기다리는 아버지를 느낄 수 있었다. 우리는 게임을 멈추고 아래층으로 돌진했다. 밖에 나갔는데, 진입로의 갈라진 틈새를 뚫고 나온 가느다란 푸른 잎들이 옆쪽의 풍성한 잔디밭과 대조되어 집을 잃은 듯 보였다.

제리가 어리둥절한 표정으로 나를 보았다. "우릴 잊어버리셨나?" 나는 우편함까지 걸어갔다. 집 앞의 경사진 도로 위로 멀어지는 아버지의 차 후미등이 여전히 보였다. 나는 정신없이 팔을 흔들며 언덕길을 힘껏 달려 올라갔다. 그 상황이 장난처럼 보이기를 바랐다. 제리가 나와 함께 뛰었다. 나는 소리를 질렀다. "아빠, 아빠! 우리 여기 있어요! 여기 있다고요!" 제리도 소리를 질렀다. "아저씨! 아저씨!" 그렇게 죽도록 달리는 동안 우리의 팔은 닛산 자동차 판매장 밖에 있는 풍선 인형처럼 펄럭였다. 아버지는 앞에서 차가 다가오자 속도를 줄였다가 방향을 틀어 42번 도로로 쏜살같이 사라졌다.

우리는 멍하니 땀에 젖은 채 걸어서 집으로 돌아왔다. 차를 뒤쫓는 게임의 재미는 사라지고 없었다. 제리는 장난일 거라며 아버지가 돌아오시기를 기다리자고 했다. 나는 말했다. "어쩌면."

우리는 답을 구하기 위해 어머니에게 갔다. 어머니가 주스를 따라주었다. 그리고 우리가 마시는 모습을 조용히 바라보았다. 제리는 자기 몫을 마신 후 집으로 돌아갔다. 제리가 가고 나서 나는 말했다. "왜 우릴 놔두고 그냥 가시는 거죠? 잠깐이었잖아요."

"그냥 영화일 뿐이야. 계속 상영할 거야." 어머니가 말했다.

"그런데 왜 우릴 두고 가냐고요. 우린 바로 거기 있었는데."

"아버지를 참을성 있게 대해. 아버지는 참을성이 없어. 그러니 네가 참아야 해." 어머니가 말했다.

"그건 공정하지 않아요." 나는 천천히 사실을 설명하며 말했다.

"영화는 계속 상영할 거야. 아버지는 자기 방식대로 행동하고 싶어하셔. 나중에 데려가주실 거야." 어머니가 말했다.

나는 실망했다. 어디든 다시는 아버지와 함께 가고 싶지 않을 게 분명하다고 생각했기 때문이다.

"어머니 대지여, 어머니 대지여." 아난시가 외쳤다. "어머니 대지여." 땅이 흔들렸다. 아버지가 재빨리 당겼다 밀었다 하는 발포고무 침대도 흔들렸다.

"아난시, 네가 나를 불렀구나." 어머니 대지가 아난시에게 대답했다. 바람과 나무 사이로 그 목소리가 울렸다.

"아름다운 어머니 대지시여. 작은 부탁을 하나만 드리고 싶습니다."

"주는 것도 없이 요구만 하는 것이냐, 아난시?" 땅이 흔들렸다. 원숭이가 나무에서 떨어졌다.

"아닙니다! 절대로요! 위대한 어머니시여, 저는 앞으로 생길 것을 드리며, 먼저 일하고 부탁을 드립니다." 아난시가 대답하고 땅에 머리를 조아렸다.

"무엇을 주었느냐?" 어머니 대지가 물었다.

"제가 씨앗을 뿌렸으니, 나중에 당신의 아름다움이 더욱 빛나게 될 것입니다." 아난시가 여전히 땅만 바라보며 말했다.

"네가 한 일을 내가 보았다. 내게 무엇을 청하고 싶으냐?"

"산들바람을 한 번만 보내주십시오. 이 숲길을 따라 저 큰 산까지 불어 오르는 온화한 바람을요." 아난시가 말했다.

"내 아들도 곧 졸업할 거야." 리스가 어느 날 트럭 안에서 내게 말했다. 나는 '개조심'과 '풀밭에 들어가지 마시오' 팻말 상자 두

개를 집었다.

"아들 이름이 뭐예요?" 내가 물었다.

"내 주니어야. 리스 주니어. 우린 RJ라고 부르지."

"멋지네요." 나는 말했다. "어느 대학에 갈 생각이래요?" 리스에게 아들이 있다는 말은 들은 적이 없었다.

"지역 전문대학을 일이 년 다닐 거 같아. 그다음에 어떡할지는 그때 가봐야 알겠지." 리스가 말했다.

"저도 그럴지 몰라요." 나는 말했다. 내가 아는 사람들은 이미 대부분 근사한 대학에 입학을 결정했다. 나는 주 북부에 있는 학교와 코네티컷주에 있는 학교, 뉴욕시에 있는 학교에 가을에 만나자고, 곧 첫 예치금을 보내겠다고 연락만 해둔 상태였다.

"에이, 넌 아니지." 리스가 말했다. 그는 나를 격려하고 있었다. 그는 나와는 다른 방식으로 내 미래를 확신했다.

조그만 풀잎 한 장을 붙잡은 아난시는 어머니 대지가 힘차게 밀어주는 손길을 느꼈다. 그 손길은 숲길을 지나 큰 산 위로 아난시를 데려갔다. 사자는 산자락에서 조금 올라간 곳에서 끙끙거리고 있었다. 아난시는 바람결 위에서 소리쳤다. "네 배 속에 든 건 돌덩이다, 이 멍청한 고양이야. 네가 나쁜 짓을 할 것을 미리 알고 아이 토끼들의 침대에 돌을 넣어두었거든." 사자가 으르렁거리며 큰 산까지 풀잎을 타고 올라가는 아난시를 후려치려고 했다. 산꼭대기에서 아난시는 깔깔깔 웃었다.

　아버지는 졸업을 일주일 앞두고 다시 나타났다. 예상보다 석 달 반 늦게. 그중 석 달은 아무런 연락도 없다가. 나는 리스와 함께 있었다. 그날은 트럭이 들어오지 않아서 우리는 페인트 구역 지원 업무에 배치되었다. 아버지가 나를 보기 전에 내가 먼저 아버지를 봤다. 나는 내 모습이 내가 느끼는 만큼 달라 보이기를 바랐다. 나는 내가 강해졌다고 느꼈다. 아버지가 나를 봤다. 나는 머리가 떨어져나간 느낌이 들었다. 아버지가 세차게 손을 흔들었다. 아버지는 자신이 늦었다는 사실을 그제야 깨달은 듯이 서둘러 걷기 시작했다. 청반바지에 가죽 샌들 차림이었다. 아버지는 내가 이미 자기를 본 것을 알면서도 내 이름을 두 번이나 불렀다. 아버지가 내게 다가왔다. 내 어깨에 손을 얹었다.

　"아빠." 나는 말했다. 그리고 생각했다. 냉장고에 음식이 있는 건 내 덕분이에요. 학교 무도회에도 갔어요. 아버지가 영원히 가버렸다고 생각했고, 나는 살아남았어요.

　나는 속으로 말했다. 고마워요. 왜 그랬는지는 모르겠다.

　리스가 진열하던 페인트통에서 고개를 들었다. "네 아빠시냐?" 그가 물으며 장갑을 벗고 손을 내밀었다. "참 든든한 아들을 두셨습니다." 아버지가 그 손을 잡고 친절하게 웃으며 말했다. "네, 이제 어른이 다 됐어요." 아버지가 내게 주의를 돌렸다. 리스는 우리에게서 멀어져 긴 매대의 반대편, 황갈색과 녹색 계열 페인트가 있는 곳으로 갔다. "방금 돌아왔어. 이게 네가 하는 일이냐? 페인트통 주변에서 어슬렁거리는 거?" 아버지가 웃었다. "내가 너 일하는 데 방해가 됐구나."

아버지가 다시 내 어깨를 토닥거렸다.

"아빠." 나는 말했다. 평정을 유지하고 싶지 않았지만 숨 쉬는 것 말고는 뭘 어떻게 해야 할지 알 수 없었다.

"주차장에서 기다릴게. 차 타고 갈 거지?"

나는 말했다. "네, 그럴게요."

빛을 뱉다

Light Spitter

그는 그들이 자신을 그렇게 만들었음을 알게 하고 싶다. 그래서 튜브를 돌려 엄지손가락 같은 붉은 덩어리를 밀어 올린 후 이마에 커다랗게 F라고 쓴다. 글자를 옆으로 뒤집어 썼음을 깨달은 건 한참이 지나서다. '젠장.' 그는 속으로 말한다. 하지만 글자를 씻어내고 다시 쓰진 않는다. 실수하는 시간은 이미 지나왔다. 그는 이제 더는 실수를 저지르지 않는다. 그들은 그에 대해 잘못 알았다. 아주 오래도록 잘못 알았다. 정말로 그랬다. 이제 그는 명확히 안다. 그는 틀리지 않고, 틀린 적이 없고, 앞으로도 틀리지 않을 것이다. 그는 그들이 잊을 수 없을 붉고 두꺼운 글씨를 조심스럽게 머리에 써서 칭호를 완성한다. 그들이 그에게 붙여준 이름인 퍽턴Fuckton[*]을 립스틱으로 쓴다. F가 뒤집혔는데도 위풍당당하다. 그는 장비를 챙긴 후 운명을 찾아 밖으로 나간다.

안전한 집 안에서 멜러니 헤이즈가 말한다. "사랑해, 예쁜 딸. 잘 견뎌내, 알았지? 이번 학기는 더 나아져야지, 그렇지?" 그녀는 눈을 치켜뜨는 딸이 떠오르지만 그렇게 살짝 자극할 필요가 있다고 판단한다. 그녀의 딸은 훌륭한 학생이지만 그 아이도 인간이라서 가끔은 정신이 산만해진다. 모녀가 모두 그렇다. 하지만 그들은 항상 좋은 한 팀이었다. 남편이 그들의 삶에서 떠나버린 지금은 더욱 둘이서 잘해나가야 한다. "사랑해." 그녀는 다시 한 번 대학생 딸에게 말한다. 그녀는 그 말을 딸의 기억에 남기고 싶다. 아직은 학기 초다. 딸의 목소리를 들으며 혼자 미소 짓는다. 짜증을 내는 듯해도 디어드라 특유의 부드러움이 담긴 목소리.

픽턴은 그의 초록색 빗 '블런트노즈'를 챙겨 창백한 손가락으로 빗살을 쓸어내린다. 손이 덜덜 떨린다. 빗살이 구부러졌다가 다시 제자리로 돌아갈 때 나는 작은 팅 소리를 제대로 감상하기 위해 눈을 감는다. 빗을 머리에 가져간다. 그렇지. 머리칼 한 올 한 올이 반짝이고 미끈하고 빳빳하게 서 있을 거다. 전투 준비를 끝낸 군

---

* 비속어 fuck에 무게 단위 ton을 합쳐서 불쾌하고 싫은 것의 양이 많음을 뜻하는 욕설로 쓰인다.

인의 갈기. 오, 절멸에 어울리는 멋진 모습일 것이다. 이 중대한 의식을 위해 그는 콘택트렌즈까지 꼈다. 아침을 다 망칠 뻔했던 콘택트렌즈. 끼기 직전에 이를 닦았는데 손가락에 치약이 좀 남았었는지 몇 분간 왼쪽 눈이 불타는 느낌이 들었다. 하지만 상관없다. 사소한 사고일 뿐. 종말이 기껏 콜게이트 치약 때문에 퇴색할 리는 없다. 눈이 벌게져도 별 상관 없다. 또 얼마나 여러 번 눈이 벌게질 것인가? 그 눈에서 얼마나 많은 눈물이 흐를 것인가? 한쪽 눈에 각각 열 번, 스무 번, 수백 번. 픽턴은 다시 한 번 블런트노즈로 머리를 빗는다. 빗이 굉장히 부드럽게 두피에 닿는다. 이 환한 응징의 날에 그는 얼마나 빛날 것인가?

그는 학교 안에서 산다. 그런데도 친구가 없다. 합창단에 들어가 잘 섞여들려고 해봤다. 그런데도 친구가 없다. 체스 클럽에 들어갔고 클럽 총무를 간단히 제압했다. 그런데도 친구가 없다. 민주당 대학생회의 정당 지지 유세에 나가 그들과 친해지려고 해봤지만, 그 자유주의자들이 왁자지껄 어울리며 낄낄거리고 요란하게 웃고 문자를 주고받는 모습을 지켜봐야 했다. 그에 대한 험담이 분명해 보였다. 그가 어마어마한 용기를 끌어내 자리에서 일어나 보수적인 세금 정책의 장점에 대해 의견을 말한 뒤에 그를 노망난 늙은이 취급하며 욕했을 게 뻔했다. '혐오할 자유' 집회를 여는 공화당 대학생회에 다가갔을 때는, 학생들이 무슨 이유에선지 물총을 준비해놓았다가 잽싸게 그를 쏘았다. 그가 민주당원 학생들과 어울렸다는 소문을 듣고 첩자 짓을 하려 한다고 생각했음이 분명했다. 어찌 되었든 마찬가지였다. 친구는 없었고 심지어 약간의 적까지 생겼다. 하지만 언제나 그런 식이었다. 평생. 하지만 그래서 앞으로 닥칠 일이 훨씬 더 쉬워졌다. 그는 날씨가 따스한 바깥으로 걸어 나가며, 거인이 촌사람들을 발밑에 깔아뭉개기 전에 느낄 법한 기분을 즐긴다. 도서관 문에서 젊은 여자가 걸어 나오는 모습을 지켜본다. 여자는 걸음을 멈추고 잠시 문을 잡고 있다가 픽턴이 웃으며 그녀를 응시하자 따분한 눈길로 그를 탐색하듯 바라본다. "안녕" 하고 픽턴이 말한다. 그녀는 아무런 대답도 하지 않는다. 콧등이 주름지는 걸 보니 그가 자신에게 말을 걸려 했다는 사실만으로도 짜증이 난 듯하다. 그런 무례함도 환영이다. 픽턴은 손에 쥔 힘 때문에, 훤히 드러난 그 비밀 때문에 아찔하게 들떠서 안으로 걸어 들어간다. 앞으로 몇 분만 있으면 그는 항상 될 자격이 있었지만 되지 못했던 모든 것이 될 것이다.

도서관 1층에 들어간 픽턴은 저 안쪽에 있는 한 여학생을 본다. 그녀는 표지를 덮은 책 사이로 읽던 부분에 엄지손가락을 끼워 넣고 귀에는 전화기를 대고 있다. 스카프로 깔끔하게 감싼 머리. 미소. 저 사람이다.

"안심하시라고요, 아주머니. 나 방금 왔어. 걱정하지 마." 그녀가 소곤거리다가 전화를 끊는다. 정신을 집중해야 한다. 리지모어 대학교 3학년이 된 첫 주, 그녀는 도서관에 와 있다.

올해는 마침내 자신에게 솔직해지기로 했기 때문에 그곳에 있다. 침대에서는 책을 읽을 수 없음을 인정하기로 했기 때문에. 열 페이지, 많아야 스무 페이지를 읽으면 곯아떨어진다. 잠을 잔다. 그러다 두 시간 후에 깨어 자신에 대한 실망과 허기를 느낀다. (위험한 조합. 전자는 후자를 강화하는 듯하니까.) 그리고 주변에는 아직도 이런 말을 하는 사람들이 있다. "우아, 디어드라! 정말로 예뻐졌다. 못 알아볼 뻔했어!" 하지만 최근에 뺀 살은 모두 1학년 때 찐 살이므로 그런 말은 딱히 칭찬으로 들리지 않는다.

하지만 지난 학기에는, 침대에서 잠에 빠졌다가 깨어나면 다시 책을 읽지 않고 테리에게 전화를 했다. 둘은 기숙사 식당에 가서 음식을 먹으며 수다를 떨곤 했는데, 대개는 테리가 남자친구와 겪는 문제를 토로했다. 테리가 조언을 하면 남자친구는 무시했다가 나중에 후회한다고 했다. 테리는 그걸 잘한다. 조언. 그녀는 기꺼이 이야기를 들어준다. 그녀는 솔직하고 직설적이기도 하다. 나중에 가서는 다들 고맙게 생각한다. 식당에서 샐러드를 먹은 후 디어드라는 다시 피곤해져서 침대에 푹 파묻혀 노트북 컴퓨터로 단순하고 재미있는 볼거리를 찾았고, 운이 좋다면 저녁을 두 번 먹었다는 죄책감에 이끌려 체육관으로 가기도 했다. 어찌 되었든 다시 공부하지는 않았는데, 현대문학 수업에서 A를 받고 우등생 명단에 한자리를 확보하려면 그래선 안 되었다. 우등생 명단에 올랐다면 어머니에게는 근사한 선물이 되었을 것이다. 아빠와 겪은 일이나 지난 학기 디어드라의 나쁜 성적 때문에 속상했을 엄마는 좋은 선물이 절실히 필요했고 받아 마땅하기도 했다.

그녀가 알지 못하는 어떤 목소리가 무슨 말인가를 한다. 그녀는 또다시 책에서 고개를 들지 않을 수 없게 되었을 때 반은 짜증이 나고 반은 다행스러운 기분이 든다. 디어드라는 겨우 "오" 소리만 내고 바로 죽는다.

날카로운 비명이 들리자 픽턴은 주위를 돌아보고 사람들이 자신에게서 급히 달아나고 있음을 깨닫는다. "미-미안해요." 픽턴은 미처 자제할 틈도 없이 그렇게 말한다. 그 상황에서 하기에는 터무니없는 말, 그도 안다. 그는 죽은 여학생을 빤히 쳐다본다. 바로 자신이 '휩테일Whiptail'이라고 이름 붙인 회색과 검은색 섞인 권총으로 방금 세상에서 추방한 바로 그 여학생. 그는 희열이 밀려오기를 기다린다. 눈을 크게 뜨고 앞에 있는 시신을 더욱 세밀히 바라본다. 얼굴이 너무 망가졌다. 그는 무서워진다. 사방에 피가 낭자하다. 그의 입술에도, 머리칼에도. 여학생을 한 번 더 쳐다본 다음 픽턴은 뒤돌아 뛴다. 러그 가장자리에 발이 걸려 무릎을 꿇고 쓰러진다. 휩테일에서 발사된 총알이 바닥에서 터진다. 폭발음이 들리자 비명을 지르며 달려가는 사람들만큼이나 픽턴도 겁이 난다. 사방에서 내달리는 발소리, 비명 소리. 픽턴은 일어서서 화장실로 달려간다. 안에서 한 남학생이 손을 씻고 있다. 픽턴이 "어" 하면서 남학생에게 휩테일을 겨눈다. 뒤돌아선 남학생이 움찔하더니 방금 누군가 그의 몸에서 등뼈를 제거하기라도 한 듯이 푹 쓰러진다. 그가 애원한다. 픽턴은 밖에서 여학생에게 했던 것처럼 그의 머리를 날려버리지 않고 칸막이 안으로 들어감으로써 그를 사면해준다. 아까 그건 실제로 일어난 일이다. 픽턴의 몸이 떨린다. 그는 사라지고 싶다. 들어오자마자 잠근 화장실 칸 안에서 픽턴은 남학생이 일어나 밖으로 달려 나가는 소리를 듣는다. 그는 주머니에서 블런트노즈를 꺼내 머리를 빗으려 한다. "젠장, 젠장, 젠장!" 픽턴이 소리친다. 이마를 닦는데, 손가락에 미끈하고 붉은 찌꺼기가 묻어도 잘 알아차리지 못한다. 손의 떨림이 좀처럼 멈추지 않는다.

그의 위에서, 디어드라 헤이즈의 영혼에서 생겨난 천사가 그를 유심히 바라본다. 또 한 번의 폭발음. 살인자 픽턴이 화장실 칸막이 안에서 쓰러진다. 천사가 미소를 짓자 그녀의 머리에서 검은 뿔 두 개가 빠드득 솟아나고, 곧이어 그녀는 그곳을 나간다.

픽턴의 유령이 천사에게 이끌려 화장실에서 걸어 나간다. 천사는 푹신한 의자 등받이 너머로 허리를 젖힌 채 늘어져 있는 자신의 옛날 몸 위쪽에 둥실 떠 있다. 디어드라와 픽턴이 서로를 본다. "무슨 일이 있었지?" 픽턴이 묻는다.

디어드라가 고개를 돌려 픽턴에게 침을 뱉으려 하지만 입에서 나오는 거라곤 가느다란 빛줄기뿐이다. 뭘 해봐도 뜻대로 되지 않고 계속 빛만 나오자 그녀가 말한다. "네가 저애를—나를—죽였잖아. 네가 날 죽였어." 픽턴이 천사를 빤히 쳐다본다. 그녀는 의자에 있는 여학생의 원래 모습과 똑같이 생겼다. 그가 이제는 시신을 쳐다본다.

"아, 그러네. 진짜 오래전 일처럼 느껴진다. 내 잘못이야." 픽턴이 말한다.

"난 아직도 피를 흘리고 있어." 디어드라가 자기 시신의 얼굴에서 쏟아져 나오는 피를 가리키며 말한다. 주위에 있던 사람들은 다 사라졌고, 디어드라와 픽턴은 자신들이 비록 그 도서관 안에 있지만 실은 시간과 특정 장소에서 풀려났음을 알고 또 느낀다.

"나는 어떻게 된 거지?" 픽턴이 묻는다.

"네가 널 쐈잖아."

"사람들이 봤어?"

"아니, 하지만 난 봤지. 내가 이렇게 되고 나서 처음으로 본 장면이 그거야." 디어드라가 자기와 새로운 날개들을 손짓으로 가리킨다. "널 도울 수 있었지만 안 했어. 네가 그러는 걸 보고만 있었지. 그냥 내버려뒀어."

디어드라의 날개는 조그맣고 빛난다. 천천히 날갯짓하며 해파리처럼 모였다가 펼쳐지기를 반복한다. 머리의 뿔은 길고 까맣고 날카롭다. "그럼 이제 어떻게 돼?" 픽턴이 묻는다.

"난 이제 천사야."

"나는 뭐야?"

"내 생각에 넌 그냥 아무것도 아닌 것 같아." 디어드라가 말한다. "넌 특별한 게 되지 않을 거야."

"아무것도 아니라고?" 픽턴이 묻는다.

"그래. 아무것도 아니야. 봐." 디어드라가 말하며 픽턴의 가슴팍을 가리킨다. 유령이 된 그의 몸 한복판에 주먹만 한 구멍이 뚫려 있고 그 주위가 펄떡펄떡 고동친다.

"우아." 픽턴이 말한다. 그는 자기 가슴에 손을 올려 구멍의 테두리를 만져본다. "아이언맨 같다."

"아니야. 아이언맨 같지 않아. 그 구멍은 네가 곧 아무것도 아니게 된다는 뜻이야."

"넌 어떻게 그런 걸 다 알아?" 픽턴이 묻는다.

"이렇게 변하고 나면 정보들이 딸려 와. 지금도 계속 흘러 들어오고 있어."

"오."

"이래야 공정하다는, 뭐 그런 거 아닐까? 난 이제 날 수도 있어. 날개랑 뭐랑 다 있어, 봐. 근데 네겐 아무것도 없잖아. 넌 아무것도 아니니까."

"젠장." 그가 말한다. "하지만 나도 날 수 있을지 몰라." 픽턴이 공중으로 뛰어오른다. 다리를 뒤로 차며 손바닥이 바닥을 보게 팔을 뻗지만 결국 타일 바닥으로 떨어진다. 디어드라의 피가 흘러 새로 생긴 웅덩이 위로. 그런데도 웅덩이는 흐트러지지 않고 점점 커져간다.

"안 되네." 그가 말한다.

"꼴불견이야." 디어드라가 눈을 흡뜨며 말한다.

"좋아, 그럼 이제 어떻게 돼?"

"그걸 왜 나한테 묻니? 난 널 싫어해. 넌 방금 내 모든 걸 망가뜨렸잖아."

"천사가 싫어해도 돼?" 픽턴이 묻는다.

"그런 것 같아. 난 할 수만 있다면 널 살려서 다시 죽는 모습을 계속 보고 싶으니까."

"알겠어." 픽턴은 디어드라의 머리를 가리킨다. "천사한테 뿔이 있어?"

디어드라는 얼굴을 찡그리며 한 손을 올려 머리의 뿔을 만져본다. 뿔 하나를 잠시 만지다가 손을 데기라도 한 것처럼 얼른 거둬내린다. "이건 멋이야." 그녀가 말한다. "내겐 가족이 있었단 말이야. 꿈도 있었고."

"나도 그랬어." 픽턴이 말한다.

"그렇군." 디어드라가 어깨를 으쓱한다.

"정말로 그게 아주 오래전이었던 것 같은 느낌이야." 픽턴이 말한다.

"그렇지 않아. 넌 심지어 완전히 죽지도 않았어."

"안 죽었어?"

"그래." 디어드라가 말한다. "당장은 넌 미물이야. 타락한 존재. 유령인데 완전히 유령이 되진 않았달까, 그런 것 같아."

"아직도 규칙을 모른단 말이야?"

"그래, 다 알진 못해. 아직은. 천천히 들어오고 있어. 다운로드처럼 말이야. 하지만 상관없어. 넌 곧 사라질 거고, 이다음에 네게 어떤 일이 벌어질지는 모르지만, 꼭 나쁘기를 바랄게."

"젠장, 망쳐버렸네." 픽턴은 그의 믿음직한 블런트노즈를 찾아 주머니에 손을 넣는다. 아무것도 없다. 그래서 끈적끈적한 머리칼을 손으로 빗어본다. 이젠 끈적끈적하지 않다. 이마에도 아무런 자국이 없다.

"그래, 맞아." 디어드라가 말한다. "난 이제 가야 해."

픽턴은 주위를 둘러본다. "난 어쩌고?"

"못 알아들었니? 난 몰라. 상관없어. 넌 아무것도 아니야."

"넌 왜 가야 하는데?"

"난 할 일이 있어. 그런 느낌이 들어."

"나도 너랑 가면 안 될까?" 픽턴은 시신을 바라보며 묻는다.

"다시는 널 보고 싶지 않아."

"제발."

"안 돼."

"제발."

"네가 죽었으면 좋겠어." 디어드라가 말한다. 그녀의 몸이 빛나기 시작한다.

"기다려!" 픽턴은 그녀를 잡으려고 팔을 뻗는다. 번쩍 빛이 나고 장소가 바뀐다.

디어드라와 픽턴은 어느 거실에 있다. 바닥에 초록색 카펫이 깔려 있고, 팔걸이에 그을린 자국이 있는 갈색 소파가 있으며, 텔레비전 화면에서는 헬리콥터에서 촬영한 리지모어 대학교가 나온다. 픽턴은 텔레비전 앞으로 다가간다. 뉴스 진행자가 화면에 나타나 말한다. "리지모어 총격 사건과 관련해 새로 들어온 소식을 알려드리겠습니다. 범인은 1학년 학생 윌리엄 크로퍼로 밝혀졌습니다. 신병이 확보되었고 현재 위중한 상태라고 합니다. 초기 보도에 따르면 범인은, 주변인의 말을 빌리자면 '비호감 외톨이'라고 합니다. 지금까지 확인된 피해자는 한 명입니다." 뉴스 진행자가 고개를 젓는다. 그러더니 스포츠 진행자인 빈스 바이스에게 화면이 넘어간다. "정말로 끔찍하군요. 끔찍합니다." 그가 말한다. "이번엔 좀 밝게 가보죠. 어제저녁 시즌 첫 경기를 펼친 트위타와 타이푼스가 킬리엄 하운드도그스를 완파했습니다."

"뭐야? 저게 전부야?" 픽턴이 말한다. 그는 고개를 돌려 디어드라를 봤다가 다시 화면을 보고, 다시 디어드라를 본다.

"넌 어떻게 여기 있는 거야?" 디어드라가 묻는다.

"널 따라올 수 있나 봐." 픽턴이 손을 펼쳐 쥐고 있던 그녀의 날개 깃털 하나를 보여준다. 깃털이 그의 손 위에서 빛난다.

"난 지금 승화 단계에 있어서 네게 착하게 굴려고 애쓰는 거지, 사실은 너랑 노닥거릴 맘이 전혀 없어. 알아들어? 그러니 그거 어서 내놔." 디어드라가 그에게서 깃털을 가져가려고 아래로 둥실 내려온다.

"나중에 돌려줄게. 근데 승화라고?" 픽턴은 깃털을 손으로 꽉 쥐고 천사에게서 등을 돌린다.

"그냥 좀 죽어!" 디어드라가 그렇게 말하자 뿔의 끝부분에 불이 붙는다. 그녀는 조심스럽고 차분하게 숨을 몇 번 쉰다. 불꽃이 줄어들더니 스르륵 연기가 피어오른다. "승화는 시험 근무 같은 거야. 시험적으로 일해보고 직업을, 아니, 직무를 정하는 거지. 근무지 배치 같은 거랄까? 선택권이 주어졌는데 난 여기 남아서 돕는 일을 골랐어."

"나도 남아서 돕고 싶어." 픽턴이 눈을 아래로 내리깐 채 일어서며 말한다.

"네겐 나처럼 선택권이 없을 것 같다." 디어드라가 말한다.

"확실히 아는 건 아니고?"

"아니야."

"그래도 당장은 남아 있을 수 있겠지?" 픽턴은 그녀를 바라보며 몸 뒤에서 손을 움직인다. 디어드라는 그의 가슴팍에 뚫린 구멍 너머로 그가 오른손으로 왼팔을 꼬집는 모습을 본다.

"그러거나 말거나." 디어드라가 말한다.

"고마워. 여기 말고는 어디로 가야 할지 모르겠어." 픽턴이 말한다. 디어드라는 그를 빤히 바라본다. 그러는 동안 현관문이 열리고 웨트모스 고등학교에서 막 돌아온 소년이 들어온다. 그의 이름은 포터 랭크스다. 픽턴은 그 소년을 보자마자 자기와 같은 부류의 칙칙하고 어두운 외톨이임을 알아본다. 마른 몸과 살짝 굽은 등 때문에 포터는 전체적으로 물음표처럼 보인다. 그가 어떻게 움직이거나 서 있어도 사람들은 그의 불그스름한 팔꿈치, 더러운 운동화, 얼룩덜룩한 얼굴을 보지 않을 수 없게 된다. 그의 눈은 크고 파랗다. 포터의 어머니가 집에 있다. "안녕, 아들. 오늘 학교에서 괜찮았어?" 그녀가 묻는다. 뭔가를 요리하고 있다가 아들이 집에 들어오자 일손을 멈추고 아이를 유심히 살핀다.

"좋았어요, 엄마." 포터는 딱 필요한 만큼만 시선을 마주하고 그렇게 말한다. 목소리는 낮고 묵직하다. 몸과 부조화를 이루는 목소리. 포터는 계단을 뛰어 올라가 자기 방으로 간다. 디어드라는 포터를 따라가고 픽턴은 디어드라를 따라간다. 포터는 문을 닫고 살며시 잠근다. 디어드라와 픽턴은 페인트칠이 된 나무판을 뚫고 미끄러지듯 안으로 들어간다. 포터가 침대에서 베개를 꺼내 얼굴을 묻더니 거기에 대고 고함을 지른다. 디어드라와 픽턴은 지켜본다. 픽턴은 바닥에서, 디어드라는 천장 환풍기 근처에서. 포터는 옆얼굴이 퍼렇게 질릴 때까지 소리를 지른다. 그러더니 그런 정신없는 고요를 유지한 채 베개를 손에 들고 반으로 쪼갤 듯이 덤벼든다. 뜻대로 되지 않자 이번에는 침대 위에서 베개에 올라탄 채 주먹으로 연거푸 내리친다. 그의 주먹이 어색하게, 어수선하게 움직인다.

빛이 번쩍하면서 천사와 픽턴은 다시 리지모어 대학교 화장실로 돌아와, 형광등 불빛 아래 창백하게 축 처진 픽턴의 몸을 본다. 이마에는 얼룩진 립스틱 자국이 있고 볼에는 구멍이 났으며 움직임 없는 손에는 권총이 들려 있다. 블런트노즈는 변기 안에 있다. 구급대원과 경찰이 그를 에워싸고 있다. 찢어진 화장지 조각들이 바닥에서 피를 빨아들인다. 남자와 여자, 또 한 남자가 그의 몸을 살펴본다. 구급대원 하나가 말한다. "얘는 죽어야 할 것 같아."

"젠장." 픽턴이 손가락으로 두피를 할퀴며 말한다.

"네가 날 다시 여기로 데려왔니?" 디어드라가 묻는다. "말했잖아, 난 할 일이 있다고. 이 일은 이제 나와 상관없어."

"저 사람들은 왜 돕지 않을까?"

"네 정체를 알기 때문이지." 디어드라가 픽턴을 바라보자 뿔에서 연기가 나기 시작한다.

"내가 뭔가 할 수 있을 것 같은 기분이……" 픽턴이 손을 뻗어 구급대원을 만지자 그는 남자의 마음속으로 사라진다. 그는 남자의 삶을 본다. 다친 이들을 구하는 사람이다. 참혹한 사건을 너무 많이 봤다. 하루하루가 참혹하다. 언젠가 그는 한 남자를 구했는데, 남자는 후에 가족 전체를 죽이고 자살했다. 그는 픽턴을 보고 역겨움을 느낀다. 하지만 여전히 그는 생명을 구하는 사람이다.

잠깐의 시간이 지나고 픽턴이 다시 나타난다. "저 사람 머릿속에 들어갔어!" 픽턴은 말한다. "저 사람 머릿속에 들어갔다고. 그런 것 같아. 나를 도우라고 저 사람 마음을 거의 움직인 것 같아."

"아무도 널 돕고 싶어하지 않아." 디어드라가 말한다. "너는 그럴 가치가 없어. 그리고 네가 방금 한 짓 때문에 넌 더 확실히 아무것도 아니게 됐어." 디어드라는 픽턴의 가슴팍에서 수박만 하게 커진 구멍을 가리킨다. 그녀가 깔깔 웃는다. 뿔에서 다시 불길이 일어난다. 그녀는 웃음을 멈추고 눈을 감는다.

빛이 폭발한다.

포터의 방에 돌아오자 디어드라의 뿔은 달아오른 쇠처럼 빛나다가 천천히 검게 식는다. "젠장." 픽턴이 말한다. 그리고 러그 위에서 다리를 접고 앉는다. 그는 디어드라의 깃털로 바닥에 작은 동그라미를 그린다. 디어드라는 공중에서 앞뒤로 떠다닌다. 포터는 컴퓨터를 쳐다보며 혼자 중얼거린다. "겁먹은 사람들이 꽤 많나 보다." 픽턴이 말한다.

"당연하지. 누군가가 누군가를 죽였으니까." 디어드라가 말한다.

"내가 널 죽였다는 말이겠지." 디어드라는 픽턴을 빤히 쳐다보고, 픽턴은 하던 말을 계속한다. "오랫동안 사람들은 나를 픽턴이라고 불렀어. 뚱보 픽턴, 하마 픽턴, 왕재수 픽턴. 오랫동안 날마다."

"그래서?"

"그냥 말하는 거야. 그냥 어떤 일들이 기억나서 그래. 내가 살을 빼고 난 뒤에도 그랬어. 내 이름은 빌리인데, 난 그 무엇보다도 픽턴이란 이름이 가장 기억에 남아."

"나도 가끔 놀림당한 적 있어. 어떻게든 벗어나긴 했지만." 디어드라가 말한다. "이런 상태가 되니까, 기억이 조금씩 사라지는 것 같아. 모든 게 다 기억나진 않아. 하지만 사람을 죽인 적 없다는 사실만큼은 알지. 그리고 널 싫어한다는 것도."

"맞아." 픽턴은 말한다.

"그래."

"넌 사실 이 일과 아무런 상관이 없었는데. 내가 실제로 아는 사람을 죽였다면 더 나았을 거야."

포터가 주먹으로 책상을 쾅 내리친다.

"오늘 그들이 이애를 주목했어." 픽턴이 조용히 말한다.

"누가?"

"그들. 모두. 얘는 그들을 미워해. 정말이지 빌어먹을 한순간도 쉴 틈을 안 주니까." 디어드라는 둥실 내려와 포터의 등을 통과해 컴퓨터 화면을 본다. "지금 네 얘기를 읽고 있어." 그녀가 말한다. 컴퓨터 화면에는 긴 띠 모양의 자막이 있고, 위쪽에는 픽턴의 사진과 함께 "윌리엄 크로퍼, 18세"라고 쓰여 있다.

픽턴이 그것을 보려고 움직인다. 포터와 함께 몇 초간 글을 읽은 후 돌아선다. "그래, 나야. 내가 진짜로, 그러니까, 유명해졌나 봐."

"꼭 그런 건 아냐. 하지만 그러거나 말거나. 난 내 일을 할 거야. 이애가 너처럼 되지 않도록 도울 거야."

"그럴 수 있어?"

"시도해봐야지."

"좋아. 난 뭘 하면 돼?"

"상관없어. 난 신경 안 써."

픽턴은 눈을 내리깔고 카펫을 바라본다. 머리칼을 손으로 쓸어 넘긴다.

디어드라는 눈을 감고 다가간다. 그리고 포터 안으로 사라진다. 픽턴은 앞뒤로 오가며 서성인다. 손에 든 깃털로 가슴팍의 커다란 구멍 테두리를 만진다. 그러다 깃털을 꽉 쥐고 포터의 침대에 눕는다. 눈을 감는다. 그러자 울고 있는 자신이 보인다. 정말로 오래전의 기억이다. 총을 구한 날부터 픽턴은 울지 않았다. 우는 대신 명단에 이름을 채워가며 상상했다.

포터는 눈물을 흘리지 않는다.

"너도 나처럼 순교자가 될 거냐?" 픽턴이 포터를 바라보며 묻는다. "정말 할 거야?" 포터는 화면을 응시한다. 그러더니 다시 주먹으로 책상을 내리친다. 디어드라가 어디선가 튀어나와 바닥으로 구른다.

"빌어먹을." 디어드라가 말한다. 그녀의 뿔이 뜨겁게 빛나고 날개가 요동을 치며 파닥거린다.

"무슨 일이야?"

"내가 문제를 더 키운 것 같아." 그녀의 날개가 더욱 빨리 움직이며 등 뒤에서 퍼덕댄다. "좋은 생각을 밀어 넣었거든. 예전에 얼마나 행복했는지 보여줬어. 다른 사람들은 얼마나 행복한지."

"왜 그런 짓을 해?" 픽턴이 따진다. 포터가 책상에서 일어나 벽장으로 간다. 그는 정확한 손길로 물건들을 뒤져 검은 권총을 꺼낸다.

"시그 사우어야." 픽턴이 말한다.

"안 돼! 난 좋은 기억을 일깨워주면 도움이 될 줄 알았어."

"그러면 더 나빠져. 넌 이 일에 아주 유능하진 않구나."

디어드라가 픽턴을 빤히 쳐다본다. "난 몰랐다고."

포터가 손에 든 권총을 바라본다. 그것을 손바닥에 놓는다. 그러더니 움켜쥐고 픽턴을, 그 뒤의 벽에 겨누다가 다시 컴퓨터를 겨눈다. 그의 얼굴에 환한 미소가 떠오르며 입술이 벌어진다. "노랑가오리단▦, 위대한 진실의 수호자." 포터가 혼자서 말한다.

"저건 내가 노트에 적어놓은 문구 중의 하난데." 픽턴이 벌떡 일어나며 말한다. 그는 포터에게 가까이 다가간다. "우리 같은 사람들을 부르는 외침이야. 우리 같은 사람도 다른 이들이 가진 걸 가질 자격이 있다고 세상에 알리라는 외침. 우리도 더 많은 걸 가질 자격이 있다고."

"알겠어. 네 인생이 그런 식이었던 건 유감이다. 하지만 이제 조용히 좀 해." 디어드라가 말한다.

"난 이애를 이해한다고 말하는 거야. 예전에 내겐 상상의 친구랄까, 그런 게 있었어." 픽턴이 정신을 집중하려는 듯 눈을 가늘게 뜬다.

"뭐라고?"

"내게 상상의 친구가 있었는데, 말하자면, 망가진 애였어. 나보다 더 망가진 애. 양팔이 없고 투레트증후군인가 그런 것도 앓고 있어서 자꾸 '엉덩짝'이나 '라자냐' 같은 난데없는 말을 툭툭 내뱉었지."

"그게 무슨······"

"내게 정말로 잘해줬어. 그애가 내게 '안녕' 하면서 손을 흔들려고 애를 쓰면 나는 '이 멍청한 새끼야, 넌 팔도 없잖아, 어서 꺼져' 하곤 했지. 내가 그렇게 심술궂게만 대하는데도 그애는 항상 내 옆에 있었어. 이름은 루카스였고. 난 그애가 좋았어. 노랑가오리에 대해서도 내가 가르쳐줬고. 난 노랑가오리에 대해 아주 잘 알거든. 그애가 있어서 내 기분이 나아졌던 것 같아. 나보다 더 못한 사람이 있어서. 절대로 나를 떠나지 않을 사람."

"넌 정말……" 디어드라가 고개를 젓는다.

"내가 '야, 받아' 하고 말하면 상상의 공이 그애 얼굴을 정통으로 맞춰. 그러면 그애는 '씨발, 염병, 엉덩이' 같은 말들을 내뱉고, 나는 '독성이 있고 더 납작해서 그렇지 노랑가오리는 기본적으로 상어라고 할 수 있지'라는 식으로 말해. 그러면 그애는 '아몬드!' 하고 외쳐. 아니면 내가 나무 위에서 그애한테 어서 올라와서 나랑 놀자고 말해. 하지만 그애는 팔이 없으니까 못 올라오지. 그냥 나무껍질에 대고 계속 얼굴을 짓이길 뿐이야. 재미있었어."

"그럼 내가 저애한테 못되게 굴어야 한다는 거니?" 디어드라가 묻는다.

포터의 방문을 두드리는 소리가 난다. 포터는 얼어붙는다. "포츠." 그의 어머니가 부른다. 포터는 손에 권총을 든 채로 문으로 다가간다.

"안 돼!" 디어드라가 말한다. 그녀의 날개가 춤을 추듯 바르르 떤다. 그녀는 박쥐처럼 공중에서 움직인다. 포터의 낮은 숨소리만 들릴 뿐 방 안은 조용하다.

포터가 어머니의 목소리를 향해 총을 겨눈다. "포츠, 배고프니? 저녁 먹기 전에 뭐라도 얼른 만들어줄게. 오이 샌드위치 먹을래?"

권총의 검은 입이 하얀 문에서 몇 센티미터 떨어진 곳에 머문다. 디어드라는 공중에서 문을 뚫고 나가 포터의 어머니를 살피고 나서 되돌아온다. 빙글빙글 돌면서 할 일을 찾는다. 픽턴은 그녀를 올려다본 다음 포터를 본다.

"진정해. 이애를 도울 수 있겠어?" 픽턴이 묻는다.

디어드라는 픽턴을 보고 고개를 저은 후 한숨을 쉰다. 그녀는 두 번째로 포터의 마음속으로 사라진다. 픽턴은 꼼짝도 하지 않고 지켜보며 기다린다.

"애, 포츠." 어머니가 중지의 관절로 문을 세게 두드리며 아들을 부른다.

"난 괜찮아요, 엄마." 포터가 문에 볼을 대고 말한다.

"알았어, 엄만 아래층에 있을게." 어머니가 말한다. 포터는 문에서 떨어져 나온다. 디어드라가 웃으며 다시 나타난다.

"좋았어." 그녀가 어깨를 들썩이며 말한다. 그녀의 양쪽 뿔 위로 고리 모양 빛이 떠오른다. 디어드라는 이제 상아색으로 변한 왼쪽 뿔에 손을 올려 아래로 잡아당긴다. 뿔이 머리에서 뚝 떨어질 때까지 당긴다. 뿔이 손 위에서 모래로 바뀌어 바닥으로 흘러 내려간다. 그녀는 다른 뿔도 잡아보지만 손이 닿자 열기가 쉭쉭 뿜어 나온다. 픽턴은 그녀를 올려다본다. 검은 뿔 하나와 새로 생긴 후광이 있는 천사. "이건 내가 이제 더 자격을 갖췄다는 뜻이야." 디어드라가 자랑스럽게 위를 가리키며 말한다.

"오, 그렇구나. 좋네." 픽턴은 미소를 짓는다. 디어드라도 미소로 응답하다가 문득 얼굴을 찡그린다.

"저애 지금 뭐 하는 거지?" 픽턴이 묻는다.

포터가 보이지 않는 사람들을 향해 권총을 몇 번 더 겨눈다. 그러더니 티셔츠를 하나 꺼내 총을 감싼다. 그는 총과 셔츠를 책가방에 넣고 지퍼를 채운다. "안 돼, 안 돼, 안 돼!" 디어드라가 말한다.

"저애는 그들을 잡고 싶은 거야." 픽턴이 말한다. "그들도 한 번쯤 나쁜 기분을 느낄 필요가 있어. 저애는 매일 느끼는 기분이잖아. 그들도 한 번쯤은 나쁜 일을 겪어야 마땅하다고!"

"넌 아무것도 몰라." 디어드라가 말한다.

"난 알아." 픽턴이 조용히 말한다. 그는 천사를 올려다본다. "그래도 네가 해결했어. 저애 엄마 문제는. 어떻게 한 거야?"

"잊고 있던 뭔가를 보여줬어. 내게도 어머니가 있었다고." 디어드라가 말한다.

둘은 빛과 시간을 뚫고 이동한다.

그들은 단단한 나무 마루가 깔린 방에 있다. 벽에는 운동선수들의 포스터와 신문 기사들이 핀으로 꽂혀 있다. 중년의 여자가 두꺼운 보라색 이불이 덮인 조그만 침대에서 몸부림을 치며 울고 있다. 여자를 바라보다가 침대로 내려앉는 디어드라의 검은 뿔은 완전히 폭발해서 푸른 불꽃을 뿜는다. 픽턴은 멀리 방구석으로 물러난다. 여자의 움켜쥔 손에 처방약 병이 있다.

"에이, 아주머니, 이봐요." 디어드라가 여자 옆에서 말한다. "다 괜찮아질 거야."

"저 사람은 왜……"

"넌 입 다물어." 디어드라가 포효한다. 그녀의 목소리를 빌린 신. "이 사람은 딸을 잃었어. 그래서야."

픽턴은 머리칼을, 그다음에는 가슴의 구멍을 만진다. 침대에 있던 여자가 똑바로 앉더니 베개를 가져다 얼굴에 댄다. 베개에 코를 대고 숨을 깊게 들이마신 뒤에는 약병을 열고 손바닥에 알약을 산더미처럼 쏟는다.

"어어." 픽턴이 외친다.

"에이. 진정해. 엄마, 다 괜찮아질 거야." 디어드라가 침대 위의 여자와 함께 운다. "진정해, 진정해." 그녀가 속삭인다.

"어서 도와. 제발." 픽턴이 소리친다.

"알아. 할 거야. 하고 있어." 디어드라가 말하고 나서 어머니 안으로 사라진다. 딸이 생전에 그녀에게 얼마나 든든한 힘이 되었는지, 지금도 그 힘을 기억하고 사랑해야 한다고 어머니를 타이른다. 딸은 이런 식으로 모든 것을 끝내는 엄마를 용서하지 않을 거고. 디어드라는 온 정신을 집중해 어머니에게 자신을 보여준다. 이 여인의 딸이었던 생전의 삶과 더불어 천사가 된 새로운 삶도 배경에 함께 펼쳐 보인다. 디어드라가 방에 다시 나타나기도 전에, 그녀의 어머니는 손에 가득했던 알약을 바닥에 내던진다. 알약이 바닥으로 흩어질 때, 우박이 떨어지는 듯한 소리가 들린다. 그때 디어드라가 돌아와 어머니를 다시 한 번 바라본다.

"해냈구나." 픽턴이 말한다.

"내가 도왔어. 쉬운 일이었지. 엄마는 강해. 내가 할 일이 더 있겠지만 엄마는 괜찮을 거야."

다시 한 번 이동하며 그들은 디어드라의 방을 떠난다.

둘은 포터와 함께 있다. 다음 날 아침이다. 포터는 잠을 전혀 자지 못한 모습이다. 벽에 걸린 거울을 노려보며 그가 말한다. "나는 신과 같은 분노다. 나는 법이다. 오늘은 멋진 날이 될 것이다." 그는 방을 나간다. 어머니에게 입을 맞추고 꼭 껴안는다. 어머니도 아들을 따뜻하게 마주 안아준다. 포터는 버스를 타는 곳으로 가서 기다린다. 디어드라와 픽턴이 따라간다.

"이 아이는 달라. 내가 도울 수가 없어. 방법을 모르겠어." 디어드라가 말한다.

"나쁜 걸 보여줘. 저애는 나와 비슷해. 루카스 같은 걸 보여주려고 해봐. 더 나쁜 상황도 있다고 알려줘." 버스가 온다. 픽턴은 맨 앞줄에 앉은 포터의 빈 옆자리에 앉는다. 포터는 차에 올라 옆으로 지나가는 학생들 하나하나를 보며 미소를 짓는다.

"찐따가 지랄하네." 키가 큰 여학생이 지나가며 말한다. 포터는 그녀를 보고 게걸스럽게 웃는다.

"어휴." 디어드라가 포터를 보며 말한다. "이젠 신경도 안 써."

"나쁜 걸 보여줘."

"도움이 될까?"

"그럴 수도 있을 것 같아." 픽턴이 입술을 깨물며 말한다.

"좋아." 디어드라가 포터의 마음속으로 들어간다.

"나도 사람들이 날 주목하면 싫었어. 이해해." 픽턴이 포터를 바라보며 말한다. "그러면 이런 생각이 들지. 그냥 날 좀 가만 놔두면 낫지 않을까. 그런데 그들은 가만 놔둘 때는 완전히 가만 놔두거든. 그것도 마찬가지로 나빠. 더 나쁘지. 내가 아예 없는 사람처럼 느껴지거든. 보잘것없는 사람. 그것도 싫었어. 대학에 가기만을 기다렸지. 새로운 기회. 난 그들에게 바꿀 기회를 한 번 더 주었지만 역시 아무 소용이 없었어. 친구가 단 한 명도 생기지 않더라. 여자 애들은 날 쳐다보지도 않았고. 아무도 시도조차 안 했어. 난 말이야, 나는 그들에게 그렇게 많은 기회를 줬잖아. 노랑가오리단. 딱 한 번 만진 적 있지. 진짜 노랑가오리 말이야. 찔려 죽는 사람이 있으면 안 되니까 독가시를 빼버렸더라. 안됐다는 생각이 들었어. 하지만 진짜는 아니야. 노랑가오리단은 진짜가 아니라고. 우린 마법사가 아니잖아. 당해도 마땅한 사람들이라고 생각하는 네 마음 알아. 하지만 네가 누려야 마땅한 것도 있잖아. 넌 네가 이미 죽었다고 생각하지만 넌 죽지 않았어."

"그애는 네 말을 듣지 못해. 그리고 당해도 마땅한 사람은 없어! 넌 디어드라 헤이즈를 죽였어. 그리고 지금 너를 봐." 디어드라가 두 소년의 위로 다시 나타나며 말한다. 그녀의 날개가 빠르고 세차게 흔들린다. 목소리가 여러 방향에서 들려오는 느낌이다.

"그냥 난 그런 기분을 안다는 얘기야." 픽턴이 시선을 내리깔며 말한다. "기억이 더 많이 나. 난 네가 하고 있는 일을 하려는 거야. 돕고 싶다고."

"이제 사람들을 돕고 싶다네."

"전엔 나도 도움이 필요했어." 픽턴은 손으로 머리칼을 두 번 쓸어 올린다. 그러다 다시 말한다. "효과 있었어?"

"아니, 없었어. 좋은 생각이 아니었어."

"젠장, 알겠어."

"그래." 디어드라가 말한다.

"그런데 어쨌거나, 좀 생각해봤는데, 난 네가 좋은 사람 같아 보여서 널 이용한 것 같아. 넌 착해 보였어. 사람들이 네게 마음을 쓸 것 같았고. 뉴스니 뭐니 그런 데서 말이야. 그런 기분을 느낀 기억이 나."

"사과하는 거니? 신경 쓰지 마. 난 이제 천사야. 나랑 같은 구역에서 일하는 이들은 앞을 봐. 뒤가 아니라."

"좋아. 디어드라라고 했지. 그게 네 이름이었니?"

"디어드라는 그애 이름이었어."

"맞아."

포터가 일어서서 버스에서 내린다. 학생들이 학교 문으로 몰려든다. 포터의 주위에서 떠밀며 걸어가는 그들은 서로 웃고 농담을 나눈다. 포터의 손가락이 배낭끈을 꽉 쥔다.

"나아질 수 있다고 생각하게 할 거야. 다시 노력해봐야겠어."

"그러지 마." 픽턴이 말한다. 아이들이 그들을 뚫고 지나간다. "네가 그러면 사람들이 죽을 거야."

"사람들은 어쨌거나 죽을 거야. 곧 그렇게 될 거라고. 노력을 해봐야지."

픽턴이 천사를 올려다본다. "내 생각엔, 어쩌면…… 내가 아는 걸 저애가 안다면 어떨까. 네가 그걸 저애한테 보여줄 수 있어?"

"뭐 말이야?"

"위대한 살처분이든, 전환이든, 새로운 시대의 시작이든, 저애는 그런 게 될 수 없다는 거. 그냥 죽어서 화장실에 널브러져 있을 거라는 거. 노랑가오리단은 진짜가 아니라는 거. 그리고 지금 기대하는 그런 기분은 느낄 수 없을 거라는 거. 좋은 기분이 아닐 거라는 거."

"그걸 내가 다 보여줄 수 있을지 모르겠어. 난 살인이 어떤 건지도 모른다고."

"내가 할 수 있을 거야. 네가 하는 일을 내가 할게. 내가 아는 것

246

과 내가 느끼는 감정을 이용해서. 그렇게 하게 해줄래?"

디어드라는 픽턴을 보다가 다시 포터를 본다. 그는 사물함 앞에서 자물쇠의 번호판을 돌리고 있다. "지금의 너는 그 감정이 존재의 전부라는 생각이 들어. 그걸 저애한테 주면, 보여주면, 넌 정말 아무것도 아니게 될 것 같아." 그녀가 그의 가슴팍에 있는 구멍을 가리키며 말한다.

"내가 항상 나쁜 사람이었을 것 같아?" 픽턴이 묻는다.

"몰라. 우린 시간이 많지 않아."

"누구든 나와 지금처럼 길게 진짜 대화를 나눈 사람은 없어. 이미 넌 그 누구보다 나에 대해 잘 알아. 넌 내가 항상 그런 꼴이었다고 생각해?"

"몰라, 아마 아니겠지." 디어드라는 바닥으로 둥실 내려오며 말한다. "네가 많은 괴로움을 겪었다는 건 알겠어. 하지만 우린 시간이 없어."

"알아." 픽턴은 손을 펼쳐 디어드라의 깃털을 놓는다. 깃털이 빛을 내고 공중을 떠다니다 그녀의 날개에 붙는다. "이렇게 되지 않았으면 좋았을걸. 미안해. 내가 항상 그런 꼴이었던 건 아냐."

"저애에게 네 생각을 보여주도록 도울 수 있을 것 같아." 디어드라가 말한다. "넌 끝까지 버티지 못할 수도 있어. 괜찮아?"

포터가 사물함을 연다. 사물함에 가방을 넣고 지퍼를 연다.

"내가 하게 해줘. 하지만 그 전에, 너 아직도 날 미워하니?"

"난 이제 천사야." 그녀는 픽턴의 손을 잡고 말한다.

그러고 나서 둘은 포터 랭크스의 삶을 직접 겪는다. 그들은 웨트모스 고등학교의 복도 벽을 뒤덮은 포터의 어색한 알몸 사진들을 본다. 더 크고 강한 소년에게 맞서는 포터를 본다. 갈비뼈를 강타하는 주먹과 코뼈가 부러지는 통증을 느낀다.

이제 그들은 포터가 되었다. 방아쇠를 당기는 그를 느낀다. 그들은 포터가 되어 사람들이 도망치는 모습을 바라본다. 그가 앞으로 오랫동안 모든 이의 유일한 생각거리, 얘깃거리가 될 자신을 볼 때, 그들도 함께 바라본다. 이 위대한 심판의 날에 포터가 사악한 마법사처럼 직접 선택한 배덕자를 골라 끝장낼 그 웅대한 순간을 본다. 그의 이름은 영원히 불타오를 것이다. 그 이름을 들으면 아이들은 울음을 터트릴 것이다. 그는 악몽을 지배할 것이다. 포터는 사람들이 도망가는 모습을 본다. 피 흘리는 모습을 본다. 숭배를 받아야 할 사람은 바로 포터였다. 포터가 바로 그 사람이었다!

그러다 포터 랭크스는 죽어가는 자신을 본다. 찬란한 영광이 자신에게서 피처럼 흘러 나가는 것을 느낀다. 그런 영광이 있긴 했을까? 과학실 근처 화장실 칸막이 안에서 늘 그렇듯 혼자 있는 자신을 본다. 칸막이에는 아직도 그 낙서가 있다. "포터 랭크스는 개구리frog." 원래는 "포터 랭크스는 호모fag"였는데 그가 어느 날 자습시간에 나와서 다른 글자를 새겨 넣었다. 다른 아이들을 여전히 만족시키겠지만, 자신이 매일매일 쳐다볼 수 있는 글자를, 보면서도 자신이 이미 죽은 사람처럼 느껴지지 않을 글자를. 화장실 칸막이 안에서 그는 자신이 위대한 대학살의 왕이 아니라 그보다 훨씬 미천한, 심지어 개구리보다 더 멍청한 존재가 될 것임을 깨닫는다. 사람들은 그의 이름을 기억할 것이다—기억이 나는 동안만.

웨트모스 고등학교의 붐비는 복도에서 포터는 배낭에 손을 넣어 얇은 노트 한 권과 펜, 생물 교과서를 꺼낸다. 그가 과학실 근처 화장실로 걸어갈 때 디어드라가 그의 옆에서 날며 간다. 그는 칸막이 안으로 들어가 늘 그랬듯이 조용히 울기 시작한다. 재미 삼아, 펜으로 "개구리" 앞 빈칸에 아래를 향한 조그만 화살표를 새겨 넣고 "하늘을 나는"이라고 쓴다.

아이스킹이 들려주는, 재킷을 파는 방법

How to Sell a Jacket as Told by IceKing

어머니와 아버지, 그들의 아이 둘. 어머니의 시선은 폴페이스™ 간판에 쏠려 있다. 나는 히죽거리며, 모두에게 말하는 듯하지만 사실상 그 어머니를 대상으로, 마치 평생 그들을 기다려온 사람처럼, "오늘은 무슨 제품을 찾으시나요?" 하고 말한다. 그들은 나를 본다. 그리고 나는 그들이 들어오는 모습을, 매장 뒤편을 향해 꽂힌 시선을 이미 봤기 때문에 어머니가 "음, 저⋯⋯" 하고 말할 때 이미 무슨 말이 나올지 안다. 그래서 재빨리 선수를 친다. "우리 매장에서 할인율이 가장 높은 제품은 겨울 외투와 재킷입니다." 그녀가 말한다. "마침 잘됐네요." 그러고 나면 그 자리에서 판매는 성사된 거나 마찬가지다.

"전국에서 7위와 10위입니다. 박수로 칭찬해줍시다." 매장 매니저 앤절라가 발표했다. 매장 사람들 모두가 우리를 보고 손을 퍼덕거렸다. 나는 그들이 손뼉 치는 모습을 보았다.

나는 2년 연속 전국 10위 안에 들었다. 올해는 회사 역사상 3위 안에 들 가능성이 크다. 총판매액 기준으로. 그런데도 많은 사람이 ─일부는 좋아하는 사람이고 또 일부는 매번 함께 근무할 때마다 새록새록 미워지는 사람인데─합심해 박수 치는 걸 보면 좀 이상하긴 하다. 그러면 살짝, 너무 환하진 않게 미소를 지어야 한다. 마치, 그래요, 내가 그 잘난 새끼 맞아요, 하듯이.

그들이 박수를 치는 동안 플로렌스가 완벽한 미소를 지으며 웃었다. 나도 그녀를 바라보았다. 플로렌스는 여기서 이 주째 일하던 어느 날, 남자친구에게 줄 모자를 사러 들어온 젊은 여자를 거들며 가을옷을 몽땅 새로 장만하게 했다. 플로렌스는 판매 일을 시작한 지 1년도 채 되지 않았다. 천부적이라는 말이 어울릴 만한 사람이지만, 사실은 내가 아주 많이 가르쳤다. 이제 젊은 여자들은 청바지를 사러 들어와서 "플로렌스는 오늘 나왔나요?" 하고 묻는다. 오직 플로렌스만이 청바지가 간절한 그들의 엉덩이에 꼭 필요한 물건을 점찍어줄 수 있다는 듯이.

그래도 앤절라는 모범 사례가 필요할 때면 나를 이용한다. 비록 그녀가 좋은 사원이 되려면 어떻게 해야 하는지 이야기할 때면, 나는 그녀가 말하는 것 중 그 무엇도─판매를 제외하곤─하지 않는다는 사실을 모두가 아는데도 말이다. 쇼핑몰에서 중요한 진실은 전부 수치화할 수 있는 것들이다. 판매 목표액, 금전등록기, 재고. 숫자가 핵심이다. 나머지는 대부분 허튼소리다.

내 숫자 덕분에 나는 판매팀장이 되었다. 매니저들이 음식을 먹거나 담배를 피우거나 상하차 구역에서 그 짓을 하러 나갈 때, 그들은 나를 가리키며 말한다. "매장 잘 단속해." 때로는 내게 전 직원의 휴식시간과 일일 목표액이 적힌 클립보드를 넘기기도 한다. 내가 근무하는 날에는 항상 내 목표액이 가장 높다. 그러면 내가 자극받아 열심히 일할 거라고 그들은 생각한다.

매장에 들어온 가족이 폴페이스™ 코너로 나를 따라온다. 내가 워낙 빨리 걸으니 그들은 보조를 맞추기 위해 조금 애를 써야 한다. "자, 올겨울을 따뜻하게 나시도록 어떤 분을 도와드려야 하죠?" 내가 빨리 걷는 이유는 첫째, 우리가 가야 할 곳 외에 다른 곳으로 관심이 분산되지 않게 하기 위해, 둘째, 플로렌스가 따라붙어 이것저것 권하는 걸 막기 위해, 셋째, 그 가족이 삶의 속도를 나에게 맞추게 하기 위해서다. 막내는 십 대라고는 상상조차 하기 힘든 어린 소녀다. 다른 아이는 열네 살쯤 되는 여드름투성이 남자아이다. 나는 아이들에게 재빨리 웃어 보인다. 아버지와 눈을 마주칠 때는 입을 단호히 다물고 사려 깊은 표정을 유지한다. 어머니를 볼 때는 내 어머니를 상상한다. 세상의 모든 사랑을 눈에 담아 미소를 짓는다.

우리 매장은 기본적으로 옷걸이와 매대로 이루어진 커다란 창고다. 주로 래퍼나 스케이트보더들 사이에서 유행하는 의류를 판다. 이런 가족들 덕분에 나는 전국적인 수준의 판매 실적을 낼 수 있다. 아이가 둘이고 아직 함께 쇼핑하러 다닐 만큼 행복한 백인 가족. 매우 아메리칸드림스러운.

"내가 입을 외투하고, 봐서 이 아이 것도 살까 해요." 아버지가 그래픽 티셔츠 쪽으로 가고 있는 아들을 가리키며 슬며시 말한다.

"오래 입을 수 있는 걸로요." 어머니가 확고하게 덧붙인다.

"이거 봐요!" 어린 여자애가 말한다. 탁자 위에 놓인 파란 셔츠를 잡아당긴다. 셔츠 위에는 초록색 무스moose가 그려져 있다. 우리는 하던 말을 멈추고 작은 아이 쪽으로 돌아선다. 나는 아이에게 방긋 웃고 나서 기다린다.

"그거 내려놔." 어머니가 말한다.

"하지만……"

"리." 의사들이 첫아이를 막 낳은 부모들에게 선물로 주는 게 틀림없는 말투로 어머니가 말한다.

리의 미소가 스르르 사라진다. 아이는 셔츠를 원래 있던 자리에 내던지려 한다.

"저희 매장의 인기 외투 제품 다수가 겨울 세일 행사의 일환으로 드리는 기프트 카드 증정 대상입니다." 나는 말한다. 리가 셔츠를 던지려다 멈춘다. 빙긋 웃는다. 재빨리 아빠의 눈을 보고 그다음 엄마의 눈을 본 뒤 다시 아빠의 눈을 보며 좋다고 말하는 표정이 나오기를 기다린다.

"아 그래요?" 어머니가 말한다.

"넵." 나는 대답한다.

우리는 다시 폴페이스™ 코너를 향해 걸어간다. 리는 셔츠를 똘똘 말아 깃털 목도리처럼 목에 두른다. 부모가 안 보는 사이에 나는 아이에게 윙크를 하고 우리는 환한 미소를 나눈다. 우리는 정문 계산대에서 업무 지원을 하며 매장을 감독하는 앤절라 앞을 지나간다. 나는 그녀의 시선을 느끼며 무리를 이끌고 겨울옷 코너로 간다. 내 담당 구역. 지금은 내 휴식시간이지만 앤절라는 내가 일하게 놔둬야 한다는 걸 안다.

나는 휴식시간이 끝나도 조금씩 늦게 매장에 돌아간다. 휴식시간이 아닐 때는 가끔 화장실로 가서 십오 분 정도 아무 일도 하지 않고 변기 위에 앉아 있는다. 몇 분에 한 번씩 변기 물을 내려 물이 빠져나가는 소리를 듣는다. 쇼핑몰의 구역 매니저는 내게 올 때면 피자를 사준다. 이제 그는 내가 뭘 좋아하는지 물을 필요도 없다. 페퍼로니 피자 두 조각에 아이스티 한 잔. 리처드가 매장에 온다는 말을 들으면 다들 긴장하지만 나는 입에 군침이 돈다. 리처드, 그게 그의 이름이다. 그를 앞에 두고 다른 이름으로 부르는 사람은 없다. 리처드가 나를 내 이름으로 부른 게 언제였는지 기억이 안 난다. 그는 나를 '아이스킹'이라고 부른다. 나를 볼 때마다 "저기 계시는군, 막강한 아이스킹" 하고 말한다. 그는 내가 여기 들어와서 두 번째로 겪은 블랙 프라이데이가 지나고부터 나를 그렇게 부르기 시작했다. 특히 무시무시했던 그해 블랙 프라이데이에 나는 개인 예상 매출을 두 배로 달성했다. 그는 내가 겨울 세일 시즌의 강자라서 아이스킹이라고 했다. 나는 리처드를 그 어떤 다른 이름으로도 부르지 않는다. 언젠가 함께 점심을 먹으며 그가 내게 "날 리치라고 불러. 아직 그런 상태가 되지 못했지만 사람은 꿈을 꿀 수 있는 거잖아, 안 그래?" 하고 말했지만. 그는 그 말을 한 뒤 웃음을 터트렸고 나는 그의 웃음을 그대로 흉내 냈다.

"자, 여기에 다 있습니다." 나는 누추한 집에 와주셔서 감사합니다, 라고 말하는 느낌으로 양팔을 휘젓는다. 매대에는 얇은 재킷과 플리스 제품이 있다. 스키 재킷과 두꺼운 외투는 축 늘어진 몸처럼 벽면 옷걸이에 걸려 정면을 향해 진열되어 있다. 유아를 위한 조그만 재킷도 있다. "무엇이 필요하세요?" 나는 가족에게 말한다. 그들에게 뭔가가 필요하다는 사실을 일깨우며.

"고마워요. 이제 그냥 좀 둘러보면 좋겠어요." 아버지가 말한다.

"스키 여행 갈 때 이이가 입을 옷이 필요해요." 어머니가 한숨을 쉬며 말한다. "덴버로 가요." 그녀가 엄청난 비밀을 발설하는 것처럼 덧붙인다. 나는 부드러운 미소를 유지한다.

"근사하네요. 이 코너 전체가"—나는 몇 걸음 더 걷고 그들은 따라온다—"스키나 스노보드 타시는 분들을 위해 디자인된 제품입니다." 나는 은색 반사 띠로 멋을 낸 밝은색 재킷들 앞에서 멈춘다. 그것들은 속도 그 자체로 보인다. 다른 대다수의 제품보다 얇고 이 매장에서 가장 비싼 축에 속한다. 하지만 이 가족은 구경할 형편이 된다. 나는 절박한 어머니들의 말투를 안다. 이 어머니는 세일이 필요하지 않지만 자신을 현명한 소비자라고 여긴다. 그들은 행복한 가족이다. 나는 아이스킹이고.

나의 이 재능을 가진 사람이 또 있다면 그건 플로렌스다. 그녀는 나와 비슷하다. 앤절라는 플로렌스가 분 만에 입사 지원서를 쓴 거나 마찬가지라고 말한다. 그래서 그렇게 일을 잘한다고. 플로렌스가 아이 엄마이긴 하지만 그녀나 나나 아직 젊으니까 이런 데서 일하는 걸 으레 우울한 처지로 여기지는 않는다—영영 이곳에 처박힌다고 생각하면 우울해지겠지. 그리고 플로렌스는 예쁘다. 내겐 말주변과 미소가 있다. 나는 젊은 애들 눈에 요즘 세상을 좀 아는 사람처럼 보이게 옷을 입는다. 스냅백 모자를 청바지 고리에 걸어 매달고 다닌다. 플로렌스는 그런 걸 다 할 수 있으면서 게다가 예쁘다. 깊은 보조개도 있다. 항상 놀라운 헤어 스타일을 보여준다. 계산원들이 "오늘 구매를 위해 저희 직원의 도움을 받으셨나요?" 하고 물으면 고객들은 플로렌스를 지목할 때 "헤어 스타일이 근사한 사람"이라고 말한다. 나를 지목할 때는, 백인 고객이라면 "키가 큰 사람"이라고 하고 흑인 고객이라면 "흑인 남자"라고 한다.

이런 가족을 응대할 때 실제로 누구에게 무엇이 필요한지는 크게 상관이 없다. 엄마를 보면 알 수 있다.

"흐음." 어머니가 감탄사와 함께 나를 돌아보며 의견을 구한다. 아버지가 입은 옷은 내 신뢰성을 증명할 옷이다. 그들은 내가 뭔가를 좋아하지 않는 모습을 볼 필요가 있다. 아버지가 옷감에 싸인 자신의 양팔을 내려다보며 얼굴을 찌푸린다. 검은색과 파란색이 섞인 옷인데 완전한 배낭 형태가 되는 기능이 있다. 나는 그 점을 여러 번 말한다.

"너무 멋 부린 건 필요 없어요. 그냥 스키나 탈 뿐인데." 아버지가 말한다. 그는 오늘 쇼핑몰에 오기도 싫었던 사람이다.

"맞아요. 손님이 입으신 걸 보니 저도 이 제품이 별로다 싶네요." 나는 말한다. 아버지가 나를 쳐다보며 웃음을 억누른다. "더 보실 만한 제품은 아주 많아요. 이건 아드님한테 더 어울리겠어요."

"애야 뭐든 원하는 걸로 사주면 되고." 아버지가 점점 스스럼없이 반응하기 시작한다. "하지만 난 가방으로 변하는 재킷은 필요 없어요."

"맞아요." 킬킬거리는 그를 따라 나도 웃으며 말한다.

아내는 팔짱을 끼며 어서 무슨 일인가 일어나기를 기다린다. 그녀의 남편이 낑낑거리며 재킷을 벗고 있을 때 나는 아내를 본다. 그녀가 눈을 흡뜬다. 나도 따라 한다. 말없이 우리는 함께 이렇게 말한다. 하여간 남자들은 모든 일을 어렵게 만들죠. 그러고 나서 나는 여전히 툴툴거리는 아버지에게서 재킷을 벗기고 그를 보며 눈빛으로 말한다. 여자들이란 참, 그렇죠?

"난 어떡해요?" 파란색 셔츠를 들고 있는 여자애가 말한다. 어머니와 아버지 모두 딸을 쏘아본다. 리는 조용히 얼굴을 찡그린다. 나는 아이에게 미소를 보내고 아이는 내게 더 큰 미소로 답한다.

"제 생각엔……" 나는 주위를 돌아보다 마음을 정한다. 두꺼운 황록색 외투. 무겁긴 하지만, 통풍구가 있어서 섬유가 숨을 쉰다는 점을 나는 확실히 강조할 것이다. "그래요, 바로 이거네요." 나는 바로 이거라는 걸 안다. 첫 번째 재킷을 입어보며 여기로 눈길을 주는 아버지를 봤다. 비싸 보이는 옷이라서 어머니도 좋아할 거다. 처음에 입은 신뢰성 증명용 재킷보다는 약간 싸지만 어쨌든 비싼 옷이다. 나는 더 비싼 옷도 사게 할 수 있고 더 싼 옷을 사게 할 수도 있다. 난 다 할 수 있다.

"저걸 한번 입어보죠." 아버지가 중얼거린다. 그들은 내게 사이즈를 알려줄 필요도 없다. 첫 번째 외투는 약간 크게 나와서 라지를 꺼냈다. 이번에는 엑스트라라지를 꺼낸다. 나는 아까처럼 옷을 그냥 건네주지 않고 펼쳐 들어 뒤에서 입혀준다. 그렇게 하면 그 옷에 대해 편안한 기억이 남게 된다. "고마워요." 그가 말한다. 지퍼를 잠갔다가 열었다가, 어깨를 한 번, 두 번 으쓱거린다. 그러더니 자기 아내를 본다. 나는 여기에서 일하며, 결혼한 남자들은 아내를 거울로 써먹는다는 사실을 알게 되었다.

오늘 플로렌스는 겨울 외투를 벌써 세 벌이나 팔았다. 현재 플로렌스의 판매 총액은 전국 7위다. 그녀는 진짜 물건이다. 하지만 나는 나다. 나는 상하차장 벽 곳곳에 '아이스킹'이라고 새겨놓았다. 그렇게 하면 내가 쇼핑몰을 떠나더라도 내 전설은 영원히 남을 것이다.

아버지는 어머니가 좋다고 말하기를 기다리다가 그녀가 나를 보고 있음을 깨닫는다. 나는 미소를 짓고 고개를 끄덕이다가 아버지 주위를 빙 돌면서 우리가 미처 보지 못한 사소한 세부를 찾아 꼼꼼히 검사하는 척한다. 내가 주위를 도는 동안 둘 다 나를 지켜본다. "이게 딱 좋겠네요." 나는 마침내 말한다.

"나도 그런 것 같아요." 어머니가 즉시 말한다. 아버지는 거울로 가서 자신을 모습을 비춰본다. 리는 옷걸이에 걸린 재킷을 잡아당긴다. 어린 남자애는 이제 막 가족들 근처로 되돌아온다.

"괜찮은 것 같아요?" 아버지가 묻는다.

"네, 단순하지만 깔끔하고 확실히 품질이 좋아 보여요." 나는 말한다. 지금껏 아주 많은 다른 얼굴에 대고 이와 똑같은 말을 똑같은 방식으로 해왔다.

"으흠, 딱 봐도 고급스러워요." 어머니가 말한다.

"이 물건은 값이 얼마나 됩니까?" 아버지가 앞 지퍼에 매달린 빨간 가격표를 잡는다. 그는 눈살을 깊게 찌푸린다.

내가 가격을 알려주고 나서 폴페이스™의 값을 치르지 않을 가족이라면 그들은 대충 이런 말을 할 것이다. "놀리는 거죠, 맞죠?" 혹은 "됐어요. 진짜 가격이 얼마예요?" 그러면 나는 즉시 말한다. "알아요. 말도 안 돼요, 그렇죠?" 대단한 농담이라도 한 것처럼. 나는 얼른 더 저렴한 물건을 찾아 달려갈 것이다. 그들이 가버리기 전까지 대략 삼십 초 정도 시간이 있다. 하지만 그들이 가기 전에 나는 보여줄 것이다. "여기 있는 이 제품은," 품질은 동일하지만 값은 절반인 다른 재킷. "제가 북부의 올버니에 갈 때 입어요."

"올버니요?"

"네, 거기 자주 가거든요. 거기 학교에 다닐 거라서요." 소망. 거짓말. 어떤 건지는 나도 모른다. "얼어 죽을 만큼 추워요." 나는 말할 것이다.

"설마." 그들은 대꾸할 것이다.

"재킷 하나 가격치고는 너무 비싸네요." 아버지가 말한다.

"아, 평생 보증이 포함되어 있어서 그래요." 나는 말한다. "그리고……" 그때, 당연히, 플로렌스가 나타난다. "그리고 지금은요," 그녀가 말한다. "새로운 세일을 진행 중이라서, 코트나 재킷 제품 구입하신 상품들을 합쳐서 총액이 200달러가 넘으면 기프트 카드를 드리고 있어요." 그녀는 클립보드를 들고 있다. 플로렌스는 거기 그렇게 서 있고, 이 가족은 누구를 따를 것인지 재고 있다. "함께 구입하실 제품을 둘러보시는 동안 제가 계산대 뒤에 있는 저 옷을 얼른 가져와 보여드릴까요?" 그러더니 플로렌스가 내게 고개를 돌리고 말한다. "앤절라가 쉬고 오라고 전해달래요." 그녀의 목소리는 달콤하고 신랄하다. 나는 잠시 서 있는다. 오늘 플로렌스는 정식으로 승진했다. 전에는 '판매사원'이었던 그녀의 이름표가 '부매니저'로 바뀌어 있다.

지난 블랙 프라이데이에 나는 혼자서만 외투와 플리스와 청바지 유를 합쳐서 18,000달러에 가까운 매출을 올렸다. 매장 최고 기록이었다. 게다가 그해에는 경품 행사도 있었다. 매출액이 가장 높은 사람이 폴페이스™ 제품 한 벌을 갖는 행사였다. 나는 재킷을 타서 엄마에게 갖다주었다. 사이즈가 잘 맞지 않았고, 엄마는 그 옷을 잘 입지 않는다. 리처드는 내게 피자 한 판을 통째로 사주었다. 나는 그걸 매장 사람 누구와도 나눠 먹지 않았다. 버스를 기다리며 한 조각을 먹었다. 가는 동안 기름기 배인 상자를 무릎 위에 올려놓았다. 서류 처리가 끝나고 경품 외투를 받기 전까지는 그것이 그날의 노고에 대한 가장 큰 상이었다. 버스에서 피자를 한 조각 더 먹었고, 멈춘 버스에서 내린 후에는 정류장 밖에서 판지 상자를 깔고 잠든 남자 옆에 피자를 놓고 갔다. 나는 앤절라와 리처드와 플로렌스를 비롯해 주위에 있는 누구에게든 내가 여기에 눌러앉지 않을 사람이라고 일깨우기를 즐긴다. 나는 물건을 잘 팔지만 그들과는 다른 사람이다. 그들이 내게 일을 더 맡기려 할 때마다 나는 이게 내가 가장 잘하는 일이긴 해도 머지않아 다른 일을 그보다 더 잘하게 될 거라고 일깨워야 한다.

나는 플로렌스에게 이렇게 말할까 생각한다. 아, 사실 난 방금 쉬고 왔어요. 하지만 피곤하다. 너무 오래 일했다. 나는 그 가족과 플로렌스를 쳐다보며 말한다. "네, 좋아요, 여러분. 여기 있는 플로렌스가 도와드릴 거예요." 나는 아버지와 어머니의 눈빛에서 아쉬움이 엿보이는지 살핀다. 그들은 플로렌스를 보고 있다.

"아, 난 이걸로 할까 생각 중이에요." 아버지가 마치 다른 대안이 있었던 것처럼 그렇게 말한다.

"다른 할인 혜택은 없는 게 확실해요?" 어머니가 말한다.

"음, 아드님이 이 스키 재킷들 가운데 하나를 맘에 들어한다면," 플로렌스가 말한다. "주요 제품 다수 구매에 대한 추가 혜택을 드릴 수 있습니다."

플로렌스는 근무를 시작한 첫 주에 두 번 지각했다. 앤절라는 그녀에게 아무리 판매 실적이 좋아도 삼진아웃에 예외는 있을 수 없다고 말했다. 그 주말에 플로렌스의 출근 기록 입력 시한이 오 분 남았을 때 내 전화기가 진동했다. 나는 화장실에 앉아 아래에서 소용돌이치는 물소리를 듣고 있었다. 쏴아, 쏴아, 쏴아.

"제발, 제발, 부탁 좀 들어줘요. 베이비시터가 늦게 왔어요. 내 출근 시간 좀 입력해줘요. 지금 가고 있고 곧 도착할 건데 그래도 늦을 거예요." 플로렌스의 말 한마디마다 눈물이 묻어났다.

"알았어요." 나는 말했다. 무감동한 목소리를 내려고 노력했다.

"그게 다예요?" 플로렌스가 물었다.

"네." 나는 말했다.

"앤절라가 알게 되면…… 문제가 되지 않을까요?"

"내겐 아니죠." 나는 말했다. "그리고 알지 못할 거예요. 어서 사용자명과 비밀번호를 알려줘요."

"둘 다 '내사랑날리아'예요."

"알겠어요." 나는 말했다. 앤절라는 알지 못했다. 그 일이 있기 전까지 나는 그녀와 내가 같다고 생각했다. 우리는 같지 않다. 그녀는 그녀다. 나는 아이스킹이다.

계산대에서 나는 휴식시간을 기록한다. 앤절라가 플로렌스의 손에 들려 다가오는 큼지막한 겨울 외투와 색색의 재킷을 보고 따뜻한 미소를 짓는다. 그 가족이 그녀의 뒤를 바짝 따르고 있다.

　"오늘 구매를 위해 저희 직원의 도움을 받으셨나요?" 앤절라가 다정하게 묻는다.

　"물론입니다. 심지어 물건을 들어다주기까지 하시네요." 아버지가 킬킬 웃으며 엄지로 플로렌스를 가리킨다. 카운터 뒤에서 나는 그 가족에게 힘없이 미소 짓는다. 나를 쳐다보는 어머니, 아버지, 아들의 눈에 나는 낯선 사람이다. 우리 모두를 쳐다보는 플로렌스의 눈에 우리는 일용할 양식이다. 리가 나를 보고 정신없는 함박웃음을 짓는다. 앤절라가 입구 쪽을 바라보다가 말한다. "어, 리처드. 안녕하세요?" 리처드의 눈길이 플로렌스에게서 내게로, 다시 플로렌스에게로 튕겨 간다. 내 입에는 침이 고인다.

쇼핑몰에서

In Retail

쇼핑몰에서 일하며 루시처럼 되기를 원치 않는다면 암울함을 조금이나마 덜어낼 방법을 찾아야 한다. 루시는 지난달 점심시간에 4층에서 뛰어내린 여자애다. 그녀는 〈타코 타운〉에서 계산원으로 일했다. 이제 그 이름은 동사로 쓰인다. "오늘이 더 빨리 지나가지 않으면 난 루시할 거야." 그리고 명사로도. "새로 온 여자애는 웃질 않더라. 루시인가 봐." 나는 죽은 이에게 결례가 되는 말은 하지 않으려 한다. 그녀의 이름을 자주 써먹는 사람들은 프로미넌트 몰에 있는 온갖 가게에서 일하는 이들이다.

이곳 프로미넌트 몰에서 일한 지 꽤 오래된 지금, 내가 여태 얻은 가장 중요한 교훈은 여기서 행복하게 일하고 싶다면 행복을 직접 파내야 한다는 것이다. 행복이 우리에게 다가와 잘 지내느냐고 물어주진 않기 때문이다. 그러니까, 외국어를 쓰는 사람이 다가오는 경우가 아니라면 말이다. 그건 좀 다르니까.

스페인어를 쓰는 나이 든 할머니가 매장에 들어와 딸이나 아들이나 조카에게 선물할 물건을 찾는데 스페인어를 할 줄 아는 점원이 자리를 비워서 내 응대를 받을 수밖에 없을 때가 나는 가장 좋다. 나이 든 여자들이 좋은 이유는 우리 젊은이들 대다수는 서로에게 재수 없이 굴지 않는 요령을 잘 모르기 때문이다. 어떤 노인들은 돈을 가졌다가 잃었다가 다시 가졌다가 또 여러 번 잃은 뒤, 그냥 이렇게 말하는 것 같다. 에라, 모르겠다, 난 그냥 웃을래. 어쩌면 너무 피곤해서 심술부릴 여력이 없는지도 모른다.

"스페인어 하세요?" 할머니는 처음에 그렇게 말할 것이다. 딱 그만큼만 영어로. 하지만 그 두 마디 말조차 영어를 쓰는 사람들은 하지 못하는 방식으로 노래하듯 한다. 이쯤에서 나는 한쪽 눈을 감고 손을 올려 엄지와 검지 사이의 공기를 일 인치 정도 재는 듯한 손짓과 함께 대답한다. "아주 조금요(Muy poquito)." 나는 그 말에 미소와 어정쩡한 웃음소리를 섞는다. 할머니는 마주 웃어주며 말할 것이다. "난 영어 조금(Un poco inglés)." 그러면 우리는 둘 다 웃음을 터트리는데 마치 이렇게 말하는 것 같다. 그럼 중간 어딘가에서 만나면 되겠네요. 그 짐은 대부분 할머니가 지게 된다. 나는 고등학교 때 스페인어 리전트 시험*에서 86점을 맞았지만 그녀의 영어는 내 스페인어보다 훨씬 낫다.

"셔츠를 사주고 싶은데(Una camisa para)……" 그녀는 둘러볼 것이다. 그러면 나는 얼른 끼어들어 말한다. "남자애인가요, 여자애인가요(Un niño o niña)?" 그러면 할머니는 불붙은 석탄에 공기를 불어넣을 때처럼 확 밝아진 눈빛으로 정직하고 환한 미소를 띤 채 말할 것이다. "여자애예요, 여자애(Niña, niña)." 그녀는 정말 잘해주고 있다는 의미로 내 어깨를 부드럽게 토닥거린다. 그럴 만한 일도 아닌데 너무 들뜨는 모습을 보면 나도 함께 마음이 들뜬다. 이 순간에 집중한다. 종이팩 바닥에 남은 마지막 한 모금의 주스처럼 그 순간을 빨아들인다.

좋다. 이제 우리는 오랜 친구처럼 편안히 발맞춰 여성복이 진열된 곳으로 걸어갈 것이다. 그녀는 이제 스페인어로 많은 말을 하고 있을 텐데, 나는 거의 아무 말도 알아듣지 못한다. 하지만 그녀가 내게 굉장히 우호적이라는 것만은 알기에 그 목소리를 즐기며 듣는다. 난 운이 좋다면 고등학교 때 기초 스페인어 수업에서 배워 아직 기억하는 단어들 가운데 하나를 주워들을 것이다.

내 스페인어 실력은 리전트 시험에서 86점을 받을 수 있는 수준이 절대로 아니었다. 스페인어 선생님 미즈 라미레스가, 좋게 보면 비정통적인 기준을 적용해서이고 나쁘게 보면 완전 제정신이 아니어서 그런 점수를 준 것이다. 나는 선생님이 해주는 온갖 황당

＊ 뉴욕주에서 고등학교 졸업을 위해 필수적인 몇 과목에 대해 치르는 시험.

한 이야기를 전부 믿는 척했기 때문에 예쁨을 받았다.

한번은 수업시간에 자신의 개 이야기를 해주었다. 그 개는 일생의 대부분을 살아 숨쉬는 액세서리나 다름없이 인조 가죽 핸드백 안에서 사는 소형견의 일종이었는데, 목줄의 한쪽 끝을 베란다 의자 밑에 고정한 뒤 데크의 나무판 사이로 미끄러져 들어가 스스로 목매 죽었다는 것이었다. 그러면서 그건 동물도 생각하고 느낄 수 있다는 증거라고 주장했다. 선생님은 우리가 채식주의자가 되기를 바란 것 같다. 어떤 아이들이 더 자세히 이야기해달라고 했다―설마 그 개가 선생님이 제공해준 삶의 환경에 불만이 있어서 말 그대로 목매달아 죽었다는 뜻이냐. "당연히 아니지!" 미즈 라미레스는 말했다. 사실 그건 선생님의 개가 아니었다. 선생님의 개는 (이름이 파프리카인데) 선생님을 몹시 사랑했다. 질식사했다는 그 개는 실은 선생님 이웃의 (이름은 없는) 개였다. 언젠가 약간의 혼동이―음, 정확히 말하면 혼동이라기보다는 뜻밖의 뒤바뀜이― 발생했다. 미즈 라미레스의 이웃 시드니(그녀의 세상에 반복적으로 출현하는 악당)는 파프리카가 미즈 라미레스를 너무나 좋아하는 걸 보고 정확히 똑같은 크기와 품종의 개를 구하기로 했다. 하지만 시드니가 새로 들인 조그만 개는 파프리카처럼 사랑스러운 매력으로 빛나지 않았다. 이에 시드니는 두 개를 바꿔치기하겠다는 계획을 세워 실행했고, 그래서 선생님에게는 생김새는 똑같지만 심리적으로 문제가 있어 보이는 잡종개가 남았다. 그녀는 뒤바

꿈을 아무 말 없이 받아들이기로 결심했다. "하지만 왜요?" 우리 반 아이들은 물었다. 그런 일이 벌어지는데 어떻게 그냥 놔둔단 말인가. 그러자 선생님은 이야기에 극적인 효과를 주고 싶을 때 늘 그러듯 안경을 벗고 다른 손으로 자신의 가슴을 가리키며 말했다. "난 마음이 넓거든(Mi corazón es grande)."

그렇게 미즈 라미레스는 살짝 이상했지만 나는 그녀의 좋은 면을 보고 한편이 되었다. 선생님의 이야기에서 '웃음 포인트'가 나오면 소리 내어 웃었다. 시드니의 이름이 언급되면 얼굴을 찌푸렸다. 그녀의 신화를 역사처럼 취급했다. 내가 구술시험을 치를 때 선생님은 거의 혼잣말을 늘어놓았고 나는 그저 고개를 끄덕이고 선생님이 무슨 말을 하든 "맞아요(Sí)" 하면서, "내가 가장 좋아하는 음식은 치킨 앤드 라이스입니다(Mi comida favorita es pollo y arroz)" 혹은 "내가 가장 좋아하는 색깔은 빨강입니다(Mi color favorito es rojo)" 하고 그녀의 말을 따라 했다. 아마도 선생님은 우리가 리전트 시험에서 아주 좋은 성적을 내야만 정교사가 될 수 있었나 보다.

그래서 나는, 그 할머니와 함께 여성복 코너를 향해 걸어가며 뜻 모를 스페인어 단어들의 합창을 듣고 있다가, 이제 사실상 내 절친이 되어 있는 그녀가 "빨강(Rojo)"이라고 말하면 우뚝 멈춰 설 것이다.

"빨강 셔츠 말씀이시죠, 네(Una camisa rojo, sí)." 나는 의기양양

한 미소를 지으며 말한다. 그러면 할머니는 너무 좋아서 펄쩍 뛰다시피 한다. 그리고 다시 내 어깨를 잡을지도 모른다. 이번에는 톡톡 두드리는 정도가 아닐 것이다. 손으로 하는 포옹. 티셔츠 위로 그녀의 손톱이 살짝 느껴질 것이다. 이제 우리는 오랜 친구나 마찬가지다. 서로의 가장 나쁜 점을 알고 항상 대화하진 않아도 충분히 안부를 살피며 서로의 아이들 사진으로 인터넷을 장식하는 사이. 마침내 우리는 셔츠가 진열된 곳으로 가고 거기엔 수많은 제품이 있을 것이다. 나는 진열된 셔츠들 위로 하프를 타듯 손가락을 스치며 살짝 춤을 춘다. 그녀는 손뼉을 짝 치며 방긋 웃고는 다시 한 번 내 어깨를 토닥거리며 "고마워요, 고마워(Gracias, gracias)" 하고 크게 웃는다. 나도 웃는다. 하지만 이것으로 우리는 끝임을 알기에 우리의 웃음소리는 점점 잦아든다. 우리는 서로에게 미소를 지을 테고 나는 말할 것이다. "뭐든 다른 게 필요하시면 저를 찾아주세요." 그러면 그녀는 이 나라 말로 노래하듯이 "좋아요, 좋아요" 할 테고, 나는 그곳을 나온 후 4등분으로 접혀 산처럼 쌓인 청바지 더미를 향해 걸어가 열두시 반 전에 끝내야 하는 검수 작업을 시작할 것이다. 어제는 1,598장이었다. 오늘은 1,595장이 있어야 한다. 요즘 리처드가 제품 유실 방지에 힘쓰고 있어서 우리는 날마다 수를 센다. 일자리는 구하기가 힘들다. 집에는 날 필요로 하는 조그만 천사가 있어서 나는 그 아이를 위해 일한다. 그리고 나는 사람들이 물건을 사게 하는 이 일에 유능하다. 그래서 수를 센다.

클립보드와 펜을 들고 표시를 해가며 기둥처럼 쌓인 청바지의 수를 센다. 각 코너의 청바지 수를 세고 마지막에는 모든 합게 수치를 더한다. 내가 센 숫자가 컴퓨터상 재고와 일치하지 않으면 처음부터 다시 시작하는데, 청바지를 하나하나 만지며 세다 보면 빳빳한 푸른 데님이 내 손가락의 수분을 빨아들이는 느낌이 든다. 스페인 할머니는 완벽한 셔츠를 찾기 위해 옷 더미들을 꼼꼼히 살핀다. 마침내 마음에 드는 셔츠를 골랐을 때 얼마나 기뻐하는지는 계산대로 미끄러지듯 다가가는 걸음걸이를 보면 알 수 있다. 그녀는 누군가를 행복하게 해줄 것이다. 이런 곳에서는 행복이 모든 사람에게 돌아갈 만큼 충분하지 않으므로 움켜잡아야만 한다. 쇼핑몰에서 물건을 파는 일은 군대나 경찰이나 그 외 다른 일처럼 대단하진 않다. 그래도 어쨌든 직업이다. 더 나쁠 수도 있었다. 어디든 다 다르다. 어떤 곳에서 사람들은 술에 절여 초콜릿을 입힌 딸기를 먹는다. 다른 곳에서는 모든 것에서 콜레라 맛이 난다. 중요한 점은 이런 보잘것없는 일로 밥벌이를 하더라도 누군가를 진짜로 도울 방법을 생각할 필요가 있다는 것이다. 그러지 않는다면 결국 루시가 되고 만다.

그녀의 이름을 그렇게 써먹긴 싫지만 쇼핑몰 사람들은 모두 그렇게 한다. 우리 매장 최고의 판매원은 내게 너무 깊이 생각하지 말라고, 얼마 안 있으면 또 그런 사람이 나올 거라고 말했다. 대략

육 개월에 한 번씩 누군가 훌쩍 뛰어내린다고 했다. 루시 전에는
〈라디오 캐슬〉의 젠이 있었고, 젠 이전에는 앤트완이라는 사람이
〈플리트 피트〉에서 일하다 말고 나가서 난간에 등을 대고 양손을
기도하듯 꼭 붙인 채 뒤로 떨어졌다고 했다. 루시는 중력이 진정
무엇인지 안다. 루시는 우리 대부분이 그 존재조차 외면하는 문을
두드리러 갔다. 그 일이 일어난 날, 쇼핑몰은 정신없이 붐볐다. 많
은 매장이 시즌 중반 반값 행사를 진행하고 있었다. 모르고 보면
서커스단이 돌아왔나 했겠지만 서커스단은 이 주 전에 돌아갔으
니 그럴 리는 없었다. G 주차장과 H 주차장에 자리를 잡고 공연
하던 서커스단이 머문 이 주 동안 살아 있는 동물과 사탕 냄새가
사방에 풍겼었다.

　나는 버스를 타러 나가다가 난간 근처에 몰려 있는 사람들을 보
았다. 내가 아래를 내려다봤을 때는 이미 그녀의 몸 위로 노란 방
수포가 덮여 있었다. 노란색 가장자리 주변에 카펫 위로 스며 나
온 붉은색이 보였다. 그런데 메스꺼운 장면은 그게 아니었다. 메
스꺼운 장면은 위아래 각층에서—우리 매장은 3층이다—사람들
이 손가락질하거나 전화기를 꺼내 사진을 찍고 있는 모습이었다.
그녀가 바닥과 충돌한 순간 곧바로 죽었기를, 하고 생각한 기억이
난다. 그리고 그녀가 어디에 있든, 땅에 닿기 전 몇 초간 어떤 느낌
이었는지 기억하기를 바랐다. 사람들은 그녀가 떨어지는 내내 소
리를 질렀다고 말하지만 나는 그녀가 두려워했다고 생각하지 않

는다. 그때는 그녀의 이름을 몰랐다.

그날, 내가 서 있던 난간 바로 아래층의 아이스크림 가게 〈콘 존〉 근처에서 두 아이가 장난을 치면서 난간 너머로 몸을 내밀어 떨어지는 시늉을 했다. 그들은 루시와 그녀를 덮은 노란 담요가 있는 곳에서 딱 한 층 위에 있었다. 그런 일이 있고 나면 몇 시간이나마 쇼핑몰이 문을 닫을 거라고 생각하게 마련이다. 사람들을 모이게 해서 촛불을 켜든 뭘 하든. 아니었다. 반값 할인은 누구도 기다려주지 않는다. 그날 밤 나는 날리아를 품에 안고 소파 위에서 함께 잠들었다. 아침에 함께 깨어났을 때, 아기가 옹알거리고 우는 소리를 들으니 밤새 느꼈던 메스꺼운 기분을 조금이나마 잊을 수 있었다.

청바지 숫자 세기로 돌아가자. 뭐든 다른 생각을 하며 수를 세자. 마음속 작은 한구석에서 내가 그 장면을 보았었으면 하고 바란다는 생각은 하지 말자. 4층 난간 위에 서 있는 그녀를. 날아가는 루시를. 숫자를 세자.

내가 '리바이스'의 총계를 내며 루시가 되지 않는 법에 대해 생각하는 동안, 나와 모국어가 다른 그 아름다운 할머니가 내 뒤에 나타나 등을 톡톡 두드릴 것이다. 그녀는 쇼핑백 안에서 꽃송이들 주위로 보석이 점점이 박힌 빨간 셔츠를 꺼낸다. 그녀는 그것을 내게 보여준다. 어찌나 붉은지 만지면 뜨거울 것 같다. 그녀는 몇 번 더 "고마워요, 고마워(Gracias, gracias)" 하고 말한 뒤 헤어지면서 내 어깨를 톡톡 두드릴 테고, 나는 "아니에요, 별거 아니에요 (De nada, de nada)" 하고 말하겠지만 그건 거짓말일 것이다. 그녀는 특별하니까.

섬광을 뚫고

Through the Flash

당신은 안전합니다. 당신은 보호받고 있습니다. 행복한 삶을 통해 이 노력에 계속 기여하세요. 부드러운 드론 새의 목소리가, 지나간 영원의 시간 동안 늘 그랬듯이, 내 방 창문에서 일 미터 남짓 떨어진 곳에서 그렇게 말한다. 나는 새로운 나이기에 누굴 죽이겠다는 생각은 한순간도 품지 않는다. 그런데도 베개 밑에 놔둔 칼을 만져 본다.

밖에서는 모든 것 위로 파란 하늘이 내려앉고 나는 이렇게 생각하려고 노력한다. 우린 하늘이 있어서 운이 좋지 않은가? 영원한 푸른 축복이 아닌가? 비록 그 하늘을 보고 있으면, 시간 저편에 있는 존재가 누구든 우리에게 시간이 얼마나 지겨운지 전혀 모른다는 생각에 가슴이 조금 답답해지지만.

나는 일어나 이를 닦는다. 사소한 일들이다. 그런 다음 거울을 보고 말한다. "너는 지고하고 무한하다." 머리를 감싼 스카프를 벗겨 머리카락이 숨 쉬게 한다. 물을 뿌려 촉촉하게 하고 손가락으로 빗는다. 사소한 일들. 옷을 입은 후에는 작은 허리 가방을 두르고 엄마의 칼을 그 안에 넣는다.

창문에서 나뭇가지로 뛰어내린 후 콴 가족의 집 지붕으로 건너간 다음 미시즈 네이걸의 집 지붕으로 올라선다. 창문을 통해 안으로 슬쩍 들어가니 항상 그렇듯이 집에서 계피와 노인 냄새가 난다. 그 집의 부엌에서 나는 차를 준비하기 위해 물을 끓인다. 주전자에서 휘파람 소리가 난다. 미시즈 네이걸이 가장 좋아하는 엘더플라워 꿀차를 만든다. 머그컵을 침대맡에 올려놓고 그녀가 불편하게 잠든 모습을 바라본다. 코가 꽉 막혀서 숨을 쉴 때마다 오래된 트럭 같은 소리가 난다.

"안녕하세요, 미시즈 네이걸." 나는 최대한 부드럽게 말한다.

"안녕." 그녀가 침대에서 조금 꼼지락거리다가 눈을 뜬다. 나를 보는 그 눈빛에 두려움이 없어 다행이다. 그녀는 심지어 살짝 미소까지 짓는다. "고마워, 아마. 정말 고맙다." 그녀가 말한다. 나는 바닥에서 화장지 상자를 집어 그녀에게 준다.

"괜찮아요, 미시즈 네이걸. 좋은 하루 보내세요. 기억하세요, 아주머니의 존재는 지고해요."

"으응." 미시즈 네이걸이 말한다. 그러고는 코를 푼다. 나는 그녀에게 빙긋 웃어준 뒤 창밖으로 나와 아까 왔던 그대로 지붕을 타 넘어 집으로 돌아간다.

안으로 들어가 남동생의 방 앞을 지난다. 침대에 누운 동생은 깨어 있다. 숨소리를 들으면 알 수 있다. 이불 전체가 기차 무늬다.

"안녕, 이케." 나는 말한다. 이케나를 줄인 이름이다.

"아마, 제발." 이케가 징징대는 목소리로 부탁한다. 이케는 내가 이 하루를 끝내주기를 원한다. 내가 자기를 죽여주기를 바란다. 항상 이런 애는 아니었다. 섬광이 덮쳤을 때 이케는 겨우 여섯 살이었기 때문에, 그 몸으로는 지금 원하는 모든 것을 할 수가 없다. 여전히 머리는 땅콩처럼 조그맣고 볼은 꼬집고 싶도록 통통하다. 하지만 이제는 동생이 싫어하니까 볼을 꼬집지 않는다. 내가 새로운 나로 살게 되면서 또 하나 생각할 점이 그것이다. 나는 영원히 열네 살이고 다른 누구보다 많은 것을 할 수 있다. 나는 축복받았다. 하지만 이케도 제 나름의 방식으로 축복을 받았다. "아마, 젠장, 그냥 해줘, 제발." 이케가 말한다.

"왜? 이렇게 화창하고 좋은 날에." 나는 농담으로 말한다. 나는 그 농담을 좀 많이⋯⋯그래, 지나치게 많이 해왔다.

"내가 미워?" 이케가 묻는다. "정말로 날 미워하니까 이렇게 말을 안 들어주는 거지."

이케가 머릿속에 무엇을 얼마나 집어넣었든, 내 눈에는 아직도 어린 동생이다. 이케는 자기 손으로는 해치울 수 없는 사람들 가운데 하나다. 유약한 부류.

"널 사랑해." 나는 말한다. 이케는 소리를 지르며 온갖 욕을 다하지만 그래도 나는 죽이지 않을 것이다. 예전의 나조차도 그런 적은 없으니까. 이케는 건드리지 않았으니까. 이제 이케는 웬만해서는 방 밖으로 나오지 않는다. 나는 그애를 내버려두고 부엌으로 간다.

"안녕, 아빠." 내가 이렇게 노래하는 듯한 목소리로 부르면 가끔 아빠가 웃기도 한다. 아빠는 노인 같은 슬리퍼를 신고 파자마 바지를 입은 모습이다. 늘 그렇듯 안절부절못하며 몸을 건들거린다. 잠시도 가만히 있지 못한다. 아빠는 뭔가를 요리할 준비를 하고 있다. 아빠 옆에 있으면 난 불안한가? 그렇다. 하지만 그렇게 느끼지 않으려고 애쓴다. 이제 새로운 내가 되었으니 감사하며 살려고 노력한다. 감사하고, 절대로 두려워하지 않으며. 난 두려우면 화가 난다. 화가 너무 많이 나면 예전의 나로 돌아가, 케네디 스트리트에 사는 괴물, 칼Carl처럼 될지도 모른다. 전쟁의 신. 남녀노소를 가리지 않는 파괴자.

"잘 잤니, 진저루트." 아빠가 말한다. 내게 돌아서는 아빠의 손에 고기를 썰 때 쓰는 칼이 들려 있다.

"아빠." 나는 말한다. 그때 아빠가 내게 고기 칼을 휘두른다. 아빠의 팔이 내 목을 향해 움직이는 동안 내가 진짜 생각을 할 시간은 충분하다. 아빠의 칼날이 내게 닿기 전에 허리에 맨 가방을 열고 엄마의 칼을 꺼낼 수도 있다. 하지만 그러지 않는다. 그저 생각한다. 이런 건 정말이지 언제나 끝날까? 아빠보다 재빠른 사람은 많지 않다. 하지만 나는 그 누구보다도 빠르다. 훨씬 더 빠르다. 원하기만 하면 엄청나게 치명적인 결과를 낼 수 있다. 예전의 나라면 아빠를 굉장히 고통스럽게 해줄 것이다. 하지만 이제는 그러지 않는다. 그저 다시 아빠, 하고 말하려 하지만—칼에 목을 베인 참이라—그럴 수가 없어서, 피 흘리며 죽어가는 나를 바라보는 아빠를 바라볼 뿐이다. 그러다 나는 죽는다.

나는 체육관에 있다. 운동복 차림 그대로 땀에 젖고 속상한 채. 머리에 닿는 힘센 손이 느껴진다. 난 얼굴을 그녀의 배에 깊이 파묻고 있다. 그녀의 냄새가 라마포 중학교 체육관의 소나무 자재 냄새, 먼지 냄새와 어우러진다. 그녀를 느낄 수 있다. 엄마가 내 목을 문지른다. "괜찮아" 하고 그녀가 말한다. 그러더니 우리 팀이 기다리는 탈의실로 나를 밀어 넣는다.

당신은 안전합니다. 당신은 보호받고 있습니다. 행복한 삶을 통해 이 노력에 계속 기여하세요. 나는 깨어난다. 주변을 둘러보며, 방금 일어났다고 생각되는 그 일이 정말로 일어났는지 판단하려 애쓴다. 정말로 일어났다고 나는 판단한다. 꿈을 꾼 것이다. 꿈에서 엄마를 보았다. 이건 새로운 일이다. 이제 새로운 일은 절대로 일어나지 않는데. 섬광이 덮친 날 아침에 꾼 꿈 말고는 아무런 꿈도 꿀 수 없게 되었는데. 나는 그 뒤로 영원히 꿈을 꾸지 않았는데. 그런 데 엄마를 본 것이다. 정말로 엄마가 나와 함께 있었다. 엄마를 다시 보고 싶다. 다시 엄마를 느끼고 싶다. 나는 칼을 꺼낸다. 엄마의 칼. 칼날을 한참 들여다보며 이번 딱 한 번만이라고 혼자서 말한다. 이번에 딱 한 번만 하고 다시는 그러지 않을 거라고. 팔에 칼을 대고 긋는다. 피를 철철 흘린다. 그러다 죽는다.

꿈은 없다. 엄마도 없다. 보통 때 그대로다.

당신은 안전합니다. 당신은 보호받고 있습니다. 행복한 삶을 통해 이 노력에 계속 기여하세요.

나는 평소와 같이 깨어난다. 푸른 하늘을 바라보며, 침대에 누워, 모든 것이 똑같을 거라는 사실을 알면서. 하지만 아빠 손에 죽고 난 후, 나는 전에 본 적 없는 무언가를 보았다. 꿈을 꾸었다. 그런 일은 절대로 일어나지 않는다. 다음번이란 없었다. 하지만. 엄마를 보았다. 나는 침대에서 벌떡 일어난다.

"이케!" 나는 동생의 방으로 달려가며 말한다.

"왜?" 이케가 신음한다. "날 도와줄 거야, 말 거야?"

"난 널 죽이지 않을 거야." 나는 말한다. "그런데 뭔가 일어났어." 이케는 다른 모든 사람만큼 나를 잘 안다. 모든 사람이 다른 사람들을 속속들이 잘 안다. 여태 우리는 그 어떤 집단보다 더 오래 이

루프loop에 함께 머물렀다. 하지만 이케가 나를 가장 잘 안다. 그 애가 침대에서 나와 바닥에 다리를 겹치고 앉는다. 이케는 생각에 집중할 때 그렇게 앉는다. 정말로 관심이 있을 때 그렇게 앉는다.

"무슨 일이 일어났는데?" 동생이 묻는다. 이제야 예전의 이케 같은 말투다.

"꿈을 꿨어." 나는 말한다.

"그게 왜?"

"섬광을 뚫고 꿈을 꿨다고. 깨어난 후에 잠시 낮잠을 자다가 꿈을 꾼 게 아니라고. 돌아오기 전에 봤다니까. 전에는 한 번도 그런 일이 없었어."

"확실해?" 이케가 묻는다. 표지에 보라색 돼지 그림이 있는 조그만 연습장과 크레용 하나를 집는다. "뭘 봤어?" 이케가 또 물으며 끄적거리기 시작한다. 글자를 써도 섬광을 통과하면 아무것도 남지 않지만—모든 것이 폭탄이 떨어진 날의 모습으로 되돌아가니까—생각을 모으려고 쓰는 것이다.

"그게," 나는 말한다. "엄마를 봤어."

이케가 일어나서 숨을 한 번 쉬더니 다시 앉는다. "아마, 정확히 뭘 봤는지 말해."

"엄마와 함께 있었어. 라마포에서. 그해 첫 경기가 끝난 직후 같았어. 우리 팀이 경기에 졌나 봐. 현실에서는 그때 이긴 것 같은데. 다 예전 일이라 넌 기억나지 않을 수도 있어. 어쨌든 엄마가 날 안

아쳤고, 그래서 기분이 나아졌어."

"나도 기억나." 이케는 기분이 상한 듯 대꾸했다.

"이거 변칙이니?" 나는 마침내 묻는다.

이케의 크레용이 춤을 추며 글자를 써나간다. "어쩌면." 이케가 대답하며 입술을 깨문다. 동생과 그 꿈을 더 잘 나누고 싶다. 이케는 엄마를 그런 식으로 볼 수만 있다면 뭐든 내놓을 거란 사실을 나는 안다.

"아마." 아빠가 부른다. 나도 모르게 손이 허리 가방이 있을 만한 곳으로 움직이지만 난 아직 잠옷 반바지 차림이다. "딸?" 아빠가 말한다. 아빠는 내 방에 있다. 내가 얼마나 잘 숨는지 아빠는 안다. 언제 어디서든 불쑥 나타날 수 있다는 사실도. 아직은 죽고 싶지 않다. 지금 죽어야 한다면 예전의 나로 돌아가버릴 것이다.

"넌 어떻게 하고 싶어?" 나는 문 쪽으로 살금살금 다가가 방 밖으로 나가며 그렇게 묻는다.

"당연히 뭔가를 해야지." 그것만으로 이미 최고다. 이케는 아주 오랫동안 그 무엇도 하고 싶어하지 않았으니까. "좀 생각해볼게."

"좋아. 난 아빠를 보러 간다." 나는 상황이 나쁘게 돌아갈 수도 있다는 경고의 의미로 말한다.

"아빠가 공격적으로 나올 것 같진 않아." 이케는 공책에서 고개를 들지 않은 채 말한다. "아빠는 누나한테 사과하고 싶어해, 내 생각엔."

"아빠." 나는 말한다. 아빠는 반바지에 티셔츠를 입고 끈 슬리퍼를 신었다. 겹겹이 쌓은 팬케이크와 주스가 놓인 쟁반을 들고 있다. 나를 죽이는 한 사이클이 끝나면 아빠는 내가 가장 좋아하는 팬케이크, 아니면 크레페나 오믈렛 같은 걸 만들어준다. 수도 없이 여러 번 목을 베이고 눈이나 가슴을 강타당하는 일에 아무리 익숙해져도, 아픈 건 어쩔 수 없다. 섬광과 함께 사이클이 끝나는 편이 훨씬 낫다. 그건 전혀 아프지 않으니까. 덧붙여, 섬광이 오리라는 건 절대 확신할 수 없다. 비록 언제나, 언제나 오긴 하지만. 그러니 만약 루프가 끊어지고 이제 정말로 내일이 찾아오게 되었는데, 하필이면 바로 그날 자기 아버지 손에 죽는다면 정말 어이없는 일 아닐까?

아빠는 루프에 영향을 받아 그렇게 행동한다. 아빠는 기본적으로 우울한 괴물일 때가 반 정도다. 나머지 시간에는 우리 아빠로 돌아온다. 나는 아빠의 두 가지 면을 다 사랑하려고 노력한다. 나를 죽이고 나서 사이클이 다시 시작되면 아빠는 죄책감을 느낀다. 그렇게 죄책감이 커지다 보면 결국 그런 짓을 그만두지 않을까. 아빠도 언젠가는 좋아지면 좋겠다. 꼭 그렇게 될 거다. 새로운 나는 아빠가 하고 싶은 대로 하게 둘 때가 많다. 예전의 나는 경적이 울리기 훨씬 전에 아빠를 반드시 끝장냈다. 하지만 이제 나는 새로워졌다. 그리고 아빠가 나아질 수 있게 도우려 한다. 아빠가 항상 이렇지는 않았다. 아빠는 나를 보면 엄마가 떠올라서 나를 죽일 뿐이다. 때로는 그런 짓을 하면서 엄마 이름을 부른다. "글로리, 글로리, 글로리!" 나를 죽일 때는 대개 그런 소리를 낸다. 엄마는 자기 칼로 스스로 목숨을 끊었다. 지금은 내 칼이다. 엄마가 두 달만 기다렸다면 우리와 영원히 함께할 수 있었는데. 영원을 나타낼 수 있는 말은 그다지 많지 않다.

팬케이크를 들고 나아지려고 노력하며 그렇게 서 있는 아빠를 나는 사랑한다. 그렇게 힘들지도 않다. "고마워, 아빠." 나는 침대와 엄마의 칼이 있는 곳을 향해 걸어가며 말한다. 아빠가 어떻게 반응할지 모르니 꿈에 대해서는 말하지 않는다. 아빠가 하루를 기분 좋게 시작했다면 그대로 이어지게 하고 싶다. 아빠가 내 침대 위에 쟁반을 내려놓는다.

"기분이 어때?" 아빠가 묻는다. 내 손에 갈가리 찢길 수도 있다는 사실을 아빠는 안다.

"무한한 느낌, 당장 무슨 일이든 할 수 있을 것 같은 신나는 느낌." 나는 말한다. 아빠를 안아준다.

"굉장하네. 아빠는 하루가 저무는 모습을 함께 보면 어떨까 생각 중인데. 다 함께. 거기 있잖아, 벽에서."

"꼭 그래야지." 나는 말한다. 아빠가 내 목을 벤 얘기는 서로 하지 않는다. 아빠는 말로는 절대로 사과하지 않지만 언제나 최선을 다한다.

"좋아, 마마Mama 아마." 아빠가 말한다. 그러더니 다시 쟁반을 만진다. 아빠는 방을 나가면서 장난삼아 한쪽 무릎을 꿇고 절을 한 다음 아래층으로 내려간다. 아래층에 내려가면 다리가 건들거리는 식탁 의자에 앉아 울기 시작한다. 나는 사람들이 어디에 있는지 정말로 잘 알아맞힌다. 집 안의 소리에 귀를 기울이기만 해도 그들이 어디에 있는지 눈에 보이는 듯하다. 나의 예민한 오감은 축복이다.

팬케이크가 담긴 쟁반을 들고 이케의 방으로 돌아간다. 이케는 걸으면 불빛이 나는 운동화를 신고 웃는 얼굴의 구름이 그려진 파란 티셔츠를 입었다.

"이건 확실한 변칙이란 생각이 들어, 아마." 이케가 말한다. "그래도 잘 생각해봐. 그게 루프가 다시 시작되기 전부터 계속된 꿈이 맞아? 깨어나면서 한 생각이 아니라?"

나는 완전히 차려입은 이케를 바라본다. "맞아!" 나는 말한다. 거의 확신한다.

그것은 한순간에 일어난 일은 아니었다. 그 뒤로도 영원한 세월이 흘렀다. 나는 어느 날 문득 이케가 마치 어른처럼 말한다는 사실을 깨달았다. 그것은 내가 맨 처음 알아차린 사실이었다. 그걸 알아차리고 나니 처음으로 우리의 하루하루를 전체적으로 볼 수 있었다. 바로 그때부터 내 삶은 섬광을 뚫고 이어지기 시작했다. 이건 무슨 짓을 해도 깨어날 수 없는 꿈속에서 사는 것과 비슷하다. 아빠는 그로부터 한참 뒤에야 기억을 유지하기 시작했다. 내가 섬광을 뚫기 시작한 무렵에 이케는 이미 그 누구보다 똑똑해져 있었다. 루프의 사이클 만료 후 비대칭적 기억 보유, 그것이 이케가 우리에게 설명해준 최초의 변칙 현상이었다. 풀이하자면, 우리가 똑같은 하루를 계속 반복해서 살고 있는데, 아직은 알 수 없는 이유에서 이를 자각하게 되었고, 그 자각까지 걸린 시간은 사람마다 달랐다는 뜻이다. 굉장히 두려운 일이었다. 무한한 시간의 덫에 갇혀 있음을 깨달았는데, 그런 일이 어떻게, 왜 일어났는지 아무도 설명할 수 없다는 것은.

우리는 도망가려고도 해봤다. 충분히 멀리 도망가면 벗어날 수 있을지도 몰라서.

도망은 불가능하다.

그래서 조금이라도 마음 편한 전이transition를 위해 우리는 누군가 통과할 때마다 파티를 열었다. 우리 그리드grid의 좋은 시절이었다. 그리드는 전시체제 기획국이 지정한 우리의 생활 공간을 일컫는 말이다. 그리드 SV-2에서 마지막으로 섬광을 통과한 사람은 미스터 투이아였다. 그가 통과해 온 날 우리는 성대한 파티를 열었다. 바비큐 요리와 음악이 나왔고, 이케도 포플 가족도 나도 춤을 추었다. 미시즈 네이걸은 야외용 의자에 앉아 팔을 흔들었는데, 그녀에게는 그게 춤이나 마찬가지였다. 아빠는 계속 웃음을 터트렸다. 미스터 투이아는 거의 울기만 했다. 어떤 사람들은 처음에 굉장히 힘들어한다. 하지만 무한하고 지고한 존재이며 따라서 만물의 주인인 터에 각자의 개인적 형편을 한탄하는 건 바보 같은 짓이다. 고관절이 아픈 사람은 항상 아플 테고 독감에 걸린 노인이라면 일생을 침대에 누워 지내야 하며 엄마와는 영원한 이별이라고 해도 말이다.

섬광이 닥치기 전 해양생물학자였던 로버트와 함께 이케가 우리에게 설명한 두 번째 변칙은 우리 중 일부가 개별적으로 "자질을 개발하고 키워나가는" 현상이었다. 축적한다, 라고 그들은 말했다. 축적의 방식은 저마다 달랐다. 이케의 뇌는 사실과 정보를 누구보다 더 잘 저장하고 있었다. 하크 스트리트의 로페스는 원래 클라리넷을 제법 연주했지만 이제는 이 세상에 살았던 사람들 중에 가장 뛰어난 연주자라고 우리는 확신한다. 나는 강하고 빠르고 정확해졌다. 나는 '칼의 여왕'이 되었다. 우리 그리드는 꽤 흥미로운 곳이다.

나는 우리 국가 블록 안의 다른 그리드에 대해서는 잘 알지 못한다. 왜냐면 섬광이 닥치기 훨씬 전부터 군인경찰—국가가 지원하는 전쟁 조직국—이 모든 사람의 차를 압수했기 때문이다. 그들의 구호—"당국의 봉사와 보호를 받기 위해 절약하고 존중하자"—가 학교의 포스터나 일부 가정의 창문에 선명히 새겨져 있다. 포플 가족은 아들이 군경 복무에 차출되었을 때 자랑스러운 척했다. 그 집 창문에 붙은 포스터에는 두꺼운 글씨의 군경 구호 위로 헬멧의 검은 바이저에 얼굴이 가려진 남자들이 자랑스럽게 가슴을 내민 채 깃발과 총을 든 모습이 인쇄되어 있다. 섬광이 닥치기 전에는 진심으로 군경을 좋아하는 사람들이 많았다. 그들이 우리를 안전하게 지켜준다고 생각했다. 사람들은 두려움에 빠지면 거짓말이든 뭐든 다 믿는다. 그건 또 다른 생각거리다. 모든 군경이 다른 곳에 배치되어 있을 때 섬광이 닥쳤으니 우리에겐 행운이 아닐까?

그렇긴 하지만, 자전거를 타고 어느 방향으로든 죽도록 달려봐도, 물을 마실 때만 멈추거나 물을 마시며 동시에 오줌도 누어가며 열심히 달려봐도, 섬광이 덮치기 전까지가 최대 거리다. 여러 해를 훈련하고 또 훈련해도 마찬가지다. 내가 이미 다 해봤고, 그게 실현 가능한 일이었다면 그걸 해낼 수 있는 사람은 바로 나다. 나는 그 누구보다 더 몸을 잘 쓴다. 올림픽에서 뛸 수도 있다. 맨손으로 성인을 으스러뜨릴 수도 있다. 손에 칼만 쥐면 사실상 세상의 여왕이다. 아니, 예전의 내가 그랬다. 지금 나는 모든 이들이 저마다 자신을 섬기게 놔둔다.

"로버트와 의논해봐야겠어." 이케가 말한다.

그때 경적이 울린다. 이 지역 전체의 드론 새 367마리가 일제히 울어댄다. 눈부신 빛을 귀로 듣는 느낌이다. 그 의미에 걸맞은 소리다. 경적은 방어막이 파괴되어 세상이 오늘 끝난다는 의미니까.

그 소리는 이 분간 이어진다. 백이십 초. 나는 눈을 감고 기다린다. 이케도 똑같이 한다. 그러자 소리가 멈춘다. 경적은 많은 이들이 하루를 나가는 시점이다. 사람들은 그 음속의 소음을 견디지 못한다. 그래서 저마다 편한 도구를 찾아 자기 목에 쑤셔 넣는다. 하지만 눈을 감고 호흡에 집중하면, 경적을 기다리고 심지어 반기기까지 하면, 그것은 여전히 끔찍하지만 견딜 수는 있는 끔찍함이 된다.

경적 뒤의 고요는 달콤하고 풍요롭다. 놓치기 싫은 순간이다. 하지만 우리는 할 일이 있다. "좋아." 나는 몇 분간의 정적을 즐기고 나서 말한다. "어서 로버트를 보러 가자."

"비가 오기 전에 실내로 들어가고 싶어." 이케가 말한다.

"어쩌면 그렇게 되겠지. 안 될 수도 있고. 우리는 지고하고 무한해." 나는 무한한 존재에게 비 따위는 사소하다는 사실을 일깨우려고 그렇게 말한다.

"응, 나도 그렇다고 들었어, 아마. 그래도 난 비가 오기 전에 실내로 들어가고 싶다고." 이케는 말한다.

"가서 물건을 챙겨올게."

"기다릴게." 이케는 내 팬케이크에 포크를 찔러 넣는다.

나는 방에서 나갈 준비를 한 뒤 아래층으로 뛰어 내려가 밖으로 나간다. 우리 집 옆집의 옆집에서 잰더가 파릇한 잔디밭에 나와 개를 목 졸라 죽이는 모습이 보인다. 울부짖고 낑낑거리는 개의 꼬리가 헬리콥터 날개처럼 퍼덕이다가 멈춘다.

"안녕하세요, 잰더." 나는 팔을 크게 흔들며 부른다. 전에 그는 아빠 친구였는데 아빠와 마찬가지로 나이가 너무 많아 전쟁에 나갈 수 없었다. 이제 스무 살에서 마흔다섯 살까지의 남자는 한 명도 남지 않았다.

"안녕, 아마."

"불쌍한 앤디가 오늘은 무슨 잘못을 한 거예요?"

"그게 무슨 소리냐?" 잰더는 그렇게 말하더니 집 안으로 도로 들어간다.

나는 포플 가족의 집에 가서 문을 한 번 두드린다. 군경 포스터가 붙어 있는 커다란 창문은 아침마다 박살이 나고, 그래서 유리 조각에 온통 뒤덮이고 뚫린 포스터는 앞면이 아래로 향한 채 관목 위에 걸쳐져 있다. 포플 가족이 거의 매일 가장 먼저 하는 일이다. 아들과 영원히 헤어졌음을 일깨우는 그 창문을 박살내는 것이다. 문이 빨리 열리지 않으면 나는 발로 차서 연다. 미스터 포플은 알몸으로 소파에 앉아 유리잔에 담긴 뭔가를 마신다. 그의 피부는 축 늘어지고 접혀 있다.

"안녕하세요, 미스터 포플?"

"칼의 여왕 아마 아두세이." 그가 웃으며 잔을 들어 올리고 고개를 조아리며 천천히 말한다.

"그냥 아마예요." 나는 말한다. 위협적이지는 않게, 이제 난 그 말을 하라고 강요하지 않으며 그런 지가 한참 되었음을 상기시킬 정도로만.

"아마." 그가 아주 천천히 말한다. 자기 잔을 들여다보다가 안에 든 걸 마신다. 그의 양손이 허리를 향해 내려간다.

"나중에 봬요, 미스터 포플." 나는 계단을 달려 올라가며 말한다. 그의 침실로 가서 서랍에 있는 조그만 관통형 권총을 꺼낸다. 내가 처음으로 쏴본 총이다. 검은색의 자그마한 물건인데 발사하는 느낌이 부드럽다. 방아쇠를 당길 때 거의 아무런 소리도 나지 않는다. 속삭이듯 죽이는 그 느낌을 나는 좋아한다. 아니 예전에 좋아했다. 같은 서랍에 여분의 탄환 묶음이 있다. 둘 다 꺼낸다.

"안녕, 아마." 미시즈 포플이 아직도 침대에 누워 머리 위로 이불을 둘러쓴 채 말한다.

"안녕하세요, 미시즈 포플, 전 가야 해요." 나는 말한다.

"네 동생한테 조만간 놀러 오라고 말해줘."

"걔가 오늘은 할 일이 좀 있어요." 나는 대답한다. 그녀와 이케가 일생의 파트너였던 시절은 아주 오래전에 지나갔다는 말은 하지 않는다.

"알겠어. 걔가 젠을 더 좋아하지. 아직도 그러니?" 젠은 학교 선생님이었다. 하지만 나는 이케가 지금 더 좋아하는 사람이 있는지 없는지도 모른다.

"이케한테 직접 물어보셔야 할 거예요, 미시즈 포플. 하지만 남편께서도 관심이 있지 않을까요? 아니면 잰더도. 아줌마가 재미 있는 분이고 신체적으로도 굉장히 매력적이라고 생각한다고 잰더 아저씨가 말씀하시는 걸 들은 것 같아요."

"넌 참 착한 아이야, 아마." 미시즈 포플이 말한다.

"우린 모두 지고하고 무한해요. 그러니 그에 걸맞게 행동하는 게 좋겠죠." 나는 허리 가방의 지퍼를 잠그며 말한다. 좋은 사람이 되기 위해 정말로 잘해나가고 있어, 나는 생각한다. 예전의 나에서 지금에 이르기까지 정말로 먼 길을 왔다. 언젠가 난 진정한 공포의 대상이었으니까. 아마도 나 이전에 그런 인간은 존재한 적도 없을 것이다. 하지만 지금은 이렇게 '착하다'고 칭찬받는 사람이 되었다.

케네디 스트리트는 우리 그리드의 반대편 구역에 있어서 자전 거를 타고 한참 가야 한다. 낮은 짧다. 곧 비가 내릴 텐데 이케는 비가 오기 전에 실내에 들어가고 싶어한다. "안녕히 계세요, 미스터 포플." 나는 뭔지 모를 뭔가를 하고 있는 그를 쳐다보지 않고 말한다.

"안녕, 여왕 폐하." 그는 말한다.

내 자전거는 우리 집 측면에 있다. 나는 안으로 달려 들어가 이 케에게 준비가 끝났다고 말한 다음 밖에서 기다린다. 몸을 풀기 위해 발길질과 주먹질, 공중돌기 등을 한다. 팔 벌려 뛰기도 한다. 마당에 있는 단풍나무를 주먹으로 두 번 세게 치고 몸통에 돌려차기를 크게 한 번 했더니 나무가 쓰러진다. 나무가 쪼개지는 소리를 들으니 흥분된다, 그건 인정한다. 뼈가 부러지는 소리와는 다르지만 그런 종류의 부서짐을 기억하게 하는 소리다. 그때 아빠가 밖으로 나와 나를 본다. 손에 물 한 잔을 들었다.

"목마르니?" 아빠가 묻는다.

"응, 조금." 나는 말한다. 아빠가 내 쪽으로 팔을 뻗고 나는 아빠를 향해 걸어간다. 물잔을 받는다. 차갑고 상쾌하다.

"어디 가는 거야?" 아빠가 섬광 이전으로 돌아간 듯한 분위기로 묻는다. 따라오고 싶다는 듯이.

"그냥 자전거 타고 돌아다니려고." 나는 말한다. 아빠는 눈을 살짝 가늘게 뜨더니 크게 숨을 쉬고 긴장을 푼다.

"알았다." 그는 말한다. 아빠가 돌아서고 이케가 그 옆을 지나 밖으로 나온다.

"너도 가니, 이케? 침대에서 나온 거야? 밖에 나가려고?"

"응, 상쾌한 공기를 좀 쐬고 싶어." 이케가 말한다.

"엄청난 일인걸." 아빠가 말한다. 이케는 정말로 오랜만에 밖에 나왔다. "아마와 함께 자전거를 탈 거야?" 아빠가 묻는다. 너무나 신난 목소리여서, 엄마가 있던 시절의 아빠로 돌아간 듯한 느낌이다. 엄마, 기억 비슷한 것으로만 남은 사람. 내 발을 잡고 숨을 못 쉴 정도로 간지럽히던 사람. 그 즐겁고 숨 가쁜 몸부림을 기억한다. 그리고 아빠가 엄마를 함부로 대했다는 사실도 언제나 기억한다. 아빠는 호통을 치고 고함을 질렀다. 나는 이케와 함께 방에 숨었고, 이케의 관심을 돌리려고 숨바꼭질을 하곤 했다. 이케가 천재가 되기 전. 내가 살인자가 되기 전. 난 그때를 기억한다.

"나중에 봐, 아빠." 나는 그렇게 말하고 아빠를 안아준다. 눈은 내내 뜨고 있다.

"재미있게 놀아, 진저루트." 아빠가 내 머리칼을 만지며 말한다. 머리에 닿는 아빠의 손길이 그저 좋아서 딱 반 초간만 눈을 감는다. 나는 자전거를 타고 이케는 앞쪽 핸들바 위에 앉은 채로, 우리는 모두가 소망하는 능력을 완벽히 갖춘 천하무적이 된 것처럼 바람을 가르고 나아간다.

집 앞의 하퍼 스트리트에서 플린트 스트리트로 빠진 후 콘두이트 AB-14로 들어가 그 길을 따라 한참을 달려간다. 콘두이트 AB-14의 길가에는 드론 새와 먼지가 잔뜩 내려앉은 나무들이 나란히 서 있다. 텅 빈 4차선 도로다. 몇 킬로 내내 벌거벗은 도로만 펼쳐지는데, 그 텅 빈 풍경이 세상의 종말을 의미하지만 않는다면 아름답게 느껴질지도 모른다.

가는 길에 우리는 어떤 남자를 죽도록 때리는 남녀의 패거리를 본다. 우리가 옆을 지날 때 그들은 하던 짓을 멈추고 나를 본다. 나는 웃으며 손을 흔든다. 그들은 나를 보고 눈이 휘둥그레지더니 반대 방향으로 황급히 달려간다. "해치지 않을 거예요." 나는 외친다. 그들은 내 말을 믿지 않는다. 달리던 걸음을 멈추지도 않는다.

맞던 남자가 일어선다. 얼굴이 상당히 많이 뭉개졌다. "그래도 당신은 훌륭하고 지고해요. 그 무엇도 바꿀 수 없는 사실이죠." 나는 그에게 말한다. 그가 돌맹이를 집어 든다. 내게 등을 돌리더니 바지 허리띠를 풀고 엉덩이를 내보인다. 그러고는 바지를 다시 입은 뒤 패거리의 뒤를 따라 달려간다.

"멍청이들." 내가 기분이 나쁠까 봐 이케가 말한다.

"맞아." 나는 말한다.

거의 한 시간이 걸려 그곳에 도착한다. 케네디 스트리트까지 도로 두 개가 남았을 때 자전거에서 내려 숨을 고른 뒤 남은 거리는 걸어간다. 칼의 집이 있는 클러스터cluster는 우리 클러스터와 거의 비슷해 보이지만 훨씬 조용하다. 여기 사람들은 대부분 집 안에 머무르는데, 모두 칼 때문이다.

"계속 변이가 심해지는 걸 보면 우리가 항상 기대했던 일관성의 와해가 정말로 실현될지도 모른다는 생각이 들어." 이케가 말한다.

"그랬으면 좋겠다." 나는 말한다. 우리는 조금 더 걷는다.

마침내 케네디 스트리트에 도착하니 두 여자, 패트리샤 새뮤얼과 레슬리 아코의 머리가 도로 표지판 위에 꽂혀 있다. 칼은 두 머리를 서로 키스하는 모습으로 정렬해 놓았다. 패트리샤 새뮤얼은 칼의 어머니다.

"칼은 아직 그대로인가 봐." 이케가 말한다. 호기심과 약간의 두려움을 띠고 주위를 둘러보는 이케의 표정은 진짜 어린아이라면 이렇겠지 하고 내가 상상하는 모습과 흡사하다. 이제 진짜 어린아이는 없다. 아기들조차도 자기가 갇혔다는 사실을 안다. 대부분 울지도 않는다. 그리고 일부는 잠시도 울음을 멈추지 않는다.

케네디 스트리트는 칼 때문에 항상 6차세계대전의 현장 같다. 집 두 채가 불타고 있다. 거리에 남은 검은 자국을 보면 칼에게 희생된 사람들이 피를 흘린 곳을 알 수 있다. 그는 진정한 공포의 대상이다. 아직도. 그를 비판하기는 쉽다. 칼은 사람들에게 최악의 못된 짓을 저지르니까. 언젠가 나는 칼이 여덟 사람을 한데 묶어 놓고 제 몸과 다양한 가정용 집기를 이용해 해치우는 모습을 본 적이 있다. 섬광이 닥쳤을 때 칼은 나처럼 열네 살이었다.

칼을 악마라고 여기기는 더욱 쉽다. 그가 한 모든 짓 때문에, 그리고 때로 목청 높여 외치는 말 때문에. "이 지옥에서 악마, 하느님, 그리고 그 사이에 있는 모든 것의 이름은 칼이다." 하지만 나도 그런 적이 있다. 강한 힘을 쥐면 그렇게 될 수 있다. 칼은 내 제자다. 그는 절대로 인정하지 않겠지만 그게 사실이다. 그는 '칼의 여왕' 아마의 제자다. 칼 하나로 시작했다가 칼 세 개와 총 두 자루를 휘두르게 된, 우리 클러스터의 주민 116명을 한 시간 이십이 분 만에 모두 죽일 수 있었던 아마. 내 검은 피부 한구석도 남김없이 생명의 적갈색으로 칠갑을 한 채로 피에 젖은 옷이 너무 무거워지면 중간에 샤워를 하고 옷을 갈아입곤 했다. 예전의 아마는 모든 사람을 죽였다. 모든 사람이 사라지고 나면 세상에 홀로 남은 느낌이 들었고, 그녀에게 다시 해를 끼칠 사람이 하나도 없는 것 같았기 때문이다. 때로 그녀는 그냥 풀밭에 앉아 지고하고 무한한 느낌을 음미했다. 풀잎 하나만을 뚫어지게 쳐다보거나, 텅 빈 거리에서 춤을 추거나, 목청이 터져라 노래를 부르다 보면 섬광이 찾아왔다. 때로는 머리와 눈에서 피를 씻어내며 울고 또 울었다. 때로는 피를 씻어내지도 않았다.

지금까지 누군가가 저지른 가장 나쁜 짓을 상상해보라. 장담컨대 나는 모두에게 그런 짓을 저질렀다. 그것도 여러 번.

내가 빨라지고 강해졌음을 깨달았을 때, 처음에는 뭘 해야 할지 몰랐다. 어쩌면 이제 내가 우두머리가 된다는 의미인가 생각했다. 보상을 받는 거라고 생각했다. 그래서 나는 원하는 대로 했다. 섬광이 닥치기 전에 칼은 내게 착하게 굴지 않았다. 나를 "뽀글머리 잡년" 혹은 "멍청한 씨발년"이라고 부르기를 좋아했다. 우리가 학교에 다니던 시절에 그는 나를 울리며 좋아했다. 그러다 엄마가 우리를 떠난 후 나와 마주쳤을 때는 이렇게 말했다. "네 엄마는 너 같은 애를 만들었다는 걸 알고 나니 살기가 싫어졌나 보다." 그 말, 음, 그 말을 칼이 얼마나 후회하는지 나는 안다. 왜냐면 섬광이 닥친 후 내가 무엇을 할 수 있는지 깨닫고 나서 난 그를 잡으러 다녔기 때문이다. 내가 처음으로 죽인 사람이 칼이다. 날마다 맨 먼저 그를 죽였다. 내가 그 아이에게 입힌 상처는 우주를 두 번 채우고도 남을 만큼이었다.

나는 칼의 집에 들이닥쳐 그를 매번 다르게 망가뜨릴 방법을 찾았다. 내가 칼 새뮤얼에게 하지 않은 짓은 전혀—전혀—없다. 나는 웰던으로 구운 칼부터 미디엄레어로 구운 칼까지 속속들이 안다. 그의 어머니도 반드시 그 차이를 알게 했다. 가장 좋아하는 굽기 정도를 고르게 할 때도 있었다. 그녀가 좋아하는 방식을 인정하는 날은 내게 즐거운 날이었다.

"말해봐요, 패트리샤, 어떻게 구워줄까요?" 나는 깔깔 웃었다. 그녀는 계단 옆면의 기둥에 묶여 있었다. 나는 그녀의 볼을 움켜쥐었다. 그녀 아들의 피가 내 손톱 밑에서 굳어갔다. 나는 그녀의 얼굴을 아래로 당겨 바로 몇 분 전에 내가 구운 고기 두 덩어리를 보게 했다. 그 아이의 팔에서 떼어낸 살 조각들을 올리브유에 튀겼다. 소금과 후추와 아도보 가루도 뿌렸다. 칼은 내 뒤에서 온몸을 뒤틀며 울고 있었다. 팔이 잘리고 상처는 불에 지져진 채로. 그를 묶을 필요도 없었다.

"애야, 넌 지고하고……" 미시즈 새뮤얼이 입을 떼자 나는 그녀의 손가락 하나를 부러뜨렸다. 비명이 터졌다. 그즈음 나는 인간의 비명에 면역된 상태였다. 혹은, 누군가 다쳐서 소리를 지를 때 보통 사람들이 느낄 거라 생각되는 기분과 정확히 반대의 기분을 느꼈다. 내게 그건 음악이었다. 사람들이 그저 무서울 때 지르는 비명과 생명이 곧 끊어질 것을 알 때 지르는 비명의 다채로움. 눈앞에 자신의 생명이 왔다갔다할 때 남자가 한없이 내지르는 목이 걸

걸한 흐느낌, 아이가 팔이 잘릴 때 내는 외침. 자기 아들을 구할 수 없으면서 포기할 수도 없는 어머니에게서 나오는 날카롭고 거친 비명. 하지만 그날 패트리샤 새뮤얼은 비명을 삼키고 나를 지나쳐 자기 아들을 바라보았다. "너는 무한해. 이건 아무것도 아니야. 사랑한다, 칼. 넌 완벽해. 넌 지고해. 넌 무한해. 우리는 영원해."

"아유, 달콤해라. 이제 말해봐요, 미시즈 새뮤얼." 나는 미소를 띠고 목소리도 부드럽게 가다듬었다. "웰던이 좋아요, 미디엄이 좋아요?" 패트리샤 새뮤얼이 울고 있을 때 나는 뒤로 돌아섰다.

"제발, 아마 여왕님, 내가 빌게. 오늘은 저애를 그만 놔줘."

"칼의 여왕 아마." 나는 오류를 정정했다. "어떻게 구우면 좋겠는지 말해주면 당신한테는 자비를 좀 베풀지도 몰라요." 나는 허리 가방에서 칼을 꺼냈다.

"제발, 칼의 여왕." 그녀는 사람이 낼 수 있는 가장 절박한 소리로 울었다.

나는 고개를 설레설레 저었다. "칼, 네 엄마가 네게 이런 짓을 하라고 하네." 그러면서 나는 무릎으로 그의 목을 짓눌렀다. 사람의 눈을 파내는 건 그다지 힘든 일이 아니다.

칼의 비명은 처음에는 낑낑거리는 작은 소리였다가 점점 커진다. 말도 많고 처량한 비명. "아! 야! 알겠어! 알겠어!" 마치 내가 제 바지 뒤춤을 끌어올려 엉덩이에 끼게 장난질이라도 치는 것처럼. 그러다 점점 커지고 바짝 당겨지고 늘어난다. "안 돼애애애, 안 돼애애애애애!"

"사랑한다, 아가, 괜찮아." 미시즈 새뮤얼이 말했다.

"그래, 칼, 괜찮아." 나는 칼날을 더 깊이 찔러 그애의 두개골까지 발라내며 말했다. 그게 얼마나 쉬운 일인지 비웃으며.

칼은 조용했다. 죽지는 않았다. 몸이 경련했다.

"제발, 칼의 여왕!" 그녀가 아들을 위해 소리쳤다.

"어떻게 구워줘요?"

"아마, 제발!"

"미디엄요, 웰던요?"

방 안에 가득하던 그 고통.

"둘 다 싫어!"

"골라야 해요." 나는 그녀를 올려다보며 말했다. 피로 범벅이 된 손으로 그녀의 아들을 붙잡고 웃으면서.

"난……"

"조금만 더 미적거리면 그 접시에 아주 살짝만 익힌 생고기를 담아줄 거야." 나는 말했다.

"아가, 엄마가 장담하……"

"골라야만 한다니까요." 나는 거듭 말했다. 막 잡은 생선을 누르고 있는 느낌이었다.

"엄마!" 칼이 소리쳤다.

"웰던." 마침내 그녀가 말했다.

나는 멈췄다. "확실하도록 한 입만 더 먹어봐요." 그녀는 즉시 내 명령에 따랐다. 등 뒤의 기둥에 손이 묶인 채 입으로 고기를 먹느라 자기 팔이 부러질 지경인 채로.

"웰던이야, 칼의 여왕 아마."

"알아둘게요." 나는 말했다. "다음 사이클에는 아줌마 아들 칼을 그렇게 요리해드리죠."

그러고는 일어나서 그 집을 나왔다.

나는 칼과 패트리샤에게 비슷한 악몽을 수백 번 경험하게 했다. 놀라운 점은 그런 일이 아무리 반복되어도 그들에겐 전혀 쉬워지지 않았다는 사실이다. 그의 어머니는 항상 절박했고 매번 망가졌고 아들을 위해 기꺼이 망가지려 했다.

칼을 너무 오래 잡으러 다녔더니 미움은 그대로인데도 점점 지루해졌다. 그래서 다른 사람들을 해치기 시작했다. 처음에는 남을 괴롭히는 사람들만 괴롭혔다. 누군가를 해치려 했던 사람들. 그러다가 모두를 해치기 시작했다. 칼에게 느낀 감정이 밖으로 새어 나왔달까. 나는 진정한 공포의 대상이었다. 사람들은 각기 다른 방식으로 자질을 축적한다. 칼의 몸이 나처럼 자질을 축적하기 시작했을 때, 그가 나만큼 강해지고 나만큼 빨라지고 날카로운 물건들을 나만큼 잘 다루게 되었을 때, 그 역시 진정하고 순도 높은 공포의 대상이 되었다.

케네디 스트리트에는 사방에 검붉은 피의 궤적이 있다. 마치 예전에 쓰던 방에 오랜만에 들어가보는 기분이다.

"다시 자전거에 타는 게 좋겠다." 나는 말한다.

"현명한 생각." 이케가 대답하고 핸들바 위로 올라가는데 탕 소리가 난다. 아래를 내려다보니 내 무릎이 사라졌다. 짓이겨져 피범벅이 된 상처로 변해버렸다. 나는 터지려는 비명을 삼킨다. 이제난 비명 따위는 지르지 않는 사람이니까.

"젠장!" 이케가 말한다. "가야겠다."

"이런." 나는 말한다. "괜찮아, 우린 괜찮다고. 우린……"

"아마, 알아, 우린 가야 해!"

그때 머리 위에서 칼이 고함을 지르는 소리. "네가 감히 어떻게! 슬리트 바리 키 로퍼 트렌트."

나는 칼 역시 몸에 자질을 축적하여 나처럼 되고 있음을 깨달았을 때, 어쩌면 줄곧 나와 같은 상태였는데 그애가 멍청해서 깨닫지 못했을 뿐인지도 모른다는 생각이 들었을 때, 그애를 친구로 삼았다. 이곳 영원한 루프의 세상에서는 무슨 일이든 일어날 수 있다. 악마와 친구가 될 수도 있다. 모든 게 꿈인 척할 수도 있다. 한동안 칼은 내 유일한 친구였다. 우리는 다른 사람들에게 하고 싶은 모든 짓을 했다. 함께 사람들을 해쳤다. 심지어 우리만의 언어를 만들어냈다. 카라마어. 카라마어에는 나쁜 말이 아주 많다. 전쟁의 신을 위한 언어이므로 상당히 공격적이다. 우리는 지붕 위에 앉아서 온 지역사회가 힘을 합쳐 우리를 무너뜨리려고 노력하는 모습을 두려움 없이 바라보았다. "슬리트 바리 키 로퍼 트렌트."
그가 다시 외친다. 그 말의 의미는 "난폭한 죽음에 대비하라, 하찮
은 생물아" 정도다.

"그냥 잘 있는지 보려고 왔어." 나는 말한다. "우리 간다."

"아마!" 이케가 소리를 지른다. 아이가 무서워한다는 걸 알 수
있고, 당연히 그럴 만한 상황이다. 하지만 나는 칼을 아주 오랫동
안 보지 못했기 때문에 칼조차도 지금은 달라졌을 가능성이 있다.

"사실은 못 있는지 보려고 했겠지." 칼이 말한다. 자기가 꽤 똑
똑한 말을 했다고 생각하고 웃는 소리가 들린다. 그는 어느 집 지
붕에서 빙글 돌아 도로로 뛰어내린다. 손에는 관통형 장총을 들고
있다. 바로 그거다. 칼은 하루를 시작하며 꽤 심각한 물건을 집에
준비해놓는다. 그의 아버지는 죽기 전에 '바다의 나치'와 같은 부
류였다. '물의 전쟁'이 시작되기도 전에 그는 흑인, 중동인, 기독교
인, 유대인들이 저수지나 다른 자원을 훔칠 거라고 생각하며 그들
을 공격할 준비를 했다. 그는 굉장히 고약한 사람이었던 것 같다.
칼은 눈이나 몸이 멍든 채 학교에 오곤 했다. 아이들은 그의 아빠
가 제정신이 아니라면서 놀렸다. 칼은 행복한 아이가 아니었다. 지
금도 행복한 아이가 아니다. 그는 티셔츠를 머리에 둘러쓰고 목둘
레를 삐딱하게 내려 왼쪽 눈을 가린 후 셔츠의 양팔을 머리 뒤로
돌려 묶는다. 티셔츠를 제자리에 더욱 단단히 고정하기 위해 속옷
에서 잘라낸 고무줄을 머리띠처럼 셔츠 위로 두른다. 그게 날마다

칼이 제일 먼저 하는 일이다. 그의 눈, 그의 눈. 어떤 고통은 백 번을 죽어도 사라지지 않는다.

뜨거운 비가 쏟아지기 시작한다. 파란 하늘, 경적, 뜨거운 비, 섬광. 그것들이 징표다. 누가 어떻게 말하고 생각하고 기도하고 행동하고 죽더라도 반드시 찾아오는 것들. 뜨거운 비는 따뜻한 물 샤워와 같은 느낌이다. 이케는 그 비가 섬광이 닥친 초기에 있었던 수많은 폭발로 인한 원자핵 융합 부산물이라고 말한다. 섬광이 다시 오지 않는다 해도 그 비 때문에 우리는 모두 암에 걸릴 거라고 이케는 말한다. 하지만 나는 그 비가 좋다. 비는 날마다 오고 따뜻해서 어떤 생각을 일깨운다. 와, 아까 보송보송했을 때 참 좋았지, 하는 생각.

"키아 우돈 로셔, 키 트위레버 플러메 선." 나는 외친다. 그 의미는 "오, 위대한 파괴자여, 당신은 지고하다" 정도다. 망가진 다리의 감각이 사라지면서 세상이 깜빡깜빡 꺼지기 시작한다.

칼이 깔깔 웃는다. 들어 올린 장총과 마찬가지로 자기 아버지의 것이었던 보라색 욕실 가운을 입고 있다.

"바보 같은 년." 칼이 평범한 옛날 언어로 말한다. 나는 허리 가방에 손을 뻗으며 손가락 끝에 되살아나는 예전의 나를 느낀다. 무릎에서 피가 철철 흐르는데, 칼이 내 쪽으로 폴짝폴짝 뛰어온다. 끔찍하게 아프다. 이보다 훨씬 더 심한 통증도 느껴봤지만, 당장 어디가 아프면 그 아픔 말고 다른 건 잘 기억나지 않는다.

칼과 나는 전쟁의 신 계약과 우정을 깨트린 후로 철천지원수가 되었다. 칼이 자기보다 더 강한 척 행동하는 나를 못마땅해하다가 생긴 일이었다. 게다가 지루해지기도 했을 것이다. 어느 날 칼이 나를 급습해 삽으로 기절시켰다. 정신을 차려보니 내가 나무에 묶여 있고 왼손에는 손가락이 하나도 남아 있지 않았다. 나는 "이런!" 하고 말했다. 아주, 아주 긴 날의 시작이었다. 누군가가 나를 그 정도로 다치게 할 수 있었던 때가 몇 사람의 일생을 합한 세월보다 더 오래전이어서 그제야 내가 얼마나 오랫동안 어느 정도로 나쁜 짓을 해왔는지 깨달았고 다시는 그런 짓을 하지 않겠다고 다짐했다.

하지만 지금, 무릎이 터져버린 상태로 나는 칼에게 자기 뼈를 우린 국물을 마시게 하고 싶다는 생각을 하고 있다. 나는 총으로 동생을 겨눈다. 이렇게 영원토록 살아왔는데도 그건 내가 하고 싶지 않은 일이다. 이보다 훨씬 더 나쁜 짓을 할 칼에게서 동생을 구하기 위해서라 할지라도. 예전의 나도 이케는 죽인 적이 없다. 바로 그래서 한동안 그애가 그렇게 힘든 시기를 보냈는지도 모르겠지만. 이케에게는 너무 외로운 현실이었다. 다 죽어버린 동네에 홀로 남은 소년, 그리고 그 모든 고통을 초래한 그의 누나.

"안 돼, 하지 마!" 칼이 소리치고 나는 방아쇠를 당기려 한다. 탕! 소리가 들리는데 내 손에서 비롯된 소리는 아니다. 이내 세상이 사라지며 나는 이 행성에서 가장 나쁜 사람의 손에 내 동생을 남기고 떠난다.

　당신은 안전합니다. 당신은 보호받고 있습니다. 행복한 삶을 통해 이
노력에 계속 기여하세요.

　나는 깨어난다. 엄마의 칼을 꺼내 양손으로 잡는다.

　훌륭한 고문은 영영 끝나지 않을 것 같은 느낌을 준다. 절대로
잊을 수가 없다. 양치하고 샤워하고 칼을 허리 가방에 쑤셔 넣으
며 무슨 일이 일어났을까 생각한다. 칼은 고문을 무척 잘한다. 칼
은 자기가 뭘 하고 있는지 안다. 그는 내게서 배웠고 나는 그런 일
에 아마도 최고일 테니까. 칼이 이케에게 했을 짓을 상상하며, 이
케가 결코 잊을 수 없을 고통을 겪었을 거라고 생각한다.

　미시즈 네이걸의 집으로 간다. 그녀는 보통 때와 똑같이 허약하
고 힘이 없다. 아직도. 항상. 숨쉬기조차 고역인 듯한 소리가 나고,
잠들어 있는데도 눈가에는 뭔가에 엄청나게 집중할 때처럼 주름
이 잡혀 있다. 나는 허리 가방을 열어 칼을 꺼낸다. 미시즈 네이걸
의 목에 칼날을 댄다. 칼날이 피부에 가느다란 빛을 드리우는데,
그녀의 목은 부풀었다 줄어들었다 하면서 시원찮은 공기를 몸에
넣고 빼기를 반복한다. 이렇게 병들지 않았더라도 없애기 너무 쉬
운 사람일 것이다. 그녀는 모든 주민을 통틀어 가장 쉬웠다. 그녀
는 예전의 내가 일어나라고 할 때만 잠에서 깼다. 나는 그녀가 자
신이 어떤 일을 당하게 될지 알게 하고 싶어서 굳이 깨웠다. 알고

죽게 하고 싶을 때가 더 많았다. 나는 칼을 거둬 허리 가방에 넣고 아래층으로 내려간다.

엘더플라워 차에 레몬을 짜 넣는다. 계단을 다시 올라가니 잠에서 깬 미시즈 네이걸이 피로에 지친 따뜻한 눈빛으로 나를 본다. 협탁 위에 뜨거운 머그잔을 올려놓는다.

"아마." 그녀가 나를 부르고 침대 위에서 옆으로 살짝 움직인다. 심호흡을 하려 하지만 되지 않는다. 그녀는 미소를 지으며 늘 바닥에 놓여 있는 화장지 상자를 향해 손짓한다. 그게 협탁 위에 있다면, 그래서 그 한 가지만이라도 쉽고 단순하게 넘어갈 수 있다면 엄청난 차이가 있을 텐데. 하지만 그 사소한 한 가지는 백만 배쯤 더 심각한 문제가 되고, 그녀가 그 문제를 단 한 번도 바로잡지 못한다는 사실에 나는 정말이지 머리를 쥐어뜯고 싶어진다.

"안녕하세요, 미시즈 네이걸." 나는 말한다.

"무슨 문제 있니?" 그녀가 묻는다. 그런 질문을 받으니 오싹해진다. 아주 오랜 시간이 흘렀는데도 내게 그런 말을 하는 사람은 많지 않다. 대개는 날 두려워한다. 많은 이들이 나를 싫어하며, 그러는 게 당연하다.

나는 침대로 올라가 미시즈 네이걸의 등 뒤에 앉아 내게 기대게 하고 두통을 덜어주기 위해 관자놀이를 문질러준다. 나는 말한다. "예전의 나일 때가 더 좋았다는 느낌이 들어요. 예전의 아마. 그때가 더 쉬웠어요. 그리고 새로운 아마는 아무 일도 안 하고 있는 것 같아요."

미시즈 네이걸이 코를 푼다. "새로운 아마?"

"네, 아시잖아요. 지금의 나." 나는 말한다. "이젠 사람을 모조리 죽이거나 고문하거나, 그런 짓 안 하잖아요."

"그럼 그런 짓을 한 건 예전의 아마였니?"

"네."

"그런데 그 둘 사이에 무슨 차이가 있지?"

"예전의 나는 모든 일을 한 가지 방식으로만 했어요. 그리고 한 사람만 생각했죠. 지금은 모든 사람을 죽이는 대신 도우려고 애써요."

"알겠어, 하지만 뭐가 바뀐 거니?"

"예전에 저는 두려웠어요." 나는 말한다. 그녀가 숨을 쉬는 모습을 지켜보면서 그녀의 심장이 더 빨리 뛰는지, 두려워하고 있는지 귀를 기울인다. 그녀는 두려워하지 않는다. "되돌릴 수 없다는 건 알아요. 이 세상에 살았던 사람 중에 제가 제일 나쁘다는 것도 알아요. 그런 건 다 안다고요. 이제 더는 두렵지 않아요. 그냥 저 자신이 무서울 뿐이죠."

"알겠어, 근데 그게 네가 두 사람이라는 뜻이니?"

"저는 이제 더 착해졌어요. 그리고 미안함을 느껴요. 하지만 가끔 내 안의 뭔가가, 바로 지금처럼 말이에요, 너무나 쉬울 거라며." 나는 계속 부드럽게 문지르지만, 그 말은 사실이다. 상상을 멈출 수가 없다. 미시즈 네이걸의 목을 부러뜨리기는 얼마나 쉬울까. 종이쪽지를 구기는 것 같겠지. "죄송해요. 정말 그럴 생각은 아니었어요." 나는 말한다. "난 모두가 행복하고 지고하고 무한하다고 느끼기를 바라요. 그게 새로운 저예요."

"흐음." 미시즈 네이걸이 말한다.

"어떻게 차이를 못 느끼시는 거죠?" 나는 목소리를 낮추려고 애쓰면서 묻는다. "지금 난 훨씬 착해졌는데. 정말이에요."

"네가 굉장히 잘해왔다고 생각해. 네가 바뀐 뒤로는 사람들이 내게 자주 찾아와줘. 그리고 맞아, 넌 과거에 끔찍한 마녀였어."

"맞아요."

"하지만 난 아마는 딱 한 명뿐이라고 생각해. 그리고 지금 난 그 애와 얘기하고 있고."

"죄송해요. 모두 다요." 나는 말한다.

"당연히 그래야지." 미시즈 네이걸이 욕실을 가리킨다. 따뜻한 물에 적신 수건을 가져다 머리에 올려달라는 뜻이다. 나는 그렇게 한다. 그러고 나서 우리는 한참 말이 없다. 경적이 울릴 때까지 그녀와 함께 앉아 있다. 그러자 그녀는 잠이 든다. 나는 조금 더 거기에 머문다. 지붕을 뛰어넘어 집으로 돌아갈 때 하늘은 벌써 잿빛으로 바뀌고 이미 뜨거운 비가 내리고 있다. 게다가 칼의 것이라고 알고 있는 자전거가 풀밭에 놓여 있다. 케네디 스트리트의 모든 자전거는 칼의 것이다. 나는 칼을 꺼낸다. 위로 올라가 내 방

창문으로 슬쩍 들어간 다음 아래층으로 살금살금 내려간다. 칼은 식탁에 앉아 있다. 아빠는 스토브 앞에서 건들거리며 팬케이크를 만들고 있다. 이케도 식탁에서 내게 등을 보인 채 다리를 의자 위로 올려 겹치고 앉아 있다.

"저기 오는구나." 아빠가 말한다. 나는 정확한 각도를 잡았다고 생각한다. 식탁을 한달음에 뛰어넘어 칼에게 달려들 수 있는 각도.

"저애가 여기에 있네!" 나는 말한다. "이케나, 미안해. 그래도 누나가 노력은 했어."

"걱정하지 마. 난 괜찮았어." 이케가 말한다.

"총을 집었어? 빠져나왔니?" 나는 묻는다.

"아니, 로버트에게 전할 정보가 있다고 말했더니 칼이 가서 만나게 해줬어."

"우돈 로셔 칼 질로 플람." 칼이 말한다. "칼, 위대한 파괴자는 약골을 봐주었다." 그는 목욕 가운을 입고 셔츠를 머리에 둘렀다. 드러난 눈 하나가 나를, 오로지 나만을 응시한다.

"오." 나는 말한다.

"정말 오랜만이구나. 섬광이 올 때 우리와 함께 구경하겠냐고 내가 칼에게 물었다. 예전에 함께 구경했던 기억나니? 벽에 기대어 구경했는데, 기억해?" 아빠가 묻는다.

"넌 여기 왜 온 거야?" 나는 묻는다. 충분히 가까이 다가갔으니 공격을 시도해볼 만하다는 사실을 안다.

"널 죽이면서 네 가족이 구경하게 하려고 여기에 왔지." 칼이 말한다. 발치에 놓인 그의 사냥용 관통형 장총이 보인다. 아빠가 돌아서서 칼을 바라본다.

"칼." 아빠가 말한다. "너 예전엔 괜찮은 아이였잖아. 내가 할 수만 있다면 널 어떻게 하고 싶은지 아니?"

"네, 아저씨." 칼이 말한다.

"그래." 아빠가 말한다. 사실이다. 나와 칼이 함께 있을 때는 우리가 무언가를 하고 싶어할 때 막으려 하지 않는 편이 낫다. 이제는 모두가 그걸 안다. 나는 아빠가 날 방어해주었고 요즘은 날 점점 덜 죽인다고 생각하며 빙긋 웃는다.

"로버트가 뭐라고 말했어?" 아직 가능할 때 들어두려고 내가 묻는다.

"누나에게 일어난 일이 뭐든," 이케가 말한다. "무슨 일이 일어났든, 그런 일을 겪은 사람은 누나가 처음이래. 그래서 우리가 살펴볼 거야. 어쩌면 곧 다가올 붕괴를 향한 도미노 한 조각일지도 몰라." 우리 모두 매우 조용하다. "사실, 새로운 건 아니야. 하지만 지금 이 상태가 영원히 유지되지는 않는다고 확실히 말할 수 있을 것 같아. 뭐, 유지될 수도 있지만."

"좋아." 나는 말한다. 그리고 펄쩍 뛰어오른다. 칼을 들고 달려드는 내 솜씨는 너무나 재빨라서 세상의 역사상 그 누구라도 움찔할 새 없이 당했겠지만 유일하게 칼만은 그 나름대로 대단해서 식탁을 잡아 방패처럼 들어 세운다. 나는 팔꿈치로 아주 쉽사리 식탁을 부순다. 식탁은 산산조각이 나고 이케가 달려든다. 아빠는 요리를 멈추고 뜨거운 팬케이크 팬을 칼에게 휘두른다. 칼은 몸을 수그리고 나는 그때 그의 목에 내 칼을 휘두른다. 칼은 두 번의 훌륭한 칼질을 피하더니 내 갈비뼈를 발로 세게 찬다. 나는 식기세척기에 등을 부딪치며 쓰러진다. 갈비뼈가 확실히 부러졌다. 나는 일어서서 집중하고 웃는다. 왜냐하면 나, 칼의 여왕 아마 그레이스 아두세이는 사상 최고의 싸움꾼이니까. 최근에는 그리 많이 싸우지 않는다. 아니, 지금은 다르게 싸운다. 하지만 내 주먹과 칼을 사용한 이런 싸움에 대해서는 내가 더 연습을 많이 했다. 나는 다시 앞으로 달려든다. 칼이 내 손목을 잡고 비틀어 칼을 떨어뜨리게 한다.

"너는 지고하며 무한해, 칼. 그리고 지금까지 내가 나쁜 짓을 너무 많이 해서 미안해." 나는 그의 갈비뼈를 무릎으로 걷어차며 말한다. 그러고는 다리를 다시 내리기도 전에 뒤로 공중제비를 돌아 그의 턱을 찬다. 칼이 뒤로 휘청휘청 물러난다.

"나쁜 년!" 칼이 소리를 지르며 부엌에 쌓여가는 잔해 속에서 총을 집어 들려고 다가간다. 나는 그의 배를 걷어차 거실 쪽으로 내던진다.

"미안, 우돈 로셔." 나는 공격하며 말한다. 그가 내 입을 후려치자 눈앞이 캄캄해졌다가 세상이 되돌아온다. "무시하려는 뜻은 아니었어. 네가 강하다는 거 알아. 그냥 내가 네게 한 짓 때문에 미안해한다는 걸 알아주었으면 해."

"좋까." 칼은 그렇게 말하고는 내게 달려들어 강한 주먹질을 소나기처럼 퍼붓는다. 크게 휘두르다 비켜 나간 오른손이 벽을 뚫고 들어간다. 칼이 팔을 빼려고 애쓰는 동안 나는 그의 뒤로 가서 목을 주먹으로 내리친다. 그렇게 하면 쓰러진다는 걸 나는 안다. 그런 다음 머리에 두른 셔츠를 벗겨내자 마치 마스터 스위치를 올린 듯한 효과가 나타난다. "헬리오 유프라! 키 우돈 로셔! 트렌트!" 칼은 눈을 잡고 소리를 지른다. 무릎을 꿇고 울면서 말한다. "오케이! 오케이! 헬리오 유프라." 내가 손도 대지 않을 때도 그는 소리를 지르며 자기 눈을 긁어낸다. 다시 조금은 예전의 칼이 되었다. 다시 한 번 그를, 이번에는 목 아래쪽을 세게 쳐서 움직이지 못하게 한다. 그의 마비된 몸은 아무 짓도 하지 못하고 그의 얼굴만 하던 짓을 계속한다.

"우돈 로셔, 키 러브, 오케이." 나는 말한다.

"끝내!" 칼이 한쪽 눈을 뜬 채로 외친다. 밖에서는 뜨거운 비가 그쳤다. 나는 칼을 끌고 위층으로 올라가 내 침대에 편안히 눕힌다. 그는 카라마어로 계속 고함을 지르고 나는 그의 말을 아주 잘 알아듣는다. 그는 침을 뱉고 울부짖는다. 나는 그와 함께 앉는다. "넌 이 모든 걸 잘 겪어낼 거야, 난 알아." 나는 말한다. 그의 목소리가 쉬고 더는 고함을 지르지 못하게 되자 나는 밖으로 나온다.

아빠와 동생이 이케의 방에 있다. 이케는 뭔가를 쓰고 있다. 아빠는 컬러링북에 색을 칠하고 있다. "아마!" 아빠가 말한다.

"아마." 이케가 말한다.

"우린 괜찮아." 나는 말한다. 갈비뼈가 부러졌고, 귀에서 피가 나는가 싶기도 하다. "여전히 구경하러 가고 싶어?" 나는 묻는다. 이들은 내 사람들이다. 그들을 보호할 수 있으니 나는 축복받았다.

밖으로 나오니 뜨거운 비가 내린 후라 공기에서 고무 타는 냄새가 나지만 그래도 그 밑에서 신선한 젖은 흙냄새가 올라오니 그렇게 나쁘지는 않다. 예전에 우리 모두 섬광을 통과하고도 기억을 유지하게 되었을 때, 주민 모두가 모여 함께 섬광을 구경하다 동시에 사라지는 의식이 우리 거리의 전통이 되었다. 그러다가 그 의식도 그만두었다.

우리는 집의 서쪽 측면에 바짝 기대어 앉는다. 나는 어지럽고 행복하다. 숨을 쉴 때마다 아프지만 언제나처럼 아직은 무한한 느낌이 든다. 아직은 지고한 느낌. 우리는 벽에 기댄다. 우리의 벽. 나는 벽에 등을 기대고 습기가 배어드는 것을 느낀다. 아주 오래전에, 이케는 우리에게 핵 방사선이 모든 것을 파괴하기도 하지만 미처 사라지지 않은 것들은 하얗게 변색시키는데, 우리의 몸도 무언가에 딱 붙어 있을 때는 영원히 지워지지 않는 그림자를 뒤편에 남긴다고 설명했다. 오래도록 우리는 몸을 이용해 미래에 메시지를 보내려 했다. 루프가 끊긴다면 우리가 사라진 뒤에도 미래 세대가 보고 알 수 있기를 바라며. 나는 손으로 작은 하트 모양을 만들기도 했고 때로는 우리 모두 서로를 껴안기도 했다. 모든 것을 끝장낸 전쟁을 통과해 살아간 우리에게도 사랑은 중요했다고 미래 세대에게 알려주기 위해서였다. 요즈음 그걸 할 때는, 그냥 재미를 위해서다.

"뭘 할 생각이야?" 아빠가 묻는다.

"난 이걸 할 생각이야." 이케가 우리를 올려다보며 말한다. 이케는 다리를 약간 넓게 벌리고 머리 위로 양팔을 구부린 동작을 한다. 그게 내 동생이다. 그렇게 똑똑한데도 가끔은 웃기는 짓도 잘한다.

"좋아." 아빠가 말한다. "난 동물인간 모습을 할게." 아빠는 내가 무너뜨린 단풍나무에서 가지를 하나 꺾어 머리에 대고 깃털이 난 사람처럼 보이게 한다. 미래 세대는 아빠가 외계인이라고 생각할 것이다. 나로 말할 것 같으면, 이미 다리를 하나 들어 무릎에 올렸다. 숨을 쉬기가 꽤 힘들지만 아주 많이 힘들지는 않다.

"무용수." 아빠가 묻기도 전에 나는 말한다. 그건 내게 일종의 서명이다. 그 모습을 여러 가지로 변형해 시도했고, 지금 이건 갈비뼈가 부러지고 여기저기 깨진 머리로 내가 할 수 있는 최선의 모양새다. 한쪽 다리를 땅에 대고 서서 팔 하나를 머리 위로 둥글게 뻗는다. 조금만 더 기다리면 된다.

멀리서 빛이 보인다. 그리고 길고 느린 천둥 같은 우르릉 소리가 난다. 우르릉 소리는 중단 없이 계속 커지고 나중에는 너무 커져서 다른 소리는 전혀 들을 수 없다. 먼 곳의 빛이 계속 밝아지는데 처음에는 누르스름하다. 우리를 도우려고 나타난 빛처럼, 마치또 하나의 해가 뜬 것처럼 보인다. 그러다 그 어느 건물보다, 그 어느 산보다 더 커진다. 그 빛이 세상을 집어삼키고 있음을, 결국에는 우리를 덮치러 왔음을 알 수 있게 된다. 우리에게 달려들고 있음을. 그리고 눈이 멀 정도로 빛이 밝아지면 우리는 공포에 질려 겸허해진다. 그 빛을 보면서, 그런 광경을 보게 되는 건 평생 딱 한 번뿐이어야 함을 깨닫는다. 딱 한 번 일어났으면 다시는 반복되지 않아야 하는 사건. 우리 모두 그 광경을 너무 여러 번 봤지만, 그래도 나는 운다. 그 빛이 닥칠 때면 우리가 무한하다는 사실을 확실히 깨닫기 때문이다. 우리에게, 그 누구도 아닌 우리에게 달려드는 장벽 같은 핵폭발과 함께 그때까지의 모든 추락과 도약과 달콤함과 죽음이 소멸할 것을 알기에 그저 무한함을 느낄 뿐이다. 사라지기 전, 그때 우리는 안다. 비록 내일은 없을지라도, 여태 존재한 것들은 전부 그대로 존재하리라는 사실을. 세계의 파멸도 끝은 아니다. 너무도 밝아서 우리를 지워버리는 빛 앞에 서 있을 때만 그것을 알 수 있다. 무용수 같은 몸짓을 하고 홀로 바라보는 사람이라면 그것이 닥치는 순간 자신이 우스꽝스럽고 무서운 느낌이 든다. 그런데 가족과 함께 있다면, 누구든 옆에 함께 있다면, 그 순간

우스꽝스럽고 무서운 느낌이 들지언정, 혼자라는 생각은 들지 않는다.

판타지의 외피를 입은 오싹한 현실

나나 크와메 아제-브레냐. 무척 길고 어려운 이름을 가진 이 작가의 첫 소설집 『프라이데이 블랙』에 수록된 열두 편의 단편은 일관되게 한 청년의 일상에 밀착된 경험과 상상에서 우러난 이야기들이다. "일상"이라는 말이 어울리지 않는 충격적인 사건을 다루거나 좀비가 등장하거나 SF 소설 같은 미래 세계를 그리더라도, 거기에는 미국에서 흑인으로 살아가는 청년이 경험하고 느꼈을 법한 감정과 성찰이 담겨 있다. 단순하고 경쾌한 문장으로 순진한 상상의 세계를 묘사하는 것 같지만, 그 안에는 인종차별이나 집단 따돌림, 총기 난사 사건, 정의의 이름으로 저질러지는 불의, 소비 지상주의에 찌든 사회 등에 대한 묵직한 질문이 담겨 있다.

그런데 이런 질문이 텅 빈 구호처럼 느껴지지 않고 가슴에 조용히 스며드는 것은 이 모든 이야기가 진솔한 삶의 체험과 따뜻한 목소리를 담고 있기 때문인 듯하다. 수록 단편 중 하나인 「그런 병원」에서 소설가 지망생이 훌륭한 이야기를 쓰기 위해 십이설신에게 영혼을 파는 것처럼, 아제-브레냐는 영혼을 팔지는 않았더라도 이 책에 자신의 전부를 쏟아부었다는 생각이 든다. 모든 이야기의 화자가 각기 다른 방식으로 작가 자신의 모습을 대변하기 때문이다. 소설에서 묘사된 그대로 그는 가나 출신 이민자의 아들이고, 아버지에 대한 양가감정과 어머니에 대한 애틋한 마음을 지녔으며, 그의 가족은 어머니가 병에 걸리면서 소박한 중산층의 삶에서 쫓겨나 빈곤의 바닥까지 다다르고, 그 때문에 그는 어린 나이에 생계를 유지하기 위해 여러 가지 일을 해야 했다.

그는 차별받는 흑인이자 삶의 기반이 취약한 가난한 청년으로서 가까이에서 본 사회의 민낯을 묘사하면서 SF 같기도 판타지 소설 같기도 한 형식을 빌려온다. 「그 시대」에는 솔직함과 당당함이 절대적인 가치가 되어 친절과 배려의 말조차 거짓이라고 배척당하는 근미래의 블랙코미디 같은 세상이 정교하게 구축되어 있다. 그리고 「지머랜드」에는 거리에서 만난 흑인 청년을 잠재적 범죄자로 몰아 총으로 쏴서 죽이는 행위를 "정의 실현" 역할 게임으로 구성해 돈벌이 수단으로 삼는 놀이공원이 나온다. 블랙 프라이데이 할인 행사의 쇼핑객들은 좀비가 되고(「프라이데이 블랙」), 총기 난사 사건의 피해자는 천사가 되어 가해자의 영혼과 대면한다

(「빛을 뱉다」).

이 이야기들은 마치 기발한 상상력이 만들어낸 가상의 세계 같지만 그 안에서 그려지는 세상은 현실과 별반 차이가 없다. 예의를 차리는 말을 위선이라 비난하고 몰인정한 막말을 솔직함으로 칭송하는 현상, 소유한 물건으로 자신을 정의하려 하는 소비주의적 신념, 집단의 기준에 벗어나는 이들을 가혹하게 배척하는 경향 등은 세계가 공통으로 경험하는 엄연한 현실이다. 특히, 미국은 총기 규제만으로도 어느 정도는 예방할 수 있는 총기 난사라는 사회적 재앙을 해결할 의지도 없어 보인다. 그리고 「지머랜드」의 체험장에서 묘사되는 농담 같은 상황은 실제로 2012년에 플로리다주에서 발생한 트레이본 마틴 살해 사건을 거의 그대로 차용했다고 한다. 그런 의미에서, 판타지라는 외피를 쓰고 있는 이 이야기들이 얼마나 정확한 현실의 반영인지 생각하면 오싹해질 정도도.

아제-브레냐는 이 책에 대한 논평 중에 특히 자주 언급되는 "시의적절하다timely"는 표현에 동의하지 않는다. 인종 문제만 해도, 지금까지 흑인이라는 이유로 부당하게 살해되는 사람은 끊임없이 있었지만 모두가 그런 일에 너무 익숙해져버린 상황이 무섭다면서 자신은 그런 일이 조금이라도 덜 평범해 보이게 하는 이야기를 쓰려고 노력한다고 말한다(〈가디언〉, 2019년 8월 2일 자). 실제로 2020년 8월 현재, 경찰의 무리한 체포 과정에서 질식사한 조지 플로이드의 죽음에 분노한 흑인들의 시위는 미국 사회를 극심한 혼란에 빠트리고 있다. 이는 조지 플로이드의 죽음이 특별히 부당하거나 잔혹해서 일어난 저항이라기보다는 더는 참을 수 없다는 분노의 표현일 것이다. 〈유에스에이 투데이〉에 따르면 2019년 한 해에만 체포 과정에서 경찰의 손에 죽은 흑인의 수가 25명에 달한다고 한다.

이처럼 흑인들이 단지 피부색을 이유로 정당한 법 집행이라는 시민의 권리를 누리지 못하고 일상적으로 죽어가는 현실을 아제-브레냐는 「핀컬스틴의 5인」에서 충격적으로 그리고 있다. 흑인으로 숨죽여 살면서 겪은 온갖 불의에 넌더리가 난 주인공은 폭력적인 저항에 가담하기로 한다. 그는 무작위적 복수의 대상이 된 백인 여자가 죽음이 임박한 순간에 그의 명령인지 애원인지 모를 말을 따르며 희생된 흑인 아이의 이름을 외칠 때 그녀의 눈을 들여다본다. 그때 그가 여자의 눈에서 본 것은 백인이라는 범주로 추상화된 대상이 아니라 한 인간이며, 이 공감의 대가는 그의 목숨이다. 뿌리 깊은 인종차별의 문제는 합리적인 제안이나 감성적인 호소로는 결코 해결할 수 없다는 사실을 뼛속 깊이 알면서도 폭력을 폭력으로 되갚는 불의에 눈감지 못하는 그에게 유일하게 남은 선택지는 자기파괴인 것이다.

「사자와 거미」를 보면, 가족의 생계를 위해 하역 작업을 하는 고등학생 주인공은 함께 일하는 백인 중년 남자에게 동료애를 느끼며 그가 흑인을 "깜둥이"라 부르는 인종주의자라는 귀띔을 받고도 희망을 버리지 않는다. 자신과 함께 일하고 대화한 경험이 "깜둥이"에 대한 편견을 조금이나마 녹여 괜찮은 흑인도 있다고 생각하게 하고, 그 호감이 흑인 전반으로 확장되면 "언젠가는 자신이 평생 흑인에 대해 잘못된 생각을 해왔다고 느낄" 거라고 기대를 품기 때문이다.

세상이 더 나은 쪽으로 변하기 위해 약자나 소수자의 인내와 이해에 기대야 한다는 것은 슬픈 일이다. 그리고 아제-브레냐는 그런 인내와 따뜻함으로 불의가 해결될 거라는 순진한 환상을 품지도 않는다. 하지만 그는 한 치 앞이 안 보이는 막막한 삶에서도 희미한 등대처럼 배경에서 빛나는 선의와 희망을 이 책 곳곳에 심어놓았다.

『프라이데이 블랙』은 우리는 결국 모두가 인간이라는 자명한 사실을 일깨운다. 인종, 계층, 국적, 여러 가지 지향 등을 따지기 이전에 사랑과 존중과 배려를 받고 싶은 것이 인간의 본능이라는 사실을. 누군가가 가지면 누군가는 빼앗기는 한정된 자원도, 써버리면 고갈되는 소비재도 아닌 그런 가치는 이야기 속의 그 사람이 되어보는 경험이 축적될수록 늘어나면서 문학의 쓸모를 증명하는 정신적 자산이 아닐까 생각해본다.

옮긴이 민은영

고려대학교 영어교육과를 졸업하고 이화여자대학교 통역번역대학원에서 석사학위를 받았다. 현재 전문 번역가로 활동 중이며『사랑의 역사』『어두운 숲』『거지 소녀』『곰』『아일린』『내 휴식과 이완의 해』『마블러스 웨이즈의 일 년』『안데르센 교수의 밤』『에논』『친구 사이』『불륜』『존 치버의 편지』『어떤 날들』『그의 옛 연인』『여름의 끝』『칠드런 액트』『차일드 인 타임』등을 우리말로 옮겼다.

프라이데이 블랙

1판 1쇄   2020년 8월 21일

지은이	나나 크와메 아제-브레냐
옮긴이	민은영
펴낸이	김이선
편집	김이선
디자인	김진영
마케팅	이지혜 양혜림

펴낸곳	(주)엘리
출판등록	2019년 12월 16일 (제2019-000325호)
주소	04043 서울특별시 마포구 양화로 12길 16-9 (서교동 북앤빌딩)
✉	ellelit@naver.com
🐦📘📷	ellelit2020
전화	(편집) 02 3144 3802 (마케팅) 02 3144 3232
팩스	02 3144 3121

ISBN 979-11-969148-6-8   03840

이 도서의 국립중앙도서관 출판예정도서목록(CIP)은 서지정보유통지원시스템 홈페이지(http://seoji.nl.go.kr)와 국가자료종합목록 구축시스템(http://kolis-net.nl.go.kr)에서 이용하실 수 있습니다. (CIP제어번호: CIP2020031614)